La mode sous l'Occupation

DU MÊME AUTEUR :

Le Franc-Tireur, un journal clandestin, un mouvement de résistance, 1940-1944, Paris, Flammarion, 1977.

La Collaboration, Paris, Hachette, 1984.

Vivre et survivre en France, 1939-1947, Paris, Payot, 1995.

Mémoires d'un franc-tireur. Itinéraire d'un résistant (1940-1944), Jean-Pierre Lévy avec la collaboration de Dominique Veillon, Bruxelles, Complexe, 1998.

Nous les enfants, 1950-1970, Paris, Hachette, 2003.

La Mode des sixties. L'entrée dans la modernité, avec Michèle Ruffat (dir.), Paris, Autrement, 2006.

La Mode : un demi-siècle conquérant, avec Valérie Guillaume, Paris, Gallimard, coll. « Découvertes », 2007.

Dominique Veillon

La mode sous l'Occupation

Petite Bibliothèque Payot

Retrouvez l'ensemble des parutions
des Éditions Payot & Rivages sur

payot-rivages.fr

Note de l'éditeur. La présente édition de poche
est une version actualisée et augmentée
de l'édition parue en 2001.

AVANT-PROPOS

La mode est-elle autre chose qu'une activité frivole évoluant au rythme des collections ? Au-delà d'un changement continuel qui, jusqu'à la Seconde Guerre mondiale, affecte essentiellement les garde-robes des élites et dont on retient surtout l'aspect féminin, n'a-t-elle pas une autre signification qui puiserait ses racines dans le contexte de la société ? Dans quelle mesure peut-elle offrir un champ d'étude à l'historien ? La question vaut d'être posée et mérite réflexion. Manifestation de la vie sous toutes ses formes, manière d'être et de se comporter, la mode constitue en effet un observatoire de l'environnement politique, économique et culturel d'une époque. Parce qu'elles sont brèves et denses d'événements, les années noires de 1940 à 1944 se révèlent exemplaires pour mener pareille enquête ; elles permettent de mieux dégager la corrélation existant entre « le phénomène de mode » et les bouleversements politiques, entre des comportements vestimentaires et l'adoption de prises de position induites par les événements extraordinaires que traverse le pays.

L'installation des Allemands au cours de l'été 1940 change radicalement l'ensemble des données existantes. La fin de la Troisième République, escamotée au profit du régime de Vichy, et l'apparition de nouvelles structures politiques et économiques imposent des mesures inédites jusque dans le domaine particulier de la mode. L'une des premières conséquences de la défaite et de l'Occupation est de faire passer le pays de l'abondance à la pénurie organisée. En l'espace de quelques mois, il devient difficile de se procurer du tissu de laine, des chaussures en cuir… si l'on ne veut pas payer le prix fort au marché noir. Par ailleurs, la paperasserie domine la vie des Français, soumis au régime des tickets et des cartes de rationnement. Le gouvernement de Vichy réglemente tous les domaines, cherchant à imprimer partout sa marque. Les costumes folkloriques et régionaux sont remis à l'honneur, y compris par certains couturiers qui souhaitent en faire le point d'orgue de leurs collections. L'image de la mère de famille traditionnelle est donnée en exemple par de nombreux magazines féminins qui rejettent le modèle d'une Française trop américanisée.

La population a-t-elle suivi pareilles directives ? Le vêtement comme révélateur d'identité peut être signe d'une approbation comme d'une résistance. En ce cas, la mode dépasse le frivole et ne peut se réduire à la fugacité : elle est beaucoup plus qu'une question de renouvellement vestimentaire. Elle est façon d'être dans l'air du temps, ici subi, là accepté, ailleurs rejeté. Parfois synonyme de courage, elle est aussi le sursaut d'une dignité blessée qui ne veut pas abdiquer. Parfois provocatrice, la mode peut devenir un moyen de révolte face à l'occupant. En certains cas, une mise soignée et inventive, la coquetterie, voire la séduction, deviennent des armes psychologiques contre les agressions extérieures. Plusieurs exemples en sont donnés ici.

Cette mode de guerre que l'on voit naître au fil des mois reflète un double courant, à l'image de la société. Tandis que la majorité de la population, soumise à des tracasseries sans fin, se débrouille et crée son propre style de vêtement, la minorité des nantis connaît un train de vie presque inchangé. Haute société, acteurs et comédiens continuent à sortir ou à recevoir. Restaurants, théâtres ne désemplissent guère et l'on y voit des hommes bien mis et des femmes élégantes, habillées par les grands couturiers. Les photographes comme les frères Seeberger fixent sur la pellicule des silhouettes connues : Geneviève Fath, la comtesse d'Oncieux de Chaffardon, tandis que des actrices comme Ginette Leclerc, Edwige Feuillère, Renée Saint-Cyr et tant d'autres font rêver les spectatrices des actualités cinématographiques. Dans les chaumières, les « vedettes » qui ont leur place dans certains journaux féminins font battre bien des cœurs.

Car la défaite n'interrompt pas l'activité créatrice des couturiers qui continuent à produire en s'adaptant aux circonstances. Elle entraîne cependant des modifications. Le nombre de modèles, les métrages, les matériaux, la forme même des robes, tout est revu pour tenir compte des impératifs imposés par les Allemands. Davantage que changement vestimentaire, la mode fait ici figure d'enjeu économique et culturel important. Enjeu économique, car les vainqueurs ont grand besoin de matières premières, d'où un rationnement strict qui n'épargne guère la couture-création. Enjeu culturel, car lorsque la guerre éclate, le prestige de la haute couture est au zénith. Paris est la capitale de l'élégance et la renommée de certains ateliers de couture dépasse de loin les frontières. Chaque collection est l'occasion pour les créateurs d'imposer un style qui se répand à travers le monde. Les États-Unis comme l'Amérique latine sont accoutumés à suivre la mode française ; la France est dépositaire d'un patrimoine culturel qu'elle a à cœur de défendre. Le vainqueur, jaloux, voudrait casser, aussi, cette hégémonie-là. Outre une main-d'œuvre très qualifiée, les Allemands souhaiteraient s'approprier les grandes maisons parisiennes et opérer le transfert des plus grandes marques à Berlin. Face aux attaques dont elle est l'objet, la haute couture se défend. Lucien Lelong, chef de file de la couture française, tente de s'opposer à l'occupant. Cela ne va pas sans une certaine dose de compromission qu'il lui fallut justifier à la Libération. Chez les grands couturiers comme dans d'autres corporations, on observe toute une gamme d'attitudes, de la coopération minimale avec les Allemands jusqu'à la collaboration pleine et entière. Si la deuxième édition de ce livre, en 2001, avait mis en lumière certaines attitudes compromettantes jusqu'alors totalement négligées, la présente édition va plus loin encore. De nouvelles archives concernant les maisons de couture se sont ouvertes comme celles de la préfecture de police. Elles ont permis des mises au point sur l'attitude des couturiers durant cette période. De même, des travaux récents ont été intégrés. Ils concernent le sort des Juifs, particulièrement nombreux dans les petits ateliers de confection, ou dans le secteur du cuir ou de la fourrure, qui ont été la cible de pratiques visant à les éliminer du circuit de fabrication ou des magasins de nouveautés. Enfin deux expositions importantes ont eu lieu, la première à Paris en 2009 sur les accessoires de mode (*Accessoires et objets, témoignages de vies de femmes à Paris, 1940-1944* au musée du Général-Leclerc-de-Hauteclocque-et-de-la-Libération-de-Paris – musée Jean-Moulin, dir. Christine Levisse-Touzé). Elle s'est tenue en partenariat avec le musée Galliera (Fabienne Falluel, Marie-Laure Gutton) qui a prêté ses collections d'objets tels que chapeaux, sacs, chaussures… La seconde *Pour vous Mesdames ! La mode en temps de guerre* s'est déroulée au Centre d'histoire de la Résistance et de la Déportation à

Lyon (dir. Isabelle Doré-Rivé avec le concours de Dominique Veillon) du 28 novembre 2013 au 13 avril 2014. Les collections de robes de grands couturiers et d'objets provenant du musée Galliera (dir. Olivier Saillard) y ont été présentées. À Lyon, l'appel lancé aux témoins de l'époque a été entendu, entraînant de nombreux prêts intéressants sur la mode quotidienne. En privilégiant le côté concret du vêtement, ces deux expositions ont permis, à partir d'un objet, de mieux saisir les enjeux de la période.

Si l'étude de la mode sous l'Occupation évoque d'abord la restitution du passé, les silhouettes féminines aux semelles de bois, en jupes courtes et chapeaux extravagants, les élégantes habillées sur-mesure, côtoyant l'occupant sur les champs de courses et dans les réceptions, elle se doit de dépasser ce seul aspect. Car un vêtement au quotidien n'a rien d'anodin, il est avant tout le reflet d'une époque sur le plan culturel, social et économique. Ici, par exemple, il révèle les manques et les contraintes mais témoigne aussi de la volonté de rester digne et élégante avec trois fois rien. D'où l'intérêt d'essayer de mieux comprendre – à l'intérieur d'un domaine limité et qui peut sembler anodin si l'on songe à la Résistance et à la déportation, mais qui est en fait plein de sens –, comment une société réagit dans sa façon d'être et de se vêtir, comment des femmes et les hommes qui créaient pour elles les vêtements se comportent face à une situation hors du commun. C'est enfin tenter d'évaluer dans le cadre général d'une histoire de la mode si ces quatre années ont été une parenthèse, un tournant ou une rupture.

CHAPITRE PREMIER

Les derniers beaux jours

Fin août 1939, l'été n'en finit pas de mourir. En dépit des orages, le temps reste chaud, le ciel à peine voilé de gris, tandis que les hommes gardent leurs costumes légers, les femmes portent encore leurs robes fleuries des beaux jours. Elles ont posé sur leur tête une minuscule toque ornée de feuillage ou de rubans, à moins que ce ne soit un de ces délicieux chapeaux garnis de plumes. Pour la majorité des citadins, les vacances tirent à leur fin.

À Deauville, la plage élégante de Paris, les estivants sont moins nombreux. Les pyjamas de plage et les paréos de coton aux couleurs vives, hier encore si répandus, ont quasiment disparu des Planches où les grandes capelines blanches assorties aux tenues claires se font plus rares. Si l'on croise, le long des hippodromes, des lads menant leurs chevaux à l'entraînement, on note en revanche peu d'animation du côté des clubs hippiques boudés par la haute société. Sur les courts de tennis, quelques joueurs échangent des balles. Les restaurants chics, eux, sont ouverts – « Les femmes y viennent en robes étincelantes et les hommes en smoking ou en habit. Le service est toujours impeccable, la chère succulente [...]. Le soir, au Casino, les croupiers sans sourciller répètent le traditionnel : "Rien ne va plus [1]." » Mais les hôtels de luxe continuent à se vider car les tensions diplomatiques incitent la clientèle internationale à quitter la France. Avec un peu de chance, il est possible d'apercevoir au *Normandy* quelques actrices, Corinne Luchaire, notamment, entourée d'une foule d'admirateurs dont le prince Ali Khan. Pourtant, le temps des fêtes semble terminé et le Grand Prix de Deauville, qui marque d'habitude la fin des mondanités, se déroule devant une assistance clairsemée. Au pesage, la Begum Aga Khan fait sensation, drapée dans un crêpe imprimé de feuilles marines sur fond blanc, tandis que l'on admire fort la princesse de Faucigny-Lucinge dite « La dame aux trois cent soixante-cinq toilettes » qui, ce jour-là, porte un ensemble de chez Lanvin.

À Paris, quelques couples riches s'apprêtent à déserter la capitale pour cause impérative de cure à Vichy. L'arrière-saison promet d'y être agréable. À coup sûr, on s'amusera et on dansera beaucoup au Casino où les tenues de soirée sont indispensables. Aussi, plus d'une élégante hésite longuement devant sa glace sur la composition de sa garde-robe. Doit-elle emporter cette robe beige ajustée, dont le corsage, taillé dans la dentelle transparente, a fait fureur cette saison chez Coco Chanel ou l'une de ces somptueuses robes gitanes, épanouies comme une corolle ? Lui préférera-t-elle cet ensemble de chez Marcel Rochas en velours écossais noir et rouge, accompagné d'une jaquette en satin noir ? En tout cas, c'est décidé, elle n'oubliera pas de glisser dans ses bagages un tailleur en tricot, si confortable pour les fraîches soirées d'automne.

Le dernier dimanche d'août, il y a foule aux abords des gares parisiennes : à côté des réservistes rappelés qui rejoignent dans le calme leurs formations, on note une grande affluence de jeunes gens et de jeunes filles. Désireux de profiter des joies du camping, ces sportifs s'engouffrent dans les trains. À l'image de Marlene Dietrich, leur idole, qui cet été-là mit le pantalon à l'honneur sur les plages du Midi où elle séjournait, de nombreuses jeunes femmes ont cédé à cet engouement et arborent une tenue qu'elles trouvent pratique – au diable les critiques des censeurs ! Quelques-unes se risquent même à revêtir un short. Aux portes de la capitale, des couples de « tandemistes », tête nue, chemise et culotte de cycliste de même couleur, prennent la route, non sans avoir scruté le ciel.

D'un quartier à l'autre, l'ambiance diffère. Sur les Champs-Élysées, les terrasses des cafés font recette, envahies parfois par des cohortes d'étrangers, surtout des Anglais et quelques Américains. Vu au *Fouquet's*, le rendez-vous de la haute société, à l'heure du porto, une impressionnante collection de chapeaux dernier cri signés Rose Valois dont « de nombreux fez en daim ou en antilope ornés de plumets ou d'aigrettes fixés par un bijou et une importante capeline de feutre noir relevée sur l'œil gauche et encombrée de rubans de satin [2] ». Les vitrines des bijoutiers et des bottiers retiennent l'attention. Toutmain, la nouvelle boutique de confection à la mode (26, avenue des Champs-Élysées), fondée en 1926 par Isidore Berthet, propose dès l'avant-guerre des articles à un prix unique avantageux, très au-dessous de ses concurrents [3]. Si l'on en juge par la publicité, il semble que cette saison, le tailleur de lainage s'imposera, réchauffé par un col de fourrure. Ailleurs, plus d'une femme rêve en longeant les grandes maisons de couture, presque toutes installées entre les Champs-Élysées, la place Vendôme et le faubourg Saint-Honoré, dans ce qu'il est convenu d'appeler le temple de l'élégance. Que de secrets, que de génie se cachent derrière ces façades !

Au 136, Champs-Élysées, règne la plus aristocrate des couturières : Maggy Rouff, élevée dans le sérail puisqu'elle est la fille de Besançon de Wagner, le directeur de la maison Drecoll. Chez elle, à chaque saison, se rue la clientèle la plus sélecte venue de toute l'Europe (la princesse Marina de Kent est une fidèle habituée), la haute aristocratie... À chaque saison nouvelle, Maggy Rouff se rend à la cour de Hollande, accompagnée d'une première d'atelier et d'un mannequin pour y présenter sa collection à la famille royale. Mais s'il faut en croire la créatrice elle-même, ses clientes préférées restent « la Baronne J. de Rothschild qui a un corps magnifique, des idées, de l'allure, puis Gabrielle Dorziat et la pétulante actrice Alice Cocéa qui magnifie ce qu'elle porte [4] ».

Rue du Faubourg-Saint-Honoré, au 22, c'est le siège de la maison Lanvin dont la renommée n'est plus à faire dans le domaine de la couture et des parfums. Devant la célèbre griffe de Lanvin, les badauds peuvent s'interroger : pourquoi avoir choisi comme emblème « une jeune femme accompagnée d'une petite fille » ? Bien peu sont capables de percer l'énigme. Personne, en effet, ne songe devant Jeanne Lanvin, la doyenne de la couture qui sut pousser son art à une telle perfection, qu'elle débuta de façon très modeste. Et pourtant, à treize ans, apprentie modiste, elle courait du matin au soir pour assurer les livraisons de chapeaux, avant de pouvoir s'installer à son compte à vingt-trois ans. La couture, elle y vint plus tard, grâce à sa fille Marie-Blanche qu'elle habillait elle-même de façon si charmante que ses amies lui demandèrent bientôt d'exécuter les robes de leurs fillettes (d'où l'emblème mère-fille). De couturière pour enfants, elle devint couturière pour jeunes filles puis jeunes femmes et connut bientôt le succès. Sa clientèle est variée : beaucoup de grands noms, beaucoup d'actrices lui sont fidèles (Arletty, Madeleine Ozeray). Tout le monde sait qu'Yvonne Printemps « s'habille à la ville comme au théâtre chez Jeanne Lanvin ». Récemment encore chacun a pu admirer les robes exécutées dans les ateliers de la maison que la vedette portait pour le film *Les Trois Valses*. Les mauvaises langues prétendent même qu'au cours d'une tournée pour les États-Unis, l'actrice est partie en exigeant d'emporter quatre-vingts robes de la maison. On chuchote aussi que Sacha Guitry, l'éternel et incorrigible amoureux, ne jure que par Lanvin, lui confiant le soin exclusif d'habiller ses quatre épouses successives, la dernière en date étant Geneviève de Séréville.

Rue Cambon, devant chez Chanel, il y a foule pour admirer la vitrine de parfums et de bijoux si pleins d'imagination et d'audace, « l'un est fait de perles baroques, séparées par des pierres rouges à l'aspect granité et semble un ancien collier de maharadja [...]. Très original, également, cet arlequin trapéziste, entièrement articulé, dont le visage est un rubis. Il est suspendu à deux mains à un trapèze, lequel trapèze est relié à une chaîne faisant le tour du cou [5] ». Décidément, la célèbre Mademoiselle fascine toujours autant. Il est vrai que son destin peut faire rêver les midinettes ! Orpheline dès l'âge de six ans, Gabrielle Chanel est placée dans un couvent à Moulins d'où elle sort à dix-huit ans pour devenir vendeuse dans un magasin de confection. C'est le début d'une fabuleuse histoire [6]. Remarquée à vingt ans par un officier, Étienne Balsan, qui devient son protecteur, Gabrielle quitte Moulins pour découvrir l'étonnant univers du monde des courses. Peu de temps après (1911), elle rencontre un Anglais, Boy Capel, et entre eux naît une grande passion. Grâce à lui, Coco

Chanel réussit à conquérir une relative autonomie. Elle se met à créer et à vendre des chapeaux puis ouvre une maison de couture à Deauville (1912) et, après la guerre, s'installe à Paris, rue Cambon. Commence alors une ascension au cours de laquelle Chanel devient l'une des personnalités les plus en vue du Tout-Paris : amie du grand-duc Dimitri, maîtresse de l'homme le plus fortuné d'Angleterre, le duc de Westminster, elle est entourée d'une cour d'artistes et d'écrivains : Cocteau, Dalí, Picasso, Iribe, Reverdy… « tous se pressent autour d'elle comme des papillons ivres [7] » et l'inspirent. Bien des femmes sont reconnaissantes à Chanel d'avoir su répondre à leur besoin nouveau d'émancipation. Beaucoup, sans hésiter, adoptent le style qu'elle a créé, marqué avant tout par le « luxe dans la simplicité », que symbolisent ses ensembles de tweed et de jersey. Pourtant, certains censeurs n'hésitent pas à lui reprocher d'avoir emprunté aux hommes leurs vêtements (bérets, pantalons, tricots…). Il n'en reste pas moins que personne ne demeure insensible à son style.

Un peu plus loin, place Vendôme, s'élève un bel hôtel du XVIIIe siècle, devant lequel les curieux avertis s'arrêtent nombreux parce que c'est l'un des hauts lieux de la couture. Depuis 1935, Elsa Schiaparelli, la plus originale des couturières, y a installé son royaume qui, aujourd'hui, s'étend sur quatre niveaux, avec au rez-de-chaussée une boutique où sont diffusés parfums, bijoux et accessoires. Elle aussi a eu une trajectoire étonnante qui séduit ses admirateurs. À l'origine, rien ne prédisposait cette grande dame à se lancer dans la couture si ce n'est un goût inné et beaucoup d'imagination. Italienne, née à Rome, elle appartenait à un milieu aisé et cultivé au sein duquel elle connut une jeunesse dorée. Après son mariage, elle vécut quelques années aux États-Unis jusqu'à son divorce vers 1930 ; elle décide alors de s'installer à Paris où, pour vivre, elle confectionne des tricots de luxe : pull-overs, sweaters, jaquettes égayées de décors surréalistes ou cubistes. Au bout de quelque temps, sa réussite est complète, les acheteuses américaines se disputent ses créations dont la gamme se diversifie. Ses inventions, séduisantes et choquantes tout à la fois, sont bientôt connues dans le monde entier, en particulier sa couleur fétiche, une teinte rose un peu violacée, baptisée « rose shocking », et qui se répand comme une traînée de poudre. Quant à ses collections, elles sont un perpétuel sujet d'étonnement, ne serait-ce que par les thèmes retenus : le cirque avec des boléros brodés d'éléphants et de chevaux savants ; la commedia dell'arte, avec le manteau d'Arlequin que lança Arletty. Les commentaires fusent devant la vitrine où sont exposés le sac téléphone en daim et cuivre, spécialement dessiné par Salvador Dalí pour la couturière, ou bien encore des bijoux inventés par des artistes aussi célèbres que Giacometti ou Cocteau. On aperçoit également le flacon de parfum *Shocking* dont la forme s'inspire du buste de l'actrice américaine Mae West ! Bien des femmes seraient prêtes à des sacrifices pour posséder une de ces trouvailles, même si certaines amusent comme les sacs qui s'éclairent, ou qui, en s'ouvrant, jouent un air de musique ou bien encore les chapeaux escarpins ou côtelettes ! En tout cas, de la comtesse Crespi à la duchesse de Windsor, en passant par Arletty, Marlene Dietrich, Cécile Sorel, Joan Crawford, les femmes les plus élégantes du monde plébiscitent « Schiap »… Cet été encore, au gala de la tour Eiffel, la couturière a lancé le « chapeau du cinquantenaire », original par sa forme et son ensemble de plumes noires. La photographie, parue dans l'hebdomadaire *Match*, le 29 juin 1939, a été ensuite diffusée à plusieurs reprises dans de nombreux magazines durant la guerre, en particulier dans *La Semaine, l'hebdomadaire de l'actualité mondiale*[8].

Du côté des Grands Boulevards, les queues s'allongent devant les théâtres et les cinémas. Le dernier film d'Abel Gance, *Louise*, affiche complet en raison de sa distribution : Ginette Leclerc, Robert Le Vigan. Dans les salles dominent les toilettes légères, à pois ou à damiers, qui, en ce début d'automne, assurent la transition entre les tissus unis et sombres de l'hiver et la fantaisie des imprimés du plein été.

Pressentiment ou réaction naturelle, on veut profiter jusqu'au bout des derniers beaux jours. À peine si l'on prête attention aux rumeurs alarmistes qui, dans les journaux ou à la TSF, parlent de tensions en Pologne. Après tout, les accords de Munich, qui ont dénoué la crise de septembre 1938, sont présents dans bien des mémoires et l'on espère une fois encore que l'orage sera écarté.

Dans le monde de l'élégance, un événement fait la une des conversations : la sortie des collections d'hiver. Depuis plusieurs semaines, une fièvre créatrice a saisi les couturiers qui, dans le plus grand secret, préparent la nouvelle silhouette de l'hiver 1939. Pour trouver les deux cents modèles qui composent leur liste de présentation, les créateurs se sont coupés du monde. Autour d'eux, ils ont réuni les objets les plus hétéroclites et les plus précieux. « Le berger d'Australie, le chevrier du Tibet, le plongeur du golfe Persique, le trappeur du Kamtchatka, le prospecteur du Klondike qui lave l'or des rivières ou le mineur du Transvaal qui pioche le diamant et le teinturier, le tanneur, le tisserand des Flandres et de Picardie, le soyeux de Lyon, le fleuriste de la rue du Sentier, tous ont envoyé les produits de leur élevage, de leur exploitation, de leur chasse, de leur peine[9]. » Maintenant, seuls dans leur cabinet de travail, avec des ciseaux, des épingles et un état-major de grandes poupées de bois, les couturiers dessinent, taillent, préparent les toiles qu'ils ajustent sur leurs mannequins rigides. Dans leur ombre s'affaire toute une équipe, du plus grand au plus petit, de l'administrateur à l'arpète, chacun dans la maison participe à la réussite de la collection. Peu à peu la féerie se précise, s'anime : les mannequins vivants remplacent les poupées de bois. « Sur ces belles filles, minces et souples, le modéliste inspiré pose une dernière fois la toile rugueuse qui gratte la peau, ajoute une épingle ici, donne un trait de fusain là [10]. » Alors des milliers de petites mains entrent en scène à leur tour, s'emparent des tissus choisis pour piquer, coudre, broder et grâce à leur habileté conjuguée au génie des créateurs, le miracle de l'art s'accomplit : sous leurs doigts agiles, une robe de Paris naît.

Bientôt la fièvre monte, tout est prêt pour la grande parade de l'élégance. Des missions spéciales de reporters et de commissionnaires sont arrivées de New York, Chicago, Montréal, Buenos Aires ou Londres, prêtes à choisir, acheter, colporter dans le monde entier la mode parisienne. Maintenant installés dans des salons somptueux, les spectateurs, triés sur le volet, attendent, vibrants, que la fête commence. Autour d'eux, le décor est luxueux (la palme revient à Robert Piguet qui a transformé ses salons, à la manière de palais italiens, avec de lourdes draperies, des plafonds couverts de ciel nuageux), tentures et boiseries de teinte pastel, chaises capitonnées de soie verte aux dossiers dorés, bibelots précieux, tout concourt à créer une ambiance raffinée.

Au premier rang des privilégiés admis à découvrir les collections en avant-première, on reconnaît l'Américaine Janet Flanner, correspondante du *New Yorker*, qui ne manque jamais une présentation. D'une saison à l'autre sa cabine est retenue sur les grands transatlantiques. Des milliers de ses compatriotes sont suspendues à son jugement et ses articles qu'elle accompagne de croquis, grâce à la téléphoto, sont parmi les premiers à être publiés. Non loin d'elle, Edna Woolman Chase, rédactrice en chef du *Vogue* américain [11], est assise à côté de Michel de Brunhoff qui a la responsabilité de l'édition française de ce magazine depuis 1929. Tous deux, un crayon à la main, compulsent les documents qui leur ont été remis à l'entrée. Dans le groupe des journalistes, André de Fouquières, l'arbitre des élégances, qui participe à toutes les réceptions, échange quelques mots avec son voisin, le chroniqueur Lucien François, rédacteur en chef de *Votre beauté*. Les nouvelles tendances de la collection ne sont pas leur unique sujet de conversation. Une même question les tourmente : « Croyez-vous que Hitler osera faire la guerre ? » S'il faut en croire Lucien Lelong, le sombre horizon diplomatique ne doit pas ternir l'ambiance. Et l'on répète volontiers les propos optimistes du responsable de la haute couture : « Notre rôle est de donner à la France le visage de la sérénité, les difficultés ne doivent pas gêner les créateurs. Ils ont le devoir de s'en dégager. Plus les Françaises seront élégantes [...] plus notre pays montrera à l'étranger qu'il n'a pas peur de l'avenir [12]. »

À propos des collections, les indiscrétions qui ont pu filtrer à travers la presse laissent entendre que la mode sera placée sous l'influence de 1880. Une fois encore, les couturiers ont tenu leurs promesses, un type de femme nouveau est né grâce à eux. « La paysanne de Paris », naïve, fraîche et pimpante, en vigueur l'été dernier, est remplacée par la dame de chez *Maxim's*, plus sophistiquée. D'où ces conseils parus en août 1939 qui semblent bien futiles et si éloignés de la réalité d'alors : « Dès maintenant, si vous voulez être à la page, exercez-vous à tenir avec naturel le rôle nouveau qui vous incombe – la mode de cet hiver, si somptueuse, exige non pas des minauderies mais une certaine dignité et énormément d'allure. Apprenez à modérer, tout au moins en robe du soir, vos grands pas de sportive. Ayez la démarche aisée, non pas délurée [...]. Apprenez à manier avec grâce l'éventail, à enrouler votre étole. De la petite fille modèle à la dame de chez *Maxim's*, le saut ma foi est un peu grand, mais avec votre habileté de femme vous le réussirez [13]. »

« Dans les salons où il règne maintenant une température de serre, les conversations se sont tues. Les fenêtres sont closes, de grands réflecteurs dardent leurs rayons convergents sur une porte que masque une draperie, en haut d'une estrade, la draperie se soulève : le mannequin paraît, fait quelques pas, virevolte puis traverse la pièce. Un nom circule ou un numéro que l'écho répète dans les principales langues d'Europe [14]. »

Les présentations de modèles ont leur rythme propre car le singulier ballet de la collection doit suivre une progression toujours respectée : d'abord les tailleurs sport, puis les tenues de ville ou d'après-midi en lainage, crêpe, satin et, enfin, l'apothéose avec les robes du soir et celles de mariée. Acheteurs et critiques découvrent enfin cette ligne nouvelle qui a déjà fait parler d'elle : la taille est mince, très marquée, souvent prise dans un léger drapé. Les jupes ont rallongé, trois centimètres de plus que la saison passée.

Émus, les créateurs attendent avec anxiété le verdict de l'assistance. Comme à son habitude, Mademoiselle Chanel est assise sur une marche, tout en haut de l'escalier, et jette un dernier coup d'œil sur ses mannequins qui la saluent d'un signe de tête avant de défiler. Devant certains modèles, l'assistance réagit et s'interroge : « Pourquoi relève-t-on sur des boléros ou des jaquettes tant de garnitures, de passementeries, genre brandebourgs, fourragères, glands [...]. En remettant à la mode de très vieux uniformes militaires, les créateurs, du moins certains, ne se sont-ils pas laissé influencer par les temps troublés [15] ? » La surprise, voire l'agacement, est à son comble devant les modèles de chapeaux – shakos, chéchias, bonnets à poil et même tricornes de garde française –, décidément la femme cet hiver prend une allure guerrière qui séduit certaines et déplaît profondément à d'autres. Fort heureusement, le défilé des robes du soir arrache des cris d'admiration. Le brocart, le broché dessinent des robes où les formes sont mises en valeur. On relève beaucoup de robes entravées avec l'ampleur dans le bas ou drapées en panier sur les hanches. Madeleine Vionnet, qui voici plusieurs années avait remis en honneur le drapé, est fort applaudie avec un modèle de robe du soir bicolore, « soulignée aux hanches d'une ruche de dentelle noire comme la jupe ». Remarquée également chez Worth – qui traditionnellement habille des altesses royales – une robe sirène en lamé bleu et or portée avec des bijoux en perles et en pierres de couleur et chez Lucien Lelong une robe longue en dentelle d'Albène de Calais, rebrodée d'argent.

La présentation est maintenant terminée ; au vu des applaudissements, les commandes ne vont pas manquer d'affluer. Les salles se vident, certains correspondants étrangers téléphonent aussitôt leurs impressions à leurs journaux. Décidément, c'est toujours vrai : la mode française occupe le devant de la scène mondiale et Paris reste la capitale de l'élégance. Pour combien de temps encore ?

3 septembre 1939... Adieu les beaux jours. Personne ne voulait y croire mais cette fois l'évidence s'impose. La guerre est là : la France et l'Angleterre l'ont officiellement déclarée après l'invasion de la Pologne par l'Allemagne. La mobilisation générale est décrétée. Du jour au lendemain toute la vie se trouve bouleversée. Les femmes font les paquets de leurs soldats, glissant çà et là un lainage, une photographie des jours heureux. Le moment de la séparation approche et un cortège de robes claires, comme autant de gerbes de fleurs, accompagne l'appelé à la gare ou à son centre mobilisateur. Bien que tous ne soient pas en uniforme, les partants encombrés de valises ou bardés de la sempiternelle musette se repèrent aisément. Malgré les larmes dissimulées, le chagrin qui les étreint, jeunes et moins jeunes ont trouvé le courage de se faire belles afin de laisser d'elles une vision riante. Mais derrière les sourires un peu crispés une question lancinante se presse sur toutes les lèvres : « Quand nous reverrons-nous ? »

Après quelques jours de désarroi qui voient les trains pris d'assaut par des civils éplorés, et les files de voitures qui se ruent vers des cieux jugés plus cléments, le pays se ressaisit. La France entend donner le change au monde entier, aussi s'efforce-t-elle de revêtir son visage habituel. Unanimement la presse souligne le courage de la population et, s'il faut en croire une propagande habilement orchestrée, partout la vie reprend son cours.

À Paris, où, comme ailleurs, des familles entières ont fui dans des voitures surchargées, munies de couvertures, de thermos et de sandwichs, on a pu apercevoir, au passage, dans de longues limousines conduites par des chauffeurs en livrée, quelques pardessus en pur mohair de chez Creed, d'élégants manteaux écossais signés Lanvin et des cheveux serrés dans des turbans de jersey d'Agnès, qui se repliaient en bon ordre. Puis la ville s'est adaptée à la nouvelle situation. Malgré des boutiques fermées, Paris, du moins dans la journée, a repris son animation. Seul le décor a changé : certains magasins de luxe ont protégé leurs devantures par des panneaux de bois et sur les vitrines s'étalent des banderoles de papier, collées dans le ferme espoir d'atténuer le choc des bombardements ; les principaux monuments sont habillés de sacs de sable, en prévision du pire et par obéissance aux consignes de la défense passive, les vitres badigeonnées au bleu pour éviter de laisser passer le moindre rai de lumière suspect.

La plupart des caves sont devenues des abris et, çà et là, des affiches hâtivement apposées, signalent où se réfugier en cas d'alertes. Dans les rues, où l'on croise quelques officiers dont l'uniforme impeccablement coupé sort des meilleurs établissements [16], ce qui frappe le plus c'est l'absence d'enfants, souvent évacués à la campagne, et d'hommes jeunes, presque tous mobilisés. Également, l'apparition d'un nouvel objet dont chaque piéton est obligatoirement pourvu : le masque à gaz. La psychose de la guerre des gaz est telle que, pendant quelques mois, la population ne se déplace guère sans l'inséparable instrument : au marché, au lycée, au cinéma, au théâtre, au restaurant, dans le métro, le masque est partout présent ; il est devenu la marque des silhouettes de guerre. Certaines femmes déploient des trésors d'ingéniosité pour le camoufler ou l'assortir à leurs tenues, aussi voit-on couramment des masques dissimulés dans des housses taillées dans des tissus fantaisistes qui, dans les quartiers chics, sont remplacés par des étuis en cuir ou en satin. La publicité et le commerce de luxe exploitent l'aubaine. Un masque à gaz modèle réduit devient un flacon à parfum ou « l'étui à rouge à lèvres le plus pratique et le plus nouveau » de l'année. Outre-Atlantique, des cartons à chapeau de forme cylindrique, lancés par Jeanne Lanvin, connaissent beaucoup de succès. Il en va de même des sacs en cylindre que toutes les Argentines ou Brésiliennes s'arrachent parce qu'ils incarnent la mode de Paris.

À temps nouveau, habitudes nouvelles. La guerre et les premières mesures qui l'accompagnent (alertes, coupures de courant, etc.) dictent un changement de comportement, dans la population féminine en particulier. Au grand étonnement des curieux, quelques excentriques se promènent en chemisier kaki, des boutons dorés, des épaulettes sur leurs vestes ou arborent fièrement shakos, chéchias, bonnets à poil et autres tenues de soldats d'opérette. Beaucoup de jeunes femmes, le visage encore hâlé par les vacances, n'hésitent pas à aller, cheveux au vent, ayant rabattu sur leurs épaules le capuchon qui, le moment venu, les protégera du froid.

Certaines, enfin, sont allées jusqu'à sacrifier un échafaudage de boucles savamment ordonnées pour adopter une coiffure plus simple de mèches en casque. Renseignement pris auprès des gens du métier, les coiffeurs expliquent que la situation présente demande de l'adaptation, et que jamais, au grand jamais, les boucles n'auraient résisté longuement aux courroies du masque à gaz ou aux coupures d'électricité, la seule solution en ce cas résidait dans les ciseaux.

Les alertes obligent également à une révision de la garde-robe féminine. Sous le titre *Tout ce qu'il faut pour descendre à l'abri* [17], un grand magasin parisien offre à sa clientèle une reconstitution fidèle d'une cave. Rien n'y manque, une table, des bancs composés d'une planche supportée de sacs de sable en guise de pieds, une lampe, des sacs de couchage, et sur les bancs, négligemment posés, toute une gamme de vêtements chauds : gilets matelassés, capuchons douillets, combinaisons de cuir ou de tissu imperméabilisé, vestes de mouton. Le fait est que, pour des frileuses arrachées la nuit à leur sommeil, descendre à la cave peut devenir très inconfortable si l'on ne prend pas quelques précautions élémentaires. Les vêtements de ski, pratiques et chauds, sont particulièrement répandus ainsi que les grandes pelisses en laine, à capuchon (celui-ci fait bientôt fureur !). Les plus habiles vont jusqu'à se confectionner des tenues d'une seule pièce, avec fermeture Éclair, faciles à enfiler, comme la combinaison de jersey de laine que recommande à ses lectrices *Mode du Jour* à l'automne 1939. Façon chemisier, elle est montée froncée dans l'empiècement et fermée par une patte boutonnée, les jambes sont prolongées par des socquettes, on peut la compléter utilement avec une paire de bottes en caoutchouc.

Ailleurs, l'élégance ne perd aucun de ses droits, ainsi l'abri du *Ritz* ressemble fort au dernier salon à la mode. Les caves sont agréablement aménagées avec couvertures de fourrure, sacs de couchage d'Hermès et l'on peut y voir défiler les modèles de guerre les plus nouveaux portés par des femmes connues jusqu'à présent pour leur raffinement. L'ensemble trois pièces de chez Schiaparelli : pantalon, blouson et capuchon en tissu transparent imperméable bleu-vert doublé de flanelle violette, ne passe pas inaperçu ; il côtoie la (déjà) classique combinaison de lainage gris fer, accompagnée d'une cape à carreaux roses, blancs et gris de Robert Piguet, tandis qu'un manteau à capuchon entièrement doublé d'ottoman suscite des murmures approbateurs. Un trait commun à ces modèles, les poches, nombreuses, de tailles et de formes diverses, grandes, profondes à soufflets ou bien petites et plates, elles sont là, indispensables pour abriter papiers, bijoux et argent. De grosses chaussures, réchauffées par de la fourrure, des gants en tricot, complètent la tenue d'alerte.

Il arrive parfois chez certaines femmes du monde que la coquetterie et le désir de paraître l'emportent sur la peur. Témoin cette scène qui se passe à Deauville, au grand hôtel *Normandy*, tout au début de la guerre. Un hurlement strident déchire la nuit, la panique est générale, les gens en toilettes de nuit, souvent somptueuses, se bousculent, crient, s'interpellent dans les couloirs ; soudain un grand silence, tous les regards sont tournés vers Cécile Sorel qui descend aussi majestueusement les marches de l'escalier que si elle était au théâtre. « Elle est drapée dans une sorte de grande cape bleue qui lui recouvre la totalité du corps jusqu'aux chevilles, le chef coiffé d'une casquette d'amiral du plus impressionnant effet. Son visage est maquillé comme aux plus grandes premières, ses cheveux bouclés comme si elle sortait de chez le plus grand coiffeur de Paris [18]. » Elle passe lentement et s'évanouit dans la nuit.

Les toutes premières semaines, un vent de moralisme et de vertu secoue le pays, qui se traduit dans l'habillement. Paris, à la fois le cœur et le miroir de la France, donne l'exemple de la respectabilité. La Ville lumière, le soir, est noire, à demi déserte et comme engourdie. Rares sont les distractions. Dans la journée, les courses, jugées inopportunes, sont supprimées jusqu'à nouvel avis ; quant aux cinémas et théâtres, après avoir été fermés quelque temps, ils rouvrent mais se voient imposer une réglementation draconienne.

Signe des temps, les femmes en uniformes se sont multipliées dans les rues de la capitale, on en voit partout. « Tailleur noir, chemise blanche et cravate noire, elles effectuent la relève des boîtes postales dans différents quartiers de la capitale [19]. » Mais on croise également beaucoup d'infirmières de la Croix-Rouge. La plupart portent l'habituelle tenue : « [...] costume tailleur strict, manteau classique, chapeau de feutre uni, bleu foncé à bord rabattu sur le devant [20] », que les journaux reproduisent abondamment, certains quotidiens fournissant même les patrons de ces modèles en vente par correspondance. Conscientes de leurs responsabilités, des femmes du monde, hier encore oisives et dont le déroulement de la journée s'ordonnait principalement autour d'une tasse de thé ou d'une vente de charité, se sont enrôlées dans les services sanitaires et sociaux. L'épouse du roi du chemin de fer américain, Florence Gould, Parisienne d'adoption, en est le meilleur exemple, tout comme Gogo Schiaparelli (la fille d'Elsa) devenue conductrice d'ambulance à la section sanitaire automobile. Quelques maisons de couture ont saisi la balle au bond, « habillant selon les prescriptions de la Croix-Rouge et les directives des grands couturiers » les engagées de cette nouvelle croisade. Leur uniforme grand chic de chez Schiaparelli ou Lanvin fait des envieuses !

Dans les bars, à l'heure du déjeuner, un essaim de cousettes et d'employées prennent leur café et leur sandwich sur le pouce, l'animation y est moins gaie qu'autrefois, on échange gravement les dernières nouvelles. La mise aussi se fait plus sobre. Finies les robes trop voyantes, les bibis excentriques, les bijoux tapageurs ou les ongles trop rouges. La mode est au tailleur strict, juste égayé par une blouse de crêpe. Un petit feutre sombre orné d'un ruban, un grand sac à main accompagnent l'ensemble.

Pour les mères de famille, « la guerre est devenue une sorte de guerre de mouvement [21] », la vie nouvelle qu'elles mènent, partagée entre les enfants restés à la campagne, les parents en province, le mari au front, les oblige à des voyages incessants et leur impose une tenue pratique et confortable. C'est pour elles qu'ont été conçus ces tailleurs coupés dans des tissus épais, genre tweed, jersey ou lainage, ces manteaux amples suffisamment larges pour être portés sur le tailleur, garnis de grandes poches et souvent de capuchons pour qu'elles puissent se passer de sac et de chapeau. L'heure des mièvreries est passée. Des chaussures solides genre Richelieu, des bas épais dont aucune femme n'aurait jamais voulu il y a seulement quelques semaines sont devenus le lot commun.

Les militaires ont aussi une mode qui leur est destinée : « Sur le front, nos soldats exposés à la pluie, au vent, à toutes les intempéries, apprécient au plus haut point le confort des vêtements de fourrure. Les grands plastrons d'agneau de forme chasuble qui se mettent par-dessus sont providentiels pour les guetteurs de nos avant-postes, les fantassins, les aviateurs et pour nos vaillants militaires. Les patrouilles, la vie des tranchées ont généralisé aussi l'usage de ces vestes de toile imperméabilisée, doublées de mouton, d'agneau ou autre pelleterie qu'on appelle canadiennes. Une ceinture à boucle les serre à la taille. À l'encolure, une large bande de fourrure encadre le visage et garantit la poitrine contre l'eau et le froid [22]. » Pour les officiers les plus aisés, l'imperméable Burberry, ou trench-coat (manteau de tranchée), connu dès l'avant-guerre grâce à sa publicité, est très apprécié.

Les répercussions de la guerre s'étendent également à la haute couture où deux mots d'ordre dominent : discrétion et confort élégant. Une fois les rouages de la vie courante à nouveau en marche, le petit monde de la couture s'est lui aussi remis à cheminer, en tenant compte des nouvelles données. Certes, il a perdu en route quelques-uns de ses meilleurs éléments. Certaines maisons ont fermé. Molyneux (surnommé

Captain Molyneux en raison de son engagement durant la Première Guerre mondiale) déplace son entreprise à Londres. Le couturier américain Mainbocher se réfugie aux États-Unis. À l'annonce du conflit, Madeleine Vionnet, qui tenait le haut du pavé dans le domaine du drapé, préfère fermer sa maison en décembre 1940. Marcelle Chaumont se fait son héritière. Après avoir licencié plusieurs milliers d'employés et d'ouvrières, Chanel met la clef sous la porte [23] mais conserve ses parfums, notamment le fameux N° 5 proposé dans les boutiques de la rue Cambon, de Deauville et de Biarritz. Sitôt qu'elle a appris la nouvelle de la guerre, en compagnie de son bras droit, Angèle Aubert, et de sa chef couturière, conduite par son chauffeur, elle se réfugie dans les Pyrénées-Orientales à Corbère dans la famille de son neveu André Palasse [24]. Et maintenant, malgré les supplications de ses confrères et amis, elle refuse obstinément de rouvrir son salon. Celle qui jusqu'ici avait fait preuve de ténacité, celle qui avait lutté pour imposer son style, se retire du monde des affaires pour vivre entre parenthèses, employant son temps à confectionner des colis destinés aux soldats. Marraine de guerre de Jean Marais, elle finit par adopter toute la compagnie, adressant chandails et moufles aux isolés.

De jeunes modélistes, Christian Dior, Pierre Balmain sont mobilisés. Pendant quelques jours, la Chambre syndicale de la couture envisage que la couture parisienne se réfugie dans la région du Sud-Ouest où certaines maisons (Lanvin, Patou, G. Lecomte, M. de Rauch, Marcelle Dormoy [25]...) ont des succursales à Biarritz. L'ordre de repli n'ayant pas été donné, les couturiers regagnent Paris [26]. Avec Lucien Lelong, ils travaillent sans relâche, décidés à offrir à leur clientèle de nouveaux modèles plus adaptés aux circonstances. Si la collection d'hiver 1939-1940 est présentée au public avec retard, le délai a été mis à profit pour « actualiser » les créations. À un journaliste venu l'interroger sur la situation de la haute couture parisienne, Maggy Rouff laisse entendre qu'il était impensable, compte tenu des nécessités de l'heure, d'adopter telle quelle la collection montrée aux journalistes et aux acheteurs en août-septembre. « Nées en temps de paix, créées pour des jours insouciants, nos robes, explique-t-elle, sont allées dormir d'un sommeil étonnant et profond dans des armoires protectrices [27]. » À leur place, une autre mode est née et un mot nouveau a fait son apparition : « utilitaire ». Tricots, chandails, robes de lainage de couleur sombre, de gros manteaux, des tailleurs classiques, beaucoup de fourrures, chaque couturier a eu à cœur de préparer une « vraie » collection, même si le rite habituel est quelque peu bouleversé.

Et aujourd'hui rue Royale, place Vendôme comme aux Champs-Élysées, devant chaque porte surmontée d'un nom connu, le planton galonné des jours heureux monte à nouveau la garde. Son visage est plus ridé, son dos plus courbé, il a pris la place d'un camarade parti au front, mais il est là, les maisons rouvrent et c'est le principal. L'atmosphère, si elle est toujours aussi bruissante, est moins frivole que d'habitude, le public n'est pas tout à fait le même. Certes, des dessinateurs de mode, quelques journalistes étrangers sont là, fidèles au poste, et d'abord les envoyées permanentes de grands magazines : Carmel Snow (1887-1961), journaliste à *Harper's Bazaar* de 1934 à 1954, rédactrice en chef transfuge de *Vogue*, a pris la direction de la revue *Harper's Bazaar* en 1932. Elle est venue se rendre compte sur place de l'état de la mode parisienne. À ses côtés, on trouve Marie-Louise Bousquet qui l'assiste pour l'édition parisienne. Toutes deux sont attentives à noter les changements survenus. La direction du bureau parisien est confiée à Daisy Fellowes, dont les relations mondaines et artistiques constituent un atout. Grâce aux avions « clipper », des acheteuses américaines sont, elles aussi, venues de New York à Paris, en deux jours seulement, prêtes à remporter leur butin, en particulier les robes du soir préparées à leur seule intention.

Les premiers rangs sont occupés par un bataillon serré de spectatrices attentives mais qui entendent ne pas rester inactives si l'on en juge par leurs occupations. Parmi elles, la générale Gamelin, chapeautée, tout de noir vêtue, donne l'exemple du sérieux en tricotant avec ardeur une pelote de laine kaki. À ses côtés, c'est à qui jouera le mieux des aiguilles, grâce à quoi les soldats ne manqueront ni de cache-nez, ni de gants, ou bien encore de passe-montagne. Dans le demi-silence qui s'est établi, le défilé commence enfin, l'« aboyeuse » annonce des modèles dont les noms, la ligne, le coloris ont subi les contrecoups de l'actualité. La robe *Un soir près de toi* se baptise désormais *Permission*, le pyjama s'appelle *Alerte* ou *Au coin du feu*. Chez Lanvin, on applaudit *Spahi*, un tailleur de lainage souple, couleur sable, jaquette à larges poches, ceinturé de sombre, et Robert Piguet remporte un vif succès avec *Service secret*, ensemble aux poches multiples et boutonnées. Schiaparelli agrémente sa collection de nombreuses trouvailles, parmi lesquelles d'énormes poches sacs qui remplacent le sac à main. On trouve même une poche fermée par une fermeture Éclair au bas intérieur d'une jupe sombre. Toujours chez Schiaparelli, la nouvelle robe-laveuse, en taffetas vert changeant couleur « camouflage » fait sensation. Courte et drapée pour le jour, elle peut d'un seul coup de main devenir longue pour le soir [28]. Les coloris subissent eux aussi l'influence discrète de l'heure. De nouvelles couleurs ont fait leur apparition : le « bleu Royal Air Force » est le grand événement de la saison, suivi il est vrai par le « bleu Maginot » ou le « bleu acier trempé », le « gris avion » ou encore le « beige terre de France ». « Le président de la Chambre syndicale indique sa préférence pour une teinte tirant sur le bronze, un bronze clair et profond, évoquant non pas la gueule cassée des canons, mais une cloche ferme au son chantant l'espoir [29]. » Quant aux chapeaux, ils ne sont pas en reste. Chéchias en astrakan, tant décriés le mois dernier, effectuent une rentrée en force tandis que, venue d'Angleterre, la ligne du béret écossais inspire de nombreuses coiffures sport. Parfois de jolis modèles se glissent dans cet ensemble militaire, par exemple un petit chapeau en deux tons de feutre, pois de senteur mauve et rose qui rappelle le calot anglais, il est l'œuvre de Rose Descat.

Une fois les derniers applaudissements tus, les feux de la rampe éteints, les couturiers se demandent comment sera accueillie cette collection par leur clientèle française et surtout étrangère. Réussiront-ils comme par le passé à maintenir haut la main l'art parisien de la haute couture ? Ou devront-ils céder la place à des concurrents avides de saisir l'occasion ? Déjà le bruit court que certains couturiers, aux États-Unis, se disent prêts à supplanter Paris. Et de s'interroger : « Où est-il le temps béni où les commandes affluaient des quatre coins du monde et où la vente d'une robe de luxe permettait à l'État d'acheter dix tonnes de charbon et celui de un litre de parfum deux tonnes de pétrole [30] ? » Que va devenir une main-d'œuvre parvenue à un degré de qualification à force de sacrifices et d'efforts sans nom ? Sait-on bien qu'il faut au minimum sept ans à une jeune cousette pour devenir « manchière », « jupière » et que seule une infime minorité accède au grade envié de « première » d'atelier ! Doit-on réduire au chômage les vingt-cinq mille ouvrières de la couture ?

Le contexte aidant, on comprend mieux le sens de la démarche qu'effectue Lucien Lelong auprès des pouvoirs publics afin d'obtenir l'assurance qu'ils soutiendront les efforts des couturiers. Il est vital, explique-t-il, pour la couture française de défendre coûte que coûte la part des marchés étrangers, « le luxe et la qualité sont des industries nationales. Elles font rentrer dans les caisses de l'État des milliards de devises étrangères dont nous avons plus que jamais besoin [...]. Ce que l'Allemagne gagne avec des produits chimiques, des engrais ou des machines, nous nous le gagnons avec des mousselines diaphanes, des parfums, des fleurs ou des rubans [31] ». En continuant à produire de belles robes du soir pour les Américaines, les Argentines, les Brésiliennes, etc., qui ne sont pas en guerre, une partie des ateliers ne chômera pas.

Avec la haute couture, la France défend une part de son industrie qui est aussi une part de sa culture car la majorité des femmes, riches ou aisées, du monde entier s'habillent, se maquillent, se coiffent, se parent suivant la mode de Paris et avec l'idée bien ancrée d'imiter la « Parisienne ». Selon Lucien François, c'est un « quasi-devoir » pour cette dernière que de continuer à être élégante. Et dans une envolée lyrique dont il a le secret, s'adressant à celles qui donnent le ton, il n'hésite pas à écrire : « Le jour où vous aurez cessé d'être coquettes, c'est la moitié de Paris qui chômera car l'étranger ne voudra plus de ce qui n'aura pas été créé pour répondre aux besoins de la femme de chez nous [...]. Chaque femme de Paris est une vivante affiche de propagande [...] la fonction universelle de la Parisienne c'est de rester coquette [32]. » Pour gagner la guerre économique, la coquetterie devient une arme indispensable au service de laquelle s'enrôlent, outre les chroniqueurs de mode, les couturiers, les modistes, en un mot, tous ceux qui contribuent à créer la mode. Tour à tour, ils montent au créneau, reprochant aux femmes une trop grande indifférence de leur extérieur. Chacun y va de son refrain, suivant son art, « poussant à la bonne dépense patriotique ». « Jeanne Lanvin affirme la nécessité de maintenir le rayonnement dont Paris éclaire le monde. [...] les femmes n'ont-elles pas le devoir, en ces heures tragiques, de garder, au cœur même de la France, un petit coin parfumé de rêve, de luxe et de beauté [33] ? » Les cheveux au vent, coiffés n'importe comment, ne sont pas adaptés à la situation, gourmande Madame Agnès, l'une des modistes les plus en vue de Paris, usant d'un argument décisif entre tous : la permission. « Le permissionnaire, mesdames, ne l'oubliez pas, veut vous retrouver aussi belles et aussi élégantes qu'au moment où il vous a quittées, soyez plus sobres dans votre mise, mais n'abdiquez pas complètement l'élégance [34]. » Et de conclure en conseillant aux intéressées « une petite toque en dentelle de laine dont la transparence est seyante et qui, en même temps, est pratique puisqu'elle cache les boucles un peu défaites ».

Même ton de reproche enjoué chez Maggy Rouff, Robert Piguet et Molyneux où l'on s'insurge contre le laisser-aller des unes et le côté sport des autres. Dans l'émotion des premiers jours de septembre, une crise de vertu a secoué les femmes qui se sont réfugiées dans une mode de guerre. Sans tomber dans l'excès, le moment est venu de renouer avec les traditions du bon goût. Certains journaux féminins mais aussi des hebdomadaires publient des articles où se retrouvent de banals clichés, notamment l'image solidement ancrée d'une femme dont la frivolité est une arme nécessaire. « Il faut qu'il existe une armée d'insouciantes dont la beauté apporte un peu de gaieté à nos heures graves. Infirmière des hommes [35], la femme coquette sait qu'elle a un rôle à jouer : plaire. Car rien n'est plus réconfortant pour les soldats en permission que de retrouver un visage souriant, maquillé avec soin, une silhouette aimable. En partant ils emporteront avec eux une image d'optimisme, de courage, d'espoir et de beauté. » Et comme s'il se faisait l'écho de leurs pensées, Paris renaît à la vie.

Timidement, cinémas et théâtres ouvrent plus grandes leurs portes, adoptant la formule du spectacle avant dîner. La Comédie-Française fait salle comble, malgré sa tenue de guerre. Les bustes de Molière et de Corneille qui jadis accueillaient les spectateurs sont remisés à l'abri, seul demeure en haut de l'escalier, parce que intransportable, le grand *Voltaire* de Houdon. Dans l'assistance, si l'on relève peu de robes longues et beaucoup de tenues de ville pour les hommes ainsi que quelques tenues de sport, les femmes ont adopté des vêtements simples mais raffinés. Beaucoup portent une petite robe en lainage noir, d'autres un tailleur du soir, en faille noire ou bleu marine, égayé de paillettes à l'empiècement et sur la basque. Pour remplacer les coiffures du soir, quelques turbans et, surtout, un grand nombre de résilles en lourde passementerie ainsi que des résilles bleues ou pailletées noir et d'autres brodées d'or. Il faut attendre début novembre pour que le Théâtre de la Madeleine connaisse l'animation des grands soirs. En effet, de cinq à sept a lieu la première « première » de guerre : un gala de bienfaisance organisé par Sacha Guitry au cours duquel seront présentées trois de ses pièces et dont la recette doit être consacrée à l'achat d'une ambulance pour la Croix-Rouge. Dans les loges a pris place le Tout-Paris, la duchesse de Windsor, dans une robe bleue de chez Molyneux, à côté du duc, son époux ; l'extravagante et exquise vieille dame, Lady Mendl, connue pour ses fêtes, Mme Paul Reynaud, sobre et classique, qu'habille Jeanne Lanvin. Elsa Schiaparelli et sa fille Gogo sont très entourées, l'une portant un ensemble noir et rose pâle, une jaquette courte sur une blouse rose enrichie de broderies de perles. L'autre est en robe de faille bleu sleeping rayée noire. Mais ce soir-là, la palme de l'élégance revient à Geneviève Guitry qui porte « une redingote de duvetine bleu persan, taillée en forme à la jupe ». Non loin, on reconnaît également Paul Valéry et Jean Cocteau, en tenue de soirée.

À l'ABC et Bobino qui ont repris leur spectacle de variété l'ambiance est différente. Là se presse un public de permissionnaires avide de chercher l'oubli et la distraction. Comme avant guerre, leurs compagnes se sont fardées et maquillées et sous les yeux attendris ou rieurs des uns et des autres, elles sortent houppette et rouge à lèvres. À côté de jolis chapeaux qui font honneur aux modistes de Paris et au goût de celles qui les portent, de joyeux drilles ne se gênent pas pour critiquer à haute voix tel galurin qui ressemble à une « galette de chaperon rouge » ou encore à un « panier de fruits ». Des rires fusent devant un tuyau de poêle en feutre d'où s'échappent quelques mèches permanentées. C'est à se demander à quoi pensent les femmes, soupirent certains.

Plus le temps passe, plus la morosité et le climat de guerre ont tendance à s'estomper chez ceux de l'arrière, tandis qu'à l'avant les soldats s'installent dans une « drôle de guerre » où il ne se passe rien. 1939 s'en va à pas feutrés, un soir de neige, au milieu d'une avidité inquiète. On cherche à oublier ; le réveillon de la Saint-Sylvestre se veut gai. Dans la capitale, du plus modeste au plus luxueux, il y a longtemps que les restaurants n'ont connu une telle affluence. Après avoir dîné entre amis, des couples, à défaut d'aller danser (puisque la danse est toujours interdite), sont allés applaudir Maurice Chevalier et Mistinguett au Casino de Paris. En dépit du froid, de nombreuses jeunes filles, à l'occasion de l'année nouvelle, ont décidé d'étrenner la robe-chemise dont la ligne est droite, la taille souple et qui est fermée à l'encolure par une de ces broches dorées tant prisées cet hiver. Étonnantes de fantaisie, les modèles en sont variés mais aucune ne passe inaperçue : une clé de l'espérance, des drapeaux franco-anglais, un coq de clocher avec l'inscription « Jusqu'au bout », etc. Quelque fiancée a même accroché à son corsage un cadre clip portant la photographie de son bien-aimé sans oublier l'insigne du régiment auquel celui-ci appartient, ce qui lui vaut des applaudissements enthousiastes dans la salle.

Plus loin, gourmets et connaisseurs se disputent l'entrée d'établissements chics, comptant sur un menu soigné et une joyeuse ambiance. Manteaux trois quarts en vison, capes et toques d'astrakan, venant presque toutes de chez Révillon, le fourreur à la mode, se pressent devant la porte.

Aviateurs, officiers alliés anglais et polonais, robes du soir, smokings s'écrasent au *Bœuf sur le Toit* où l'on s'amuse ferme. Et dans l'assistance, à défaut d'apercevoir Jean Cocteau, un fidèle, on dénombre avec malice force copies de Marlene Dietrich, blondes platinées en robe de lamé, ongles rouges et fume-cigarette à la bouche.

Ainsi Paris, à l'image d'une grande partie de la France, s'étourdit et cherche à oublier la guerre en minimisant l'adversaire. Déjà, au printemps 1939, un reportage paru dans *Match* le 11 mai 1939 affirmait : « L'Allemagne tient grâce à ses ersatz » et montrait, photos de mannequins à l'appui, les « nouvelles découvertes », qualifiées de décevantes, en matière de tissus et de chaussures. Le ton général est à l'optimisme et on fait des gorges chaudes en apprenant que les Allemands, les malheureux, sont réduits à un système de cartes de points textiles pour s'habiller. Chaque fois qu'ils veulent acheter un vêtement, ils doivent détacher des coupons leur donnant droit à tel ou tel article ! Grâce au ciel, pareille mésaventure ne risque pas d'arriver en France où, dans ce domaine, l'on trouve de tout à profusion. Il n'est que de voir les vitrines et les réclames qu'offrent la *Samaritaine* ou *Le Bon Marché* à l'occasion du blanc ! Et ce ne sont pas les mesures gouvernementales qui risquent d'entraver la bonne marche du commerce de luxe. Paul Reynaud, alors ministre des Finances, l'a dit et répété à une délégation de la Fédération des commerces et d'industries d'art de qualité, venue plaider leur cause : il est essentiel que l'artisanat de luxe et la haute couture continuent à vendre en France bien sûr, mais surtout à l'étranger, grâce à quoi les caisses de l'État seront bien garnies. Cependant, une crise assez grave commence à se dessiner dans le domaine de la fourrure. D'après les spécialistes, « cette crise est due, en partie, à des engagements basés sur les affaires des années précédentes, engagements devenus impossibles à remplir du fait de la guerre, des restrictions qui en résultent et de la disparition du marché des plus gros consommateurs de fourrures : le Nord et l'Est [36] ». Les fourreurs du Bas-Rhin ont été obligés de quitter leurs affaires pour se réfugier en Dordogne, où ils sont dispersés.

Comme s'ils retenaient la leçon, les couturiers ont fait éclore dans leurs collections de printemps une mode plus gaie, plus colorée aussi. (Si le « bleu RAF [37] » tient toujours la vedette, le rouge « Scarlett », le vert vif sont présents comme le grège et toutes les nuances comprises entre le caramel et le maïs.) Les créateurs ont réussi ce double tour de force de contenter l'élégance, un peu sur la réserve, des Françaises en guerre, et celle, plus brillante, plus fantaisiste, des étrangères qui jouissent des bienfaits de la paix. En France, les élégantes n'ont plus le temps de changer de toilettes plusieurs fois par jour, comme l'exigeait la mode d'avant guerre, aussi le tailleur s'impose-t-il désormais comme tenue idéale du matin au soir, de même que la robe simple, accompagnée d'une veste longue et cintrée souvent de ton opposé, le tout est de bien choisir son tissu qui doit être d'une qualité irréprochable et sa coupe qui ne peut venir que d'un grand couturier ! (Même si les prix ont dangereusement grimpé cette saison.) C'est aux étrangères que sont destinés des modèles plus sophistiqués où la soie et l'organdi sont largement utilisés. La variété des imprimés est innombrable : bandes bayadères à fleurettes stylisées, dessins de cachemire, pois de senteur, églantines, d'immenses tournesols, des marguerites sur fonds bleu, jaune, noir composent un choix infini. Le patriotisme n'est pas tout à fait absent avec un modèle de Jean Patou, *Cocorico*, coupé dans un semis de coqs rouges et blancs sur fond bleu. Raisonnable, la mode de tous les jours a comme préoccupation majeure d'encourager les vêtements qui se portent en ville comme à la campagne sans transition et les journaux féminins bon marché fourmillent de modèles coordonnés : tantôt de l'uni accompagné de petites rayures, tantôt un petit damier accordé à un grand quadrillé, etc. En avant-première de l'été 1940, quelques-uns présentent des tenues fraîches et pimpantes, genre robes-tabliers qui s'annoncent idéales pour le jardinage et la mer. Les fleurs parsèment les chapeaux d'été et chacun souhaite avoir un petit canotier garni de touffes de primevères, myosotis, bleuets ou roses…

À quelques semaines du choc décisif, le printemps que la mode a devancé s'installe, enchantant les

Parisiens tant il s'annonce incroyablement beau et doux. Les marronniers des Champs-Élysées sont en fleur. Durant des jours et des jours, le ciel reste d'un bleu inaltérable, sans un nuage. Plus que jamais, la guerre semble lointaine et le refrain du chansonnier René Dorin : « C'est-y pour ce soir, c'est-y pour demain » qui court sur les ondes, puis sur toutes les lèvres, reflète assez bien les sentiments d'une population qui ne croit plus à l'imminence d'un danger. La Parisienne reste le symbole de l'élégance que photographie *Vogue* sur une de ses couvertures où sourit une blonde, habillée et coiffée avec goût, à qui emboîtent le pas deux officiers alliés, visiblement charmés par sa grâce [38].

Élégance, beauté, en cette fin avril 1940, Paris n'est plus que cela, elle demeure aussi la ville des distractions, comme le note le journaliste suisse Edmond Dubois, recensant 105 cinémas, 25 théâtres, 14 music-halls, 21 cabarets, toujours en activité. À l'occasion d'un gala de charité qui doit se dérouler à l'Opéra en présence du président de la République Albert Lebrun, une journaliste consacre un article à la tenue idéale que doivent adopter les participants, « la difficulté d'un gala en temps de guerre ce n'est pas de le réussir [...]. Le grave est de savoir comment on devra s'habiller pour y assister correctement [39] ». Pas de luxe tapageur mais pas de laisser-aller. Point de robe trop voyante ni trop modeste, ce qui serait déplacé. Si pour ces Messieurs l'habit est excessif, le veston ne risque-t-il pas de paraître « une sorte de défaitisme vestimentaire » ? Reste le smoking...

Le climat aidant, le moral est donc au beau fixe. Les lilas sont fanés mais qu'importe, voici les roses et avec le joli mois de mai, le retour de la saison de Paris, celle de l'élégance ! Quand, au petit matin du 10 mai, les Français, et avec eux les Parisiens, apprennent la violation des frontières de la Hollande et de la

Belgique, le réveil est douloureux. L'angoisse et la stupeur se lisent sur les visages tendus. C'en est fini du calme trompeur. Une semaine plus tard commence le grand déferlement des gens du Nord. Venues d'un autre monde, des familles harassées cherchent refuge, vieillards tremblants, fillettes épuisées, des femmes en cheveux et en blouses, au teint gris de fatigue, traînant des voitures d'enfants ou ployant sous le poids des bagages, forment un spectacle pitoyable qui rappelle à tous que la guerre est là.

Aux dames qui accueillent dans le hall de la gare du Nord les réfugiés belges, *L'Œuvre* recommande un maquillage léger, le contraire « détonnant outrageusement au milieu de ces exilés harassés de fatigue, de douleur contenue [40] », tandis que *Paris-Midi* [41] annonce la naissance d'une mode nouvelle, destinée à celles qui passent leurs journées dans les centres d'accueil pour aider les réfugiés : « le sac de cuir tenant à la taille grâce à une ceinture » qui laisse toute liberté aux mains.

Bientôt atteinte par la panique, la capitale commence à effectuer un repli socialement hiérarchique. D'abord les quartiers chics (Étoile, Passy,...) d'où partent, dans de belles voitures, vers leur villa de bord de mer ou leur maison de campagne, ceux qui, question d'éducation, ont pris le temps de revêtir des tenues de circonstance, comme s'ils s'en allaient en vacances. Au même moment, les wagons-lits – où l'on ne compte pas les élégants costumes de voyage et les valises de cuir – sont pris d'assaut pour aller vers la Riviera ou la côte basque et les réservations affichent complet. Puis, la moyenne bourgeoisie suit le mouvement, sans hâte excessive, faisant sien ce conseil paru le 4 juin dans *L'Action française* [42] : « Si vous partez comme tant d'autres sont déjà partis vers quelque refuge provincial, emportez ce que vous ne retrouverez pas aisément. Vous, mesdames, renoncez plutôt à la robe de plage qu'au tailleur strict. N'oubliez pas de vous munir d'une solide paire de souliers en vue des orages, laissez plutôt un chapeau qu'un livre ou une photographie chère [...] soyez prévoyants et songez à emporter couvertures et vêtements de laine... »

Plus prosaïquement, *Paris-Soir* s'adresse aux femmes des classes moyennes : « Vous qui êtes évacuée voici quelques conseils utiles : des souliers plats, puisque vous devez circuler beaucoup à pied, des bas de fil plutôt que de soie ou encore pieds nus dans des sandales, un filet ou un mouchoir pour nouer sur les cheveux [43]. »

Début juin, c'est au tour des quartiers populaires de se mettre en route avec les moyens du bord : vieilles guimbardes dans lesquelles s'entassent des familles entières avec un chargement hétéroclite, camions ou bicyclettes. Dans les gares, l'affluence est record, les trains sont bondés. Beaucoup de ces gens, endimanchés, sont trop chaudement vêtus, les femmes sont chapeautées, parfois gantées. Un seul souci semble avoir prédominé chez tous les voyageurs : partir en essayant de ne rien oublier. Aussi n'est-il pas rare de voir une même personne, en ces journées caniculaires, portant une jaquette et un manteau, un imperméable plus un ensemble. Quant aux chaussures, elles sont souvent trop fines, à talons trop hauts... Bientôt la France du Nord affolée s'écoule vers le Sud, devant les bombardements et les avions allemands. L'exode s'accélère. Y a-t-il autre chose à faire quand l'ennemi est à vos portes ? Dans Paris, à moitié désert, dont toute vie s'est retirée, les premiers Allemands font leur entrée, très tôt le 14 juin. Derrière leurs persiennes, ceux des Parisiens qui restent regardent avec étonnement leurs vainqueurs, si différents de ce qui leur avait été annoncé : des garçons jeunes, athlétiques, dont l'uniforme est coupé dans un drap solide et dont certains portent même de superbes bottes de cuir. Rien à voir décidément avec la horde mal vêtue, mal habillée qu'on leur avait dépeinte. Lorsqu'ils se risquent à sortir, ils voient le drapeau à croix gammée flotter sur les principaux monuments et ne comprennent pas comment ils sont arrivés là. Dans le Centre et le Sud de la France, des flots de réfugiés se sont installés, encore sous le choc de leurs épreuves. Le gouvernement s'est réfugié à Bordeaux, la ville est surpeuplée, l'atmosphère lourde. Alors que l'on comptait sur le maréchal Pétain pour redresser la barre, on apprend qu'il a décidé de demander aux Allemands les conditions d'un armistice. À une très large majorité, les Français approuvent la décision du Maréchal qui devait mettre un terme aux souffrances d'un peuple sur les routes. La signification de l'armistice, celle de l'Occupation, en quelques semaines, beaucoup allaient en découvrir le véritable sens. L'été s'était tout à coup arrêté, mettant un point final aux beaux jours.

CHAPITRE II

À temps nouveaux, formules nouvelles

Sous le choc de la défaite, les Français, comme tétanisés, sont incapables de réaliser ce qui leur arrive. Ils accusent le coup d'autant que, soucieux de se faire bien voir, l'ennemi d'hier semble modérer son appétit de conquête ; pendant quelque temps, le loup se fait agneau. À Paris où l'on s'attendait au pire, une sorte de *statu quo* s'établit entre occupants et occupés. Le quotidien reprend le dessus. Dès le 18 juin les magasins lèvent leurs rideaux de fer, *Les Grands Magasins du Louvre*, *Les Trois Quartiers*, les *Galeries Lafayette*, *La Grande Maison du Blanc* rouvrent leurs portes. « Les étalages ne sont pas impeccables, il y a un peu de désordre dans les rayons, le personnel est moins nombreux, mais les clients n'y prêtent pas attention. À la parfumerie, aux tissus, aux vêtements, les femmes achètent, palpent les étoffes, bavardent. Comme, il y a quelques semaines, les ménagères faisaient des emplettes quelquefois inconsidérées de sucre, de conserves, de pâtes alimentaires, les Parisiens aujourd'hui achètent des lainages et des chaussures pour cet hiver [1]. »

Aux Champs-Élysées, les cafés installent leurs terrasses comme avant. Seul changement : les officiers allemands ont remplacé les soldats alliés d'hier.

Quelques jours encore et le *Maxim's* redevient l'endroit à la mode. Des bandes de « touristes » en uniformes et brassards à croix gammée, appareils photo en bandoulière, envahissent le Louvre, Notre-Dame, la tour Eiffel, l'Arc de Triomphe... Si la majorité de la population demeure sur la réserve, quelques rares passants applaudissent au passage des troupes d'occupation. Rue Lafayette, une commère, fichu sur la tête, poings sur les hanches, s'écrie en « les » voyant passer : « Comme ils sont beaux », ce qui lui vaut une sérieuse admonestation de la part de son entourage. De jeunes lycéennes en jupe, chemisier et socquettes, un ruban dans les cheveux s'enhardissent parfois à sourire aux vainqueurs. « Ils sont corrects », « comme ils sont polis » sont des réflexions que l'on entend couramment. L'opération séduction marche à plein ; dans le métro, « ils » offrent leur place aux personnes âgées ou accompagnées d'enfants.

Mais derrière cette correction, il fallut se rendre à l'évidence, les réalités de l'Occupation étaient bien là. Solidement pourvus d'une monnaie qui les avantage sérieusement, puisque par décret le taux du mark est fixé à 20 francs alors qu'il en valait tout au plus 12, les Allemands se ruent dans les magasins pour acheter tout ce qui fait défaut dans leur pays. On les trouve en arrêt devant la lingerie fine et la parfumerie, symboles du luxe parisien. Des bas de soie par dizaines aux produits de beauté en passant par les escarpins, ils achètent tout. En un tournemain, les produits de luxe sont raflés (rue du Faubourg-Saint-Honoré, Hermès, en quelques jours, fait des affaires d'or), les rayons de confection pour dame, dévalisés. Pour ne pas se tromper, certains exhibent la photo de leur épouse, un moyen comme un autre de préciser la taille souhaitée. Leurs besoins sont illimités, leur boulimie si grande que les vendeuses les surnomment par dérision les « doryphores ». Au départ, quelques commerçants se réjouissent naïvement, brandissant d'une seule et même voix ces mots : « Ils paient comptant », mais du jour où ils comprennent qu'ils ont été floués par le taux de change allemand, leur grogne éclate. Quelques magasins en profitent pour augmenter sérieusement leurs prix, tel Lancel, avenue de l'Opéra, où le sac de dame passe en l'espace d'une dizaine de jours de 950 francs à 1 700 et qui sera sévèrement sanctionné par les services de la préfecture de police qui procèdent à des inspections. Quant aux Parisiens, ils se voient supplantés par des acheteurs insatiables avec lesquels ils ne peuvent rivaliser et constatent tristement cette frénésie de dépenses.

Dans le courant de l'été, les premiers « exodiens » sont de retour, ayant perdu dans leurs tribulations linge, vêtements et objets personnels. Leur seul espoir est de reprendre une vie normale, comme cette institutrice qui, après mille péripéties, regagne son petit logement à Montmartre le 15 juillet. Le premier Allemand qu'elle croise, place du Tertre, lui fait monter les larmes aux yeux, puis la colère l'envahit à la vue du Moulin de la Galette qu'assiège l'ennemi, accompagné de « Françaises vêtues de façon trop voyante et outrageusement maquillées [2] ». Dès le lendemain de son arrivée, à la recherche de souliers et d'un vêtement chaud, elle entre dans son magasin habituel. Quelle n'est pas sa surprise de constater que les rayons sont presque vides et qu'en fait de chaussures, il ne reste plus que des articles démodés ou à semelles trop minces. Pour trouver une paire convenable, elle a dû, précise-t-elle, « faire huit magasins et presque autant pour un gilet [3] » ! Et comme un malheur n'arrive jamais seul, Paris a pris un visage d'Occupation. Sur ordre du vainqueur, les monuments ont été dégagés de leur gangue de sable, mais l'emblème nazi est partout présent. Des panneaux de signalisation en allemand apparaissent à tous les coins de rue tandis que la circulation est réduite. D'où une étrange impression que relève Jacques-Henri Lartigue : « Paris est évanoui. On l'entend à peine respirer. Il est tombé en syncope dans son costume de gala [...] les avenues, les boulevards, les rues sans voitures sont devenus immenses et ressemblent à des morceaux d'aérodromes [...]. Les Allemands parlent de Paris comme d'un jouet dont on vient de leur faire cadeau. Un grand jouet empli de subtilités qu'ils ne soupçonnent pas [4]. »

Pourtant l'activité reprend dans la haute couture. Les créateurs « se refont ». Telle est la conclusion du reportage de Violette Leduc qui, fin août 1940, pour le compte du nouveau magazine féminin *Pour Elle*, interroge les couturiers sur la survie de leur art [5]. Chez Jean Patou, le directeur, Barbas, rentré depuis peu, met l'accent sur deux points essentiels à ses yeux : d'une part, il faut « tirer un trait sur le passé, se persuader qu'on ne construit pas du neuf avec de vieux débris et rajeunir la couture » ; d'autre part, la haute couture parisienne doit retrouver « le sens de la mesure, de la simplicité et se couper des influences étrangères qui lui ont fait perdre ce renom universel de bon goût ». Si elle veut survivre, il lui faut évoluer. Dans la boutique blanche de Jeanne Lanvin, l'ambiance est affairée. « Une jeune fille choisit des foulards optimistes [...] des militaires achètent des parfums [...] une dame se fait recopier un tailleur. » Depuis la déclaration de la guerre, la maison n'a pas fermé ses portes et comme aujourd'hui une ou deux « bonnes » clientes la fréquentent, elle se remet au travail. Et Jeanne Lanvin explique : « Il faut s'adapter aux circonstances actuelles en créant du simple qui soit très beau. Si à la rentrée nous parvenons à exporter en Allemagne, en Italie, alors les sept cents employés de la Maison ne chômeront pas cet

La jeune fille que l'on voit ici juchée sur sa bicyclette porte un turban pour maintenir ses cheveux. Elle n'a pas de gants. (Couverture de *Pour Elle*, nº 37, 23 avril 1941.)

hiver. » Nina Ricci, qui a rouvert depuis le 1er juillet, se montre quant à elle résolument optimiste sur l'avenir de la couture : « Mes clientes qui avaient tout perdu pendant l'exode viennent me voir et remontent leur garde-robe. D'autres terminent leurs essayages interrompus [...] je vous affirme que tout cela est très encourageant et que mes ouvrières n'ont rien perdu de leur agilité, de leur ingéniosité pendant leur inactivité forcée. »

Du côté des modistes et des coiffeurs de haut rang, la reprise est certaine. Madame Suzy avoue ne pas manquer d'ouvrage grâce aux commandes de celles qui n'ont pas quitté Paris. Rose Descat, rentrée de Biarritz, a retrouvé ses clientes avec joie. Quant à René Rambaud, ses ventes de produits de beauté ont augmenté et il a pu réapprovisionner ses dépositaires. Dans son salon de coiffure, il a réemployé deux manucures et deux garçons...

La haute couture et le luxe ne sont pas morts. L'élégance parisienne renoue avec les manifestations traditionnelles. Fin octobre 1940, Lucien Lelong présente sa collection, bientôt suivi par d'autres grands noms. « C'est ainsi que cet automne, ce premier automne d'un Paris retrouvé après des heures tragiques, ils ont prévenu le désir des femmes de ne s'habiller qu'avec sagesse et dignité, ils ont aussi adapté aux circonstances de leur vie nouvelle des modèles utilitaires, sans jamais les priver de ce qui peut donner à leur élégance même discrète un ton nouveau [6]. »

Cependant, le contexte est là, impossible à oublier. L'armistice, signé le 22 juin, consacre la défaite française et sert de cadre aux relations franco-allemandes. La France est coupée en deux par une ligne de démarcation, délimitant une zone occupée et une zone libre où s'exerce en théorie la souveraineté française. Ici le climat diffère sensiblement d'une ville à l'autre, en fonction des circonstances, même si, de façon générale, un soulagement un peu lâche envahit ceux qui se trouvent être du bon côté de la ligne de démarcation.

Jusqu'au 7 juillet, Lyon est occupé par les Allemands alors même qu'elle doit faire face à un afflux de réfugiés. Tout comme les Parisiens, les Lyonnais voient avec inquiétude l'ennemi prendre d'assaut les magasins de vêtements pour femmes et enfants, dévaliser les bijouteries…

Par ailleurs, ceux qui avaient tout perdu durant l'exode cherchent à se reconstituer une garde-robe élémentaire, achetant, parfois à prix d'or, ce qu'ils trouvent, si bien que pour l'ensemble de la population les difficultés matérielles commencèrent avant même la fin de l'été. En application de l'armistice, les Allemands quittent la ville ; Lyon a beau être redevenue « libre », ce sera bientôt un véritable tour de force que de se procurer de la laine ou du coton, et comble du désastre, dans la capitale de la soie, les tissus prestigieux disparaissent des comptoirs, attendant des jours meilleurs, quand ils ne partent pas vers l'Allemagne. La soie est très appréciée pour sa finition et son élégance naturelle par le maréchal Goering qui n'hésite pas à en faire acheter de grosses quantités qui lui sont expédiées. Dès le mois de décembre 1940, la maison Tassinari, dont le siège social se situe à Lyon au 11, place Croix-Paquet, les ateliers de tissage à bras au 43, rue Coste et l'atelier mécanique rue Mazagran, doit honorer une commande émanant de l'ambassade d'Allemagne, au 78, rue de Lille à Paris. Il s'agit de recouvrir des fauteuils et d'exécuter des rideaux, l'ensemble devant être livré pour le 11 février 1941 au plus tard [7]. Lors d'une autre commande, la manufacture Tassinari qui doit exécuter plusieurs scènes d'après les cartons de la directrice d'une école d'art de

Hambourg, fait savoir que son tisseur est prisonnier et qu'elle n'a pas la matière première nécessaire à l'exécution. Le projet est abandonné, les Allemands rejetant le modèle choisi par l'entreprise *Au Soldat Blessé* [8]. Pour répondre à un vœu exprimé par les industriels lyonnais et parce qu'il a des accointances avec nombre de soyeux, le couturier Marcel Rochas décide de présenter sa collection à Lyon du 9 au 12 décembre 1940. En fait, il montre essentiellement « des toiles » de robe qui s'appliquent à suggérer, mais pas de modèles finis. Une présentation de chapeaux – que la rareté des matières premières empêche de répéter à plus de deux ou trois exemplaires – accompagne l'ensemble. « Des soies brochées, des taffetas changeants, des rubans anciens nés à Lyon et drapés à Paris [9] » donnent à chacun d'entre eux une touche de personnalité. Bien que réservée à quelques privilégiés, la manifestation fut appréciée car elle portait un peu d'air de la capitale…

La Côte d'Azur, jusqu'ici refuge de la richesse et d'une élégance un peu tapageuse, change de style. Quelques riches étrangers, qui l'appréciaient fort hier encore, la désertent. Le luxe s'estompe, remplacé par le nécessaire. La bicyclette ou le fiacre circulent au lieu des belles automobiles d'antan. Des familles aisées, qui naguère avaient séjourné sur la côte, la choisissent comme terre d'asile. Elles s'y installent avec armes et bagages et se montrent soucieuses de dignité, éloignées des excentricités auxquelles elles se livraient il y a peu de temps encore. Rester simples, sans ostentation, tel est le mot d'ordre. Beaucoup de jeunes femmes obéissant aux consignes données renoncent au maquillage sophistiqué et portent des tenues sobres. La mode, comme le souligne le président de la Chambre syndicale de la couture de Nice, est à la simplicité. On relève ce même son de cloche chez un journaliste venu là en éclaireur : « Tout le monde est fort digne dans ce grand village qui va de Nice à Marseille [...] on ne s'habille plus en sauvage et l'on ne se déshabille plus savamment pour se faire brunir [10] », et ce, pas seulement parce que l'ambre solaire manque ! D'autres considérations entrent en ligne : conséquence immédiate de la défaite, une vague de moralisme s'est abattue sur la région, certains arrêtés municipaux allant jusqu'à interdire le port du short ou du maillot de bain en dehors des zones autorisées.

Pourtant, quelques palaces surnagent, tels des îlots, et la Côte d'Azur garde un goût de fruit défendu en raison de sa clientèle particulière. Des artistes y côtoient les millionnaires de la haute société internationale, partagés les uns et les autres entre « le luxe ostentatoire » et « la discrétion inimitable ». Le Tout-Cinéma s'y est réfugié. Danielle Darrieux, Micheline Presle. À Nice, le thé dansant au *Maxim's* fait toujours recette et les femmes y rivalisent de coquetterie et de jolies robes. D'après Jacques-Henri Lartigue, « le *Grand Hôtel* de Cannes est comme une sorte de paquebot immobile dans la guerre [11] », toutes les grosses fortunes, les pierres précieuses, les bijoux fastueux y sont venus se réfugier « pour y passer le temps de guerre », en compagnie de gens de théâtre et de cinéma, dans une ambiance d'avant la défaite, ponctuée de soirées de galas où il fait bon se montrer. La soirée d'Édith Piaf et le gala de l'inévitable Maurice Chevalier font recette.

À côté de ces privilégiés, des réfugiés venus s'installer plus tardivement ont du mal à se loger. Entre août 1940 et octobre 1941, ils sont plusieurs milliers à Nice. Parmi eux, des tailleurs, brodeurs, fourreurs, presque tous juifs, qui, menacés par les lois raciales, dont la promulgation commence dès l'automne 1940 [12], ont quitté précipitamment la zone occupée, tel Isidore Berthet, pour gagner Nice,

Marseille ou Cannes. Pour eux, la mode a un sens bien précis dans la mesure où, loin d'en être les bénéficiaires, ils en sont les serviteurs. Et Bruno du Roselle a raison de souligner dans son *Histoire de la mode* que l'arrivée de ces familles contribue largement au développement de la confection dans ces régions. Leur installation entraîne la création d'ateliers. L'exemple de la famille Corot se répète plus d'une fois, sans atteindre la notoriété de celle-ci. Après avoir fermé leur magasin de Paris, Raymond Corot et son frère se réfugient à Cannes, où ils ouvrent une entreprise de vêtements qui devient florissante puisqu'ils ont la chance de continuer à être approvisionnés en tissus grâce à leurs stocks d'avant-guerre [13].

Dans ce monde de chiffons, au sommet de la hiérarchie on retrouve quelques-uns des grands noms parisiens, installés à Cannes où ils avaient des antennes avant la guerre. Leurs collections sont placées sous le signe de la discrétion et du sport. En vogue chez Hermès, le tailleur classique en flanelle grise bordée de galons et surtout la robe de lainage de deux couleurs (corsage rose, jupe bleue) à plis nervurés. Jacques Heim, dont la famille est juive d'origine polonaise, s'est fixé dans le Sud. Le couturier si apprécié de la jeunesse s'est lancé dans le sport chic. Comme ses confrères, il a du mal à obtenir de la laine, aussi met-il à profit des ressources artisanales de la région. Ses tailleurs sont coupés dans un tweed tissé à la main. Le jeu de quadrillages est si varié qu'il en fait l'un des tissus les plus appréciés de la saison. À noter enfin chez Kostio de War, pour remplacer les introuvables bas de soie, des bas de fil à réseau très fin. Malgré quelques difficultés d'assortiment, la mode couture poursuit ici sa lancée.

Mais en province l'arrivée d'artisans couturiers ne passe pas inaperçue. Ainsi « le président de la Chambre de commerce de Roanne se plaint-il au sous-préfet de l'afflux des réfugiés juifs, marchands de tissus en gros, en provenance des territoires de l'Est. Il informe que sa ville ne comptait aucune maison juive en 1939 et qu'il en existe sept en janvier 1941 ». « Roanne ne peut accueillir tous les marchands israélites de tissus dont les Allemands ne veulent pas en zone occupée [14]. »

L'autre pôle d'attraction devient Vichy où, depuis juillet, le Maréchal et son gouvernement se sont installés. Ville d'eaux et siège de l'État français, c'est également, au moins à ses débuts, l'un des centres de l'élégance mondaine. Le Tout-Paris, tout ce qui compte de douairières imposantes, d'officiers supérieurs, d'hommes du monde, de comédiennes ou d'écrivains s'y est donné rendez-vous. Tout ce beau monde a envahi Vichy, formant une singulière faune dont Lucien Rebatet, aux premiers jours de l'État français, a tracé un tableau réaliste : « Vichy bourdonnait comme un Deauville des plus heureux jours. De la gare à l'Allier, c'était un flot de robes pimpantes, de négligés savamment balnéaires, de vestons des grands tailleurs : Hollywood, Juan-les-Pins, les Champs-Élysées, tout Auteuil, tout Passy, toutes les grandes "premières" de Bernstein et de Jean Cocteau, la haute couture, la banque, la Comédie-Française, le cinéma [15] » ; le casino est détrôné par l'*Hôtel du Parc*, devenu siège du gouvernement (et accessoirement lieu de pèlerinage des Français !). Presque chaque soir, son grand hall se transforme en salle de jeu ou en salon où il est quasi indispensable d'être là si l'on fait partie des initiés. « Des préfets en disponibilité jouent au poker. Des amiraux font des billards. »

Des toilettes à la mode, des fourrures, des bijoux somptueux égaient ces réunions, toujours habillées, où les hommes arborent volontiers « des tenues civiles d'un chic martial [16] ». Quelques actrices assistent à ces soirées dont Mary Marquet, l'égérie d'André Tardieu, visiblement très à l'aise dans ce milieu, Elvire Popesco et Françoise Rosay. Fin août 1940, Corinne Luchaire, accompagnant son père à Vichy, se souvient d'avoir reçu à sa table, à l'occasion d'un dîner très chic et fort gai, toute une pléiade de gens du spectacle parmi lesquels Jean-Pierre Aumont, Claude Dauphin, Jaboune (alias Jean Nohain), Mireille.

Hormis cela, des concerts où se produisent en particulier Alfred Cortot, Jacques Thibaud [17], des galas de charité organisés sous le patronage des épouses des personnalités politiques les plus en vue, attirent une foule de gens bien. Ainsi, début septembre 1940, Les Petits Chanteurs à la croix de bois se produisent. C'est l'occasion de voir la Maréchale, l'amirale Darlan, Mmes Alibert et Baudoin, toutes habillées d'un tailleur strict de couleur sombre, la seule note fantaisiste étant donnée par le chapeau ! Quant à la première réunion théâtrale consacrée à la poésie et animée par Jean Nohain et Darío Moreno, elle fait salle comble, attirant un public divers mais uniformément élégant. En 1942, la plupart des spectacles sont toujours suivis avec assiduité. « Les vendeuses de programme sont des infirmières de la Croix-Rouge, et s'il faut avoir une tenue correcte, cela ne suppose pas que l'on doive porter smoking ou robe du soir [18]. » Étant donné les difficultés d'approvisionnement, les restaurants sont devenus, par excellence, l'endroit à la mode. Par exemple, le *Chantecler* où non seulement on mange bien mais où l'on est assuré d'y rencontrer « le Tout-Vichy » et une densité impressionnante de bijoux et de manteaux de vison, il est également chic de fréquenter un restaurant végétarien proche de l'*Hôtel du Parc* ou de se donner rendez-vous au golf. De 1941 à 1943, les courses hippiques drainent un public à la mode, cible des photographes.

Le reste du temps, en ville, il faut compter avec les curistes qui, malgré la défaite, n'ont pas déserté et avalent leurs cinquante grammes de Chômel ou de Grande Grille. Parmi eux « des rentiers cossus à bedons et à rosette » et surtout des dames âgées et frisottées qui, cachant soigneusement leur visage sous une voilette, « se trémoussent dans la distinction suprême de leurs tailleurs blancs et de leurs ombrelles ». À l'heure de la promenade, cette fidèle clientèle envahit les allées ombragées et les pâtisseries pour picorer ce que lui permet son foie et, bientôt, ses réserves de tickets. Mais dès que le Maréchal apparaît, elle abandonne ses occupations pour former une haie d'honneur et crier : « Vive le Maréchal ! »

Malgré la création de l'État français [19], la vie de ces gens n'a pas vraiment changé. Les moyens de ces dames leur permettent toujours de fréquenter les instituts de beauté particulièrement nombreux à Vichy, de dénicher la meilleure des modistes capable de façonner un chapeau plus parisien qu'à Paris ou de courir chez le bottier à la mode. Comme la ligne de démarcation empêche certaines élégantes de s'habiller à Paris, les couturières locales sont surchargées de besogne, affairées pour satisfaire les exigences de leur clientèle. Elles ont d'autant plus de mérite que le fil et les aiguilles sont difficiles à trouver car, là comme ailleurs, la défaite entraîne des conséquences matérielles ; la ville a son lot de réfugiés dont certains, pour subsister, renouent avec les petits métiers de jadis, tels que coiffeurs à domicile, brodeuses, réparateurs de machines à coudre, qui, de près ou de loin, concourent à la parure des femmes. Le 25 septembre 1942, Danielle Darrieux épouse Porfirio Rubirosa, chargé d'affaires de la République dominicaine en France. La mariée est « blonde sous un chapeau de tissu écossais en forme de cœur » que les artisans de Vichy ne se font pas faute de copier [20].

Dans cette station thermale promue au grade de capitale, le personnel des ministères est nombreux. Les dactylos et les secrétaires ont parfois du mal à joindre les deux bouts tant les prix ont grimpé, plaçant les marchandises usuelles au rang d'objets de luxe. Malgré cela, elles tiennent le coup, pimpantes et joliment maquillées, répondant à l'image qu'on attend d'elles. Pour satisfaire à la demande sans cesse croissante de rouge à lèvres, la société d'exploitation thermale envisage de faire fabriquer dans la région une authentique marque française, « Le rouge baiser », jusque-là mis au point dans la banlieue parisienne. Le dimanche, dans leurs robes légères, ces demoiselles se donnent rendez-vous sur les bords de l'Allier pour canoter. Mais à la différence de ce qui se passait avant les hostilités, bien peu osent se montrer en short, devenu objet de réprobation unanime. Décidément, une page se tourne, l'ère de la liberté est-elle close ?

Avant la fin de l'été 1940, surpris et parfois indignés, la majorité des Français découvrent les rigueurs de la défaite et endossent à contrecœur une nouvelle façon de vivre. Aucune région, aucun domaine n'est à l'abri de cette lame de fond. L'essence, dont les Allemands ont grand besoin pour alimenter leur machine de guerre, est le premier produit à être rationné. Du coup, la population doit se débrouiller avec les moyens du bord et s'adapter à la situation. En l'absence de voiture, la bicyclette devient le mode de locomotion le plus répandu dans la France entière. Par le jeu des nécessités, elle prend une place d'honneur. Chaque jour, on ressort des machines depuis longtemps délaissées, on s'arrache à prix d'or dans les magasins les derniers modèles (de 8 millions d'engins en 1940, le chiffre passe à 10 millions en 1942, 11 millions en 1944). Du jour au lendemain, à Paris, Vichy, Lyon ou Marseille, tous les âges, toutes les conditions enfourchent un vélo.

Un vieux Parisien, Léon-Paul Fargue, s'étonne de voir que la petite reine est le compagnon indispensable de « l'étudiante, de la jeune fille sportive ou de la future star, cheveux au vent, jambes nues », mais aussi « du monsieur grave au lorgnon et à barbiche grise [...] [21] ». Selon Edmond Dubois, à Paris « toute la ville roule et pédale [...]. Il y a les ménagères qui font la tournée de leurs fournisseurs, paniers et sacoches sur le porte-bagages [...]. Il y a les mamans transportant leur progéniture sur des sièges spéciaux, il y a la foule, la grande foule des femmes qui suit le peloton le mieux qu'elle peut. Enfin, il y a l'élégante qui roule à vélo parce que cela fait bien [...] [22] ». À Nice, Mistinguett ne se déplace que sur sa machine flambant neuve, il est vrai, entraînant dans son sillage des admirateurs. Bref, la nécessité a imposé une mode, celle de la bicyclette qui elle-même, pendant quatre ans, a posé aux femmes un épineux problème : celui de la tenue la plus adéquate à revêtir. Nombre de cyclistes de juillet et d'août 1940 ont adopté la petite robe imprimée à pois et à rayures, d'ordinaire réservée aux vacances à la mer ou à la campagne et qui en cette époque d'après-exode est devenue classique, y compris en ville. Si les jeunes filles laissent délibérément leur chapeau au vestiaire, certaines femmes soucieuses de leur apparence restent fidèles à ce complément qu'elles jugent indispensable et ce, malgré les coups de vent où elles doivent choisir entre deux maux : le moindre, la jupe retroussée, ou le couvre-chef envolé... Parfois des tenues baroques habillent ces sportives d'occasion. « Les femmes qui passent silencieusement sur des vélos avec leur chapeau fleuri ont l'air de partir au Carnaval [23] », relève Jacques-Henri Lartigue.

Avec l'automne et l'arrivée du mauvais temps, les cyclistes durent de toute évidence réviser leur tenue. Si quelques femmes, surtout à la campagne, se rabattent sur les vêtements pratiques genre pantalon et anorak, la jupe-culotte jusqu'ici réservée au sport triomphe. Taillée dans du tweed ou du lainage épais, « elle voisine avec le pantalon du dessous qui assortit son coloris à la robe du dessus ». S'il faut en croire un écrivain complaisant envers le Maréchal et l'Occupation, Alfred Fabre-Luce, cette mode n'est pas si vilaine. Selon lui, l'élégance de Paris est bien réelle, même en ces temps difficiles où les cyclistes sont nombreuses : « Mais nos élégantes, en pédalant, n'ont pas le terrible sérieux de leurs grands-mères. Elles rient en se rencontrant. Il leur semble que c'est une farce, une convention de Carnaval [...]. Boycottées par l'Amérique, elles la défient encore ; elles parient que leur jupe-culotte et leur capuchon, nés de la pénurie des transports à Paris, seront bientôt l'objet d'une préférence esthétique au-delà des mers [24]. » Des capuchons en lainage ou mieux, en fourrure, protègent les oreilles des frileuses qui, pour se défendre du froid, enfilent de chaudes mitaines ainsi que des bottillons fourrés tandis qu'un sac en bandoulière et des sacoches sur le porte-bagages font partie nécessairement de l'équipement. La rudesse de l'hiver 1940-1941 est telle que, malgré ces précautions, les cyclistes ont les mains gelées. Pour remédier à cela, il est vivement recommandé de faire adapter sur son guidon des « pare-brise pour les mains », lesquels sont très répandus en Belgique et en Hollande. « Ceux-ci sont constitués par des coquilles, de préférence en cuir, que l'on fixe à l'avant de chaque poignée. » Les récentes restrictions de cuir limitant strictement son emploi, il est conseillé de remplacer ce dernier matériau par le feutre d'un vieux chapeau ou par un morceau de toile cirée !

Conséquence inattendue de l'utilisation de la bicyclette à toute heure de la journée et en toute circonstance, « la robe courte habillée que cache un imperméable est désormais admise pour le soir ».

Dans le courant de l'année 1941, à l'heure de la guerre germano-russe, l'Occupation s'alourdit et la répression s'accroît sur le pays. Pourtant, certaines élégantes n'ont d'autres préoccupations que d'accorder le mieux possible robe ou jupe à la bicyclette qu'elles ont adoptée. À l'instigation du journal *Paris-Midi* et avec l'assistance des grands couturiers, le mercredi 23 juillet, choisi comme journée de la petite reine, voit se dérouler un concours des plus belles tenues cyclistes. Dans le cadre verdoyant du pavillon d'Armenonville devant une foule admirative, les mannequins, juchés sur leurs deux roues fleuries, présentent les modèles, pour démontrer qu'il est possible de rester séduisante tout en sacrifiant aux nécessités du jour. Plusieurs récompenses sont attribuées. Le premier prix, celui d'« Élégance pratique », est décernée à Bruyère pour un deux-pièces porté par le mannequin Moussia. Il se compose d'une jupe-culotte en crêpe de Chine blanc et noir et d'un chemisier assorti et s'accompagne d'un feutre noir finement travaillé et d'un sac forme panier en velours noir. Jeanne Lanvin remporte le prix de l'« Élégance sportive » avec un tailleur en toile noir, très chic, assorti d'un chemisier, d'une cravate et d'un turban bleu bleuet. Enfin le prix de l'« Élégance parisienne » récompense Lucien Lelong pour une jupe-culotte rouge portée avec une jupe plissée écossaise bleu et blanc et une blouse blanche, les trois couleurs semblant à cette occasion laisser l'assistance indifférente. Dans l'esprit des organisateurs, la journée de l'élégance à bicyclette est destinée à remplacer la traditionnelle journée de l'élégance automobile qui avant guerre avait remporté un succès éclatant. Le vélo obtient ainsi ses lettres de noblesse.

Ultérieurement, quelques jeunes filles, parfois des femmes, utilisèrent la bicyclette à d'autres fins. Agents de liaison dans la Résistance, elles étaient chargées d'acheminer des lettres urgentes, leur souci primordial étant de passer inaperçues. Pour ces messagères qui risquaient leur vie, la mode à bicyclette consistait à ne pas se singulariser mais à se fondre dans la masse.

Rien n'arrête les progrès des couturiers. De saison en saison ils font assaut d'ingéniosité pour rendre la jupe-culotte invisible. « M. de Rauch en dissimule l'entrejambe dans des plis serrés ; Jeanne Regny cache la culotte sous une jupe boutonnée de haut en bas, tandis que Worth ménage en plein devant une fermeture Éclair insoupçonnable [25]. » Le but de toutes ces solutions est de permettre à la femme de laisser son deux-roues à la porte de l'établissement le plus chic et d'y entrer sans exhiber une tenue qui ne serait pas de mise.

Ainsi, jusqu'à la fin des hostilités, il fallut compter avec la bicyclette qui, à côté des modèles couture spécialement créés pour elle, eut sa propre mode : robe légère ou short l'été, canadienne et jupe-culotte [26] ou pantalon l'hiver, imperméable de toile huilée pour les jours de pluie, bonnet, gants et guêtres. Dans le Midi, quelques préfets, dont celui des Alpes-Maritimes, particulièrement pointilleux et imbus de leurs prérogatives, après avoir défendu aux femmes de porter des tenues masculines, acceptent au printemps 1941 de lever l'interdit pourvu que « les pantalons soient accompagnés d'une bicyclette », preuve s'il en est que la fonction crée le vêtement. Cependant, le journal *Marie-Claire* inscrit parmi les dix commandements de la Parisienne celui-ci : « La culotte, tu porteras à bicyclette seulement [27]. »

La bicyclette devient le mode de locomotion le plus courant. Les jeunes filles sont nombreuses à l'utiliser. Celle-ci porte une jupe-culotte. Un sac à bandoulière et des chaussures à semelles épaisses complètent la tenue. À partir de 1944, le chapeau a tendance à disparaître. (Dessin Élise Urbain-Ruano.)

Pour celles qui ne veulent pas entendre parler de vélo parce que le jugeant incompatible avec leur rang et leur désir de paraître, il existe d'autres solutions : prendre le fiacre, comme autrefois, tiré par des chevaux ou bien recourir au vélo-taxi, ce dernier mode de locomotion étant très prisé, au moins l'été. Ce taxi d'un genre nouveau se compose d'une bicyclette attelée à une caisse ou un panier d'osier suspendu à une paire de roues caoutchoutées. Le véhicule avance grâce aux efforts d'un sportif moulé dans un maillot dont les jambes pédalent plus ou moins vite. À l'intérieur, se trouve une banquette de bois recouverte de coussins. L'ensemble est peint de couleurs vives et porte à l'arrière un nom, à moins qu'il ne s'agisse d'une devise : « Fend la brise », très largement utilisé... Des artistes trop bien habillées pour abîmer leur robe à vélo, ou qui n'ont pas l'habitude de se fatiguer pour se déplacer, et des femmes en vue, apprécient grandement ce système de locomotion rapide et efficace qui leur permet en outre, comble du raffinement, d'assortir leur tenue au vélo-taxi qu'elles empruntent. Au moment de leur appel, elles ordonnent : « Envoyez-moi la cabine bleue, celle qui s'harmonise si bien avec ma robe. » Le soir, devant les boîtes de nuit ou certains restaurants, les vélos-taxis attendent sagement leurs passagères et lorsque se succèdent des silhouettes bien mises, on croirait presque assister à un défilé de mode.

À Longchamp ou à Auteuil, lorsque vient l'époque des courses, « vélos, vélos-taxis, chars tirés par de lourds percherons [... tout cela forme] comme une sorte d'arche de Noé "hétéroclite [28]" ». Alice Cocéa se fait ainsi emmener aux courses, devant le Tilbury, avec le cheval de son amie Nicole Gallimard. Des tandems attelés à des nacelles multicolores transportent des messieurs à col dur ou des élégantes à ombrelles. Parfois un éclat de voix se fait entendre, une dispute éclate, tous voudraient utiliser l'équipage le plus chic qui est constitué « d'un long Nègre brillant comme de l'ébènc et d'une jeune fille très blanche, très blonde, tous deux habillés "en sisters" d'un même chandail style footballeur 1900 [...] [29] ».

Les Parisiennes huppées disposent d'un moyen de transport longtemps boudé par la haute société : le métro. « Ce brave et fidèle métro qu'on découvre beaucoup plus rapide et pratique qu'on croyait et qui devient le centre de bien des rencontres [30]. » À sa clientèle habituelle sont venues se joindre des personnes qui naguère ne se déplaçaient que dans leur propre voiture ou en taxi. Aujourd'hui, de petites bourgeoises, employées et cousettes, « ayant forcé la touche de maquillage sans laquelle la Parisienne ne serait plus la Parisienne [31] », côtoient des femmes du monde, reconnaissant au passage tel ensemble ou tel chapeau qui portent la signature des meilleurs faiseurs. « Descendues dans le métro, chaussées de bas de laine, elles continuent à porter la fourrure qui convient à leur teint, le chapeau qui les rend un peu perverses et leur port est encore celui d'une créatrice de mode [32]. » Le métro fait maintenant partie du décor parisien de guerre, au point qu'une couturière, Madeleine de Rauch, construit sa collection autour d'un voyage souterrain, baptisant ses modèles de noms de stations : « Voici *Mabillon* en robe rose ; *Auteuil* en strict tailleur de ligne souple ; *Solférino* en redingote rouge ; *Austerlitz* montre une jaquette jaune ; *Madeleine* en tailleur noir offre une belle blouse blanche dont les manches sont des jabots plissés [33]. »

Le soir, si, échappant aux restrictions, l'on va dîner en ville ou si l'on se rend au théâtre, à cause du couvre-feu qu'impose l'occupant, le dernier métro est une obsession, obligeant chacun à avoir l'œil sur sa montre. Pis encore, à en croire certains, c'est à cause de lui que les robes longues, dans lesquelles il est si malaisé de courir, ont disparu ! Désormais, pour faciliter la marche ou plutôt la cavalcade, la mode propose des robes qui ne touchent pas le sol, car il importe de ne pas rater la rame de vingt-trois heures, sous peine de passer la nuit au poste de police. Au demeurant, ce dernier métro ressemble à un salon mondain tant est impressionnante la densité de robes dues à de grands couturiers et de costumes bien coupés, à moins qu'il ne s'agisse des coulisses d'un théâtre ! Le fait est qu'il n'est pas rare d'y rencontrer les vedettes des spectacles en cours, elles aussi réduites à utiliser ce moyen de transport. Ginette Leclerc, pour ne pas être reconnue, se cache derrière des lunettes noires. L'hiver 1940-1941, Edwige Feuillère [34] qui joue *La Dame aux camélias* est l'une des plus fidèles habituées, de même Édith Piaf, reconnaissable à ses grands yeux, qui porte presque toujours des bas-chaussettes de grosse laine blanche, une jupe courte et des souliers plats. À la station Pigalle montent les demoiselles du music-hall, souvent essoufflées d'avoir couru – visiblement elles n'ont pas eu le temps de se démaquiller : cheveux trop jaunes, joues trop rouges, yeux trop bleus. Elles sont là, telles qu'on les attend, rieuses, pépiantes, moqueuses... toutes sont chaudement vêtues, emmitouflées dans des lainages.

La bicyclette ou le métro ne sont pas seuls à dicter leur loi vestimentaire. Le froid a lui aussi entraîné la mise en application de pratiques nouvelles dont les femmes ont essayé de tirer le meilleur parti. Des habitudes sont apparues, liées aux rigueurs hivernales. Dès octobre 1940, l'éventualité d'une saison rude et d'un chauffage insuffisant font que l'on ne demande plus seulement aux robes d'être fines et jolies, mais encore et surtout d'être chaudes. Pour le commun des mortels épaissir sa silhouette n'est plus un crime mais une nécessité de la lutte contre le froid. À défaut de la chaleur du calorifère, Colette, l'écrivain, conseille de doubler les vêtements d'intérieur de feuilles de journaux qui sont un merveilleux isolant, sinon un gage d'élégance. « La superposition de deux étoffes légères séparées par une couche de plumes, de kapok ou même de vermicelles de papiers [35] » protège des intempéries mieux qu'un vêtement épais, aussi est-ce un moyen couramment utilisé pour la fabrication de plastrons que l'on glisse sous un manteau ou une robe de chambre. Des tenues apparaissent, qui tiennent davantage de la recette-miracle que de l'inspiration créatrice et ce sont elles qui triomphent dans la rue.

La mode quotidienne hivernale est à la surcharge et aux contrastes et *Marie-Claire*, en proposant à ses lectrices le « mille-pièces », une série de vêtements superposés de couleurs différentes, ne fait que populariser une idée déjà répandue pour en faire la tendance de l'air du temps. D'étranges spectacles s'offrent aux passants qui finissent par ne plus s'émouvoir de rien. Janvier et février 1941 sont marqués par de grandes chutes de neige : aussitôt les skieuses se multiplient et les gros souliers, bas de laine et pantalons sont des plus répandus. Simone de Beauvoir [36], sauf pour aller au lycée où elle enseigne, troque sa jupe contre le pantalon qui lui tient plus chaud. Dans son journal de guerre, une lycéenne note en date du 5 janvier 1941 : « J'ai essayé aujourd'hui de mettre les gros godillots cloutés de papa et j'ai été me promener [...] mes chaussures pèsent plus lourd que des patins à roulettes. J'ai des ampoules. Toutes les femmes mettent des chaussures comme cela dans Paris [37]. » « Sur les bancs de faculté, sous l'œil des professeurs qui sont seuls à porter la robe, siègent des étudiantes comprimées dans des vestes et des pantalons de ski mais qui n'hésitent pas à endosser après le cours un manteau de ville dont le col démesurément haut rejoint sur l'œil un chapeau minuscule [38]. »

Garder les pieds au chaud devient bientôt une obsession, chacune y allant de son remède. Certaines proposent d'intercaler une semelle de liège dans la semelle en place, ce qui permet, paraît-il, de patauger impunément dans la neige ou la boue. D'autres conseillent de mettre dans ses bas ou ses chaussettes de la farine de moutarde, recette infaillible utilisée par les Russes, d'autres encore recommandent de fourrer ses bottillons, quand on a la chance d'en avoir une paire, avec de la peau de lapin. Le fait est que l'épreuve redoutable des queues, imposant à la population des sorties matinales dans le noir et par des températures de – 10 °C, se transforme en un concours d'astuces pour déjouer les pièges de l'hiver. Les engelures et le froid sibérien ont raison des dernières réticences, chacune s'efforçant d'améliorer son équipement sans se soucier de ce que pense la voisine, comme l'explique cette Parisienne passant en revue sa tenue : « Double, triple lainage, un fichu en pointe dissimulé sous mon manteau “d'artilleur” à pèlerine, la tête emmitouflée dans un capuchon de laine, de gros bas tricotés si épais qu'ils tiennent tout debout comme des bottes d'égoutier, “d'élégantes” chaussures fourrées [...]. Le plus beau c'est mon péplum : un grand châle gris rayé rose, déniché à Lourdes il y a bien une vingtaine d'années et que je drape autour de moi, ce qui ne m'empêche pas de cacher mes mains sous un vieux manchon pelé ! Ah, je suis jolie, j'ai tout à fait l'air d'être déguisée mais les gens sont si préoccupés qu'ils ne me regardent pas [39]. »

Ainsi, au fil des mois, chercher à rendre plus chaud ce que l'on a est une occupation majeure qui ne laisse indifférent personne. Le jeune Christian Dior, alors modéliste débutant, installé dans le Midi, collabore à la page féminine du *Figaro*. Il propose une série d'idées faciles à exploiter qu'il illustre par des croquis [40]. Par exemple, comment rendre plus confortable un manteau ? En lui ajoutant une cape mobile et un plastron en poil de chameau vous doublerez son efficacité. Il existe d'autres moyens tout aussi radicaux comme celui-ci : tailler dans un lainage écossais ou de couleur une bande de 40 cm de large, la poser sur la tête, puis l'arrêter au cou par un passant de métal, et enfin enserrer les deux extrémités de l'écharpe par une ceinture. Ni fil ni aiguilles ne sont nécessaires pour le dernier modèle proposé : il suffit de draper dans une ceinture, devant-derrière, deux morceaux droits de 50 cm de large en jersey ou tout autre tissu chaud… Schiaparelli évoque à sa façon les temps difficiles : « Par suite du manque de boutons et d'épingles anglaises, des chaînes pour chiens fermaient les tailleurs et maintenaient les robes. [...] Les restrictions que subissaient les Parisiens furent imprimées sur un foulard. Ainsi : Lundi : sans viande. Mardi : sans alcool. Mercredi : sans beurre. Jeudi : sans poisson. Vendredi : sans viande. Samedi : sans alcool, mais dimanche : toujours l'amour [41] ! »

À la campagne, s'il faut faire face aux mêmes difficultés, souvent les solutions diffèrent. Ainsi l'on peut, en y mettant le prix ou en filant et cardant soi-même, obtenir de la laine de pays grâce à quoi il est possible de tricoter bas, chaussettes, voire, pour les plus chanceux, pull-over, le tout il est vrai dans un matériau un peu rêche.

À Paris, un certain Raymond Duncan, « apôtre de l'antimachinisme », apprend aux femmes comment filer et tisser elles-mêmes leurs vêtements. « En huit jours, il a enseigné à plus de cent femmes comment, en prenant la laine de leur matelas, elles pouvaient se tisser sur un métier simple un péplum (qui pourra leur servir de manteau demi-saison). » Confrontée à des problèmes de changements de robes à cause de son métier, l'actrice Hélène Perdrière, alors partenaire de Sacha Guitry, apprend elle aussi à tisser ses tenues [42].

Beaucoup de citadines n'hésitent pas à jouer les fermières et achètent des sabots de bois. En les bourrant de paille ils assurent une bonne chaleur. Enfin et surtout les peaux de lapin, après avoir été tannées, donnent lieu à un fructueux commerce. Elles sont très appréciées pour faire des intérieurs de manteau, des chancelières, des manchons, des moufles ou pour garnir des capuchons, et même des bottillons.

La révolution nationale que prêche le maréchal Pétain s'accompagne d'un retour à la terre. La mode n'y fait pas exception qui présente une tenue de fermière en tablier et sabots avec des seaux à la main. (Dessin Élise Urbain-Ruano.)

Dans la sphère de la haute couture parisienne, l'agitation est extrême car, malgré les difficultés du moment, les couturiers ont réussi à mettre sur pied, dès l'automne 1940, une collection d'hiver, à la fois symbole d'espoir d'un temps meilleur et, plus prosaïquement, moyen concret de lutter contre le chômage qui les menace. Modélistes et créateurs, largement tributaires des conditions économiques pour l'exercice de leur art, ont été obligés de tenir compte du manque d'approvisionnement en matières premières, mais plus encore des nouvelles conditions de vie qui se dessinent :

absence de moyens de transport, chauffage insuffisant qui n'épargnent pas toujours les gens riches, leur principale clientèle ! Ne raconte-t-on pas que « la comtesse Greffulhe a fait installer dans son salon une guérite chauffée d'où elle ne sort que revêtue d'un manteau de fourrure pour se réchauffer sous ses lambris comme dans un décor en plein vent [43] ».

Comment concilier élégance, froid et pénurie, tout en offrant une « vraie » collection, capable d'être une arme efficace contre la rigueur des températures tant à l'extérieur qu'à l'intérieur de la maison ? Que proposer à celles qui n'ont pas toujours la possibilité de changer de robe avant d'aller dîner au cabaret ? Tel est bien le genre de problèmes auxquels se sont trouvés confrontés les maîtres ès couture et pour lesquels ils ont cherché des solutions en souhaitant qu'elles soient bien accueillies. Bruyère ne craint pas d'énoncer clairement les règles du jeu lorsqu'elle présente ses créations : « La collection a été entièrement conçue pour la nouvelle façon de vivre de la Parisienne : confort, marche, grand froid, tout est envisagé mais l'élégance est sauve [44]. »

Renouant avec le passé, coquettes et femmes du monde se pressent aux traditionnelles présentations de couture, qui, « marquées du sceau d'un chic sobre et épuré », rivalisent toutes de simplicité. Dans les salons où les gracieuses évolutions ont commencé devant les clientes fidèles auxquelles se mêlent quelques Allemands en uniforme, on note « moins d'exubérance dans les bavardages, une certaine gravité, mais sans tristesse [45] ». Chez Robert Piguet, les privilégiées qui ont obtenu l'autorisation d'assister au défilé des collections affectent toujours de tricoter pour les plus malheureux, belle façon d'être utiles en se donnant bonne conscience. Cependant, les noms évocateurs des modèles sont liés à l'actualité. Voici *Vélo, Charbon, Café noir*. Bien des chaises dorées ne sont plus, comme autrefois, occupées par des acheteurs venus d'outre-Atlantique. En revanche, le nombre de rédactrices de mode venues s'informer ou chiper des idées est en augmentation. Parmi elles, une jeune débutante, Violette Leduc, la jeune éditorialiste de *Pour Elle*, tranche sur les autres par sa mise modeste, imperméable usagé, chaussures fatiguées, et par la lettre de recommandation qu'elle exhibe d'un air décidé au groom chargé de la placer. Armée d'un porte-mine, elle ne cesse de prendre des notes lors du défilé de mode que présente Lucien Lelong : son article enthousiasma si fort celui-ci qu'il offrira à la jeune fille, pour la remercier, un tailleur et un chapeau revêtus de sa griffe.

Cette première collection de l'Occupation est saluée par les critiques comme il convient. « Au cœur de Paris qui n'a plus son visage mais qui a tout de même gardé un calme sourire, les élégances saisonnières sont nées. Cette mode 1940-1941 nous l'attendions avec fièvre. Elle ne nous étonne pas puisqu'elle exprime cette foi en l'avenir qui rend à tous le courage [46]. » Ce point de vue d'une rédactrice de *La Femme chic* est partagé par d'autres consœurs qui insistent aussi sur le tact dont font preuve ces nouvelles collections : « Rivalisant toutes de simplicité, mais combien élégantes. Quel souci du confortable et des possibilités actuelles de certaines [47] ! » On admire, on félicite, on applaudit aux innovations proposées. Parmi celles-ci, il en est une que les femmes découvrent, légèrement surprises, parfois même incrédules, mais à laquelle elles s'habitueront bien vite et dont bientôt elles ne pourront plus se passer : les vêtements d'intérieur.

Aucune collection qui n'ait passé sous silence ce chapitre nouveau. Dans les défilés, « pyjamas d'intérieur » et « robes d'appartement » effectuent une percée, détrônant les déshabillés de dentelle, de mousseline et autres robes vaporeuses. À leur place apparaissent de confortables tenues aux noms évocateurs. Nina Ricci propose *Veillée*, un pantalon de jersey noir porté avec un veston chaud de velours vieux rose aux poches rehaussées de broderies, ou bien encore *Tiédeur, Douillette*, deux redingotes d'appartement, élégantes par leur tissu et raffinées par leur travail. Pour un dîner entre amis ou pour un tête-à-tête, voici *Dîner improvisé*, un ensemble composé d'un pantalon accompagné d'une grande douillette ouatinée. Quant à *Tibétaine* de Jeanne Lanvin, elle complète chaudement ces ensembles : il s'agit d'une cape de drap noir, emboîtant bien les épaules, avec un col d'astrakan souple qui se drape autour du cou. Chez Madame Leroy – à la tête des Fourrures Max – où défilent chaque jour une foule d'habituées, le froid est vaincu par les vêtements élégants et le problème du chauffage résolu grâce à d'ingénieuses solutions. Ainsi les clientes ont le choix entre une gamme de chaudes tenues qui portent chacune le nom d'un mode de chauffage et qui sont censées remplacer les poêles défaillants. Voici *Salamandre*, long vêtement d'intérieur doublé de petit-gris ou de vison, *Mirus* ou *Chauffage central*, des vestons courts ajustés, vert tendre, mauve liseron, rose praline, doublés de guanaco roux « qui permettent aux plus exigeantes de conserver chaleur et bonne humeur ». C'est en pensant au confort des longues soirées d'hiver que Paquin a conçu *On lit mieux quand on a chaud*, paletot d'intérieur en laine rouge, facile à glisser sous une jupe et rehaussé d'amusantes découpes en trompe l'œil.

D'hiver en hiver, les appartements glacés, les difficultés quotidiennes reviennent comme un leitmotiv dans bien des présentations. L'hiver 1941, Bruyère se taille un franc succès en présentant des robes rouges, en jersey, en angora ou en lainage moelleux qu'elle baptise *Robes thermiques* car elles sont à la fois chaudes à l'œil comme au toucher. En décembre 1942, Jeanne Lanvin base toute sa collection sur la journée d'une Parisienne depuis *Je fais la queue*, manteau confortable, jusqu'à *Je sors ce soir*, robe courte habillée, en passant par des tenues d'intérieur : *Je me réchauffe, Je remplace le chauffage central,*... Dehors, il fait froid ; neige, pluie, verglas empoisonnent un peu plus la vie de chacune. Les couturiers utilisent donc les fourrures et les peaux de bêtes qui restent bien sûr le meilleur rempart contre le froid. Celles qui en ont les moyens ont le choix entre l'astrakan, le castor et le breitschwanz qui s'offrent à leur convoitise ou bien encore le chinchilla et les zibelines qui font figure de pièces de collection tant elles sont chères et rarissimes. « Il en va de même des skunks qui naguère n'aspiraient qu'à la vêture des cochers de bonne maison et qui, aujourd'hui, atteignent des prix fous. » Maggy Rouff propose deux modèles : l'un est un manteau en castor de coupe classique et long prénommé *Marchons*, l'autre, *Bourrasques*, de même fourrure, mais plus ample, est destiné aux sportives par sa souplesse et son aisance.

À côté de ces créations onéreuses, les couturiers proposent également « des fantaisies pratiques et séduisantes, phoque, guanaco et aussi le chat. Grâce à la régularité de leurs dessins, les peaux de ces animaux s'assemblent bien et produisent de jolis effets. C'est particulièrement le chat noir, le chat rouge, le chat gris cendré qui s'emploient [48] ». Les fourreurs de qualité s'attaquent également au lapin que, jusque-là, ils avaient méprisé. « Rasé, épilé, lustré, le lapin devient un pelage d'un chic inouï "pour un prix fort sage", façon taupe, façon civette, façon loutre, façon castor, Jeannot lapin est méconnaissable [49] », nécessité fait loi, et tout le monde en raffole. De même, la chèvre, la taupe ou le mouton, que travaille Germaine Lecomte, donnent des fourrures relativement abordables, utilisées pour confectionner des manteaux mais aussi comme garnitures…

Les temps sont durs pour tous. « Les grands magasins éteignent l'un après l'autre leurs rayons. Le commerce de luxe magnifié par une présentation solennelle [montre] ses dernières marchandises. Hermès, privé de cuir, prête sa devanture à l'antiquaire Jansen. On voit encore quelques étalages garnis mais alors un petit carton précise que rien n'est à vendre [50]. » Chaque couturier s'efforce de séduire le plus de monde possible en faisant preuve d'adaptation ou d'imagination. Maggy Rouff accepte que les clientes lui apportent leur pelleterie ou leur tissu pour l'exécution de modèles de sa collection. Il en va de même de Marcel Rochas. Quant à Nina Ricci, elle se montre à la fois pratique et inventive : pour venir en aide à celles qui marchent dans la bise glacée, elle a l'idée de créer des guêtres-maillots s'adaptant à tous les ensembles. Désormais, le tour est joué, mesdames, vous sourirez à votre thermomètre et ne souffrirez plus. Il suffit de gainer vos jambes de guêtres « surprenantes de coupe et de confort », dit la publicité. Exécutées en fin jersey de laine, on les porte beiges, grises ou marron, assorties à la couleur de la robe et du manteau. Venues à la présentation, qui à pied, qui à bicyclette, qui en métro, transies, les mollets crottés, les clientes repartent rassérénées, revêtues d'une paire de guêtres, conquises par tant d'à-propos à soulager leur inconfort. Ce souci de venir en aide aux élégantes en tenant compte des impératifs dicte à Lucile Manguin « une robe aussi inattendue qu'ingénieuse : il s'agit d'une jupe courte qui s'allonge instantanément à l'aide de pressions. En partant dès l'aube faire ses emplettes, Madame peut ainsi emporter dans son sac à main “l'appendice”, de drap ou de moire, qui transformera, au moment opportun, sa toilette d'après-midi en parure du soir [51] ». Grâce à cette astuce, la créatrice espère ainsi répondre aux attentes de ses habituées.

Dictée par les circonstances, une nouvelle façon de vivre apparaît, qui tend à modifier les usages vestimentaires en cours pour imposer un style approprié à l'époque. Si la haute couture survit avec son rythme propre de collections, elle ne peut se couper complètement de son environnement et s'adapte à sa façon. Le froid et le manque de transports sont des impératifs dont elle doit tenir compte. Vaincre les frimas en restant élégante, c'est le but de la robe thermique ou des guêtres. À peine la bicyclette ou le métro ont-ils fait des adeptes dans les milieux favorisés, qu'aussitôt tel ou tel couturier retourne la situation, les utilisant à son profit. Voici la robe courte que l'on peut rallonger selon les circonstances, les gants *Métro* comportant sur le dessus une petite poche pour y glisser son ticket.

Aimable toile de fond pour une minorité, ces obligations forment la trame quotidienne de la majorité. La peur, la faim, le froid et le manque de transports sont habituels, tandis que le métro bondé et surtout le vélo s'imposent comme une contrainte. Des tenues pratiques apparaissent : jupe-culotte, canadienne et capuchon l'hiver, cheveux au vent et robe courte l'été, qui finissent par dominer parce que dans la vie, c'est la loi du plus grand nombre. L'image traditionnelle de la femme soumise aux caprices de la mode et à des règles strictes bascule. Un nouveau style est sur le point de naître.

CHAPITRE III

Le temps de la pénurie

En l'espace d'une saison, pour une majorité de Français, la vie quotidienne s'est passablement dégradée ; le pain, le sucre, le lait, la viande et bien d'autres produits déjà contingentés se font plus rares, tandis que les consommateurs, répartis en plusieurs catégories, se voient attribuer des tickets leur donnant droit à une quantité déterminée de denrées alimentaires, en fonction de leur âge et théoriquement de leurs besoins [1]. Jour après jour, sous leurs yeux courroucés, les contours des restrictions et de la pénurie se précisent, atteignant un domaine auquel ils restent traditionnellement attachés et qui, hier encore, était réputé pour son choix et sa qualité : l'habillement.

Changer de chaussures ou trouver un vêtement chaud relève bientôt de l'exploit si l'on ne peut pas avoir recours au marché parallèle, plus connu sous le nom de marché noir. Tout ce qui touche à la mode vestimentaire est atteint par la crise. Concrètement, cela se traduit pour la population par une série de mesures dont la plus spectaculaire est, après la création de « bons de chaussures » (janvier 1941), la mise en circulation, le 1er juillet 1941, d'une carte de vêtements. Cette dernière innovation est d'autant plus mal ressentie que, lors de son adoption en 1939 par les Allemands, beaucoup de Français en avaient fait des gorges chaudes, n'imaginant pas un seul instant que leur propre pays en serait un jour réduit là. « Comment et pourquoi être tombés si bas ? » gémissent certains, se lamentant sur leur sort.

Les causes de cette pénurie vestimentaire, étroitement liées au contexte de la défaite, sont variées. La ligne de démarcation, véritable frontière coupant le pays, la division de la France en plusieurs zones, deviennent autant d'épines dans la chair vive, entraînant de réelles difficultés d'approvisionnement d'une région à l'autre. Il n'y a plus d'importations de coton venant des États-Unis ou des colonies ni de soie d'Extrême-Orient. Paris ne reçoit plus de tissu en provenance du Nord, du Pas-de-Calais, des Vosges, dont elle était largement tributaire. Les trois quarts des usines de chaussures situées en zone occupée ne peuvent honorer les demandes de la zone libre, et ainsi de suite [2]. S'ajoute à cela le manque de main-d'œuvre, puisqu'il y a un million et demi de prisonniers de guerre retenus en Allemagne, dont quelques dizaines de mille, employés dans le textile et la confection, ne peuvent être remplacés.

Toutefois, l'une des causes primordiales, celle qui pèse le plus lourdement aux yeux de la population, est à rechercher dans les réquisitions allemandes. « Ils nous prennent tout », revient comme un leitmotiv dans la litanie des doléances que chacun formule quotidiennement, pestant contre l'absence de chaussures ou de lainages dans les magasins, tandis que les vainqueurs ont tous les droits. Sans connaître le montant exact des prélèvements, beaucoup ont vite compris que la France était livrée, pieds et poings liés, à l'ennemi. À cela s'ajoute le marché noir, l'établissement de circuits parallèles détournant une partie des matières premières de leur destination, certains industriels traitant directement avec l'occupant malgré la réglementation.

En application des conventions d'armistice, les Allemands ont le droit d'exiger la livraison d'une certaine quantité de matières premières qu'ils choisissent, de préférence parmi les plus rares et les plus chères. La laine et le cuir donnent lieu à l'établissement de « plans » prévoyant des échéances strictes de versements. (Plan Kehrl pour les textiles, plan Grunberg pour le cuir [3].) Les conséquences de ces ponctions sont rapides. Une sévère compression s'installe tandis que, pour gérer cette pénurie vestimentaire, se met en place un appareil administratif et législatif lourd et compliqué.

Le 1er septembre 1940, un décret signé du maréchal Pétain est publié au *Journal officiel*. Il réglemente et il limite à 30 % des ventes de l'année 1938 les lots de produits textiles fabriqués. Ceux-ci doivent être « répartis » équitablement entre grossistes, grands magasins et détaillants. C'est le premier pas vers une législation tatillonne qui dure tout le temps de l'Occupation.

En vertu de la loi d'août 1940 [4] réorganisant la production française et plaçant chaque branche d'industrie sous la direction d'un Comité d'organisation, apparaît, en octobre 1940, le Comité général d'organisation de l'industrie textile. À sa tête, Robert Carmichaël « représente la profession dans ses rapports avec les organismes publics et privés, français et étrangers ». C'est à lui de prendre toutes les mesures qu'il juge utiles « en matière technique, économique ou sociale ». Il est assisté dans sa tâche par des directeurs responsables de chacune des dix branches qui composent l'ensemble textile (coton, laine, soieries, fibres artificielles, lin et chanvre, jute, chiffons, teinture, bonneterie, vêtements) [5].

Au sein du Comité général d'organisation de l'industrie textile, la « branche vêtement », en raison de son importance, fit l'objet d'un organisme propre avec la création d'un Comité d'organisation du vêtement, lui-même subdivisé en sept groupes distincts :

Groupe 1 : Couture, parure, mode, vêtements sur mesure, dentelle, tulle et broderies. Directeur : L. Lelong ;
Groupe 2 : Confection masculine. Directeur : H. Darnat ;
Groupe 3 : Confection féminine. Directeur : J. Guenin ;
Groupe 4 : Chemiserie, lingerie. Directeur : J. Berthelot ;
Groupe 5 : Fourrures, pelleteries. Directeur : R. Binet ;
Groupe 6 : Industries annexes (chapeaux, cravates, foulards). Directeur : J. Deligny ;
Groupe 7 : Négoce de tissu. Directeur : D. Moreau.

Il existe également, depuis le 24 septembre 1940, une section textile de l'Office central de répartition des produits industriels [6], que dirige le même Robert Carmichaël, qui répartit toutes les substances. Le moins que l'on puisse dire, c'est que les fibres textiles et les industries du vêtement, la mode et la couture, monopolisent l'attention d'un personnel nombreux, tandis que l'on retrouve bien souvent les mêmes noms aux postes de haute responsabilité. Il est fréquent que le directeur d'un Comité d'organisation soit également à la tête de la section de répartition des produits, cumulant ainsi un pouvoir important. C'est par exemple le cas d'un industriel lyonnais, Jean Barioz, à la tête d'un Comité d'organisation pour la soie.

Sur le même modèle est créé, fin octobre, un Comité général d'organisation de l'industrie du cuir, confié à Roger Ribes. Au sein de cet organisme se détache un comité, celui de la chaussure, regroupant l'ensemble des industries et de la production artisanale de cet article. Parmi les industriels de la chaussure, la renommée des chaussures André, « le chausseur sachant chausser », n'est plus à faire. À la veille de la guerre, c'est l'une des plus importantes firmes françaises. Ses usines produisent environ quatre millions de paires par an et emploient plus de cinq mille personnes. Étant juifs, les propriétaires du groupe, deux cousins, Roger et Georges Levy, seront victimes de l'aryanisation. Désormais, les fabricants de vêtements ou de chaussures sont étroitement soumis au régime de la surveillance et de la paperasserie. Ainsi Odette Fanny Bernstein, plus connue sous le nom de « Fanny Berger », modiste installée 4, rue Balzac près des Champs-Élysées, recensée en octobre 1940, se voit interdite de contacts avec sa clientèle, et est contrainte de vendre sa boutique, qu'une de ses anciennes employées rachète en juillet 1941 [7]. À signaler que « plus de 80 % des entreprises déclarées "juives" et touchées par le processus d'aryanisation s'avèrent être constituées essentiellement de petites, voire de très petites unités surtout parisiennes et pour les deux tiers présentes dans le textile et le cuir [8] ». À Lyon dans le centre-ville « les propriétaires de près de deux cent cinquante entreprises liées au secteur textile (couture, soierie, chapellerie, pelleterie) ont été spoliées de leurs biens entre 1941-1944 parce qu'ils étaient juifs » soit plus des deux tiers des spoliations dans le département du Rhône [9].

Dès l'été, le cuir fait l'objet d'une sévère réglementation, alors qu'il reste la matière première pour la fabrication de chaussures et d'accessoires. En juillet 1940, première étape sur la voie du contrôle gouvernemental, des circulaires administratives rappellent aux artisans, bottiers, maroquiniers, etc., qu'ils doivent obligatoirement déclarer l'état de leurs stocks. En dépit de la censure, un reportage, effectué en septembre 1940 dans une usine de chaussures à Romans, laisse entendre que la situation est difficile. « Faute de matériaux disponibles, produits tannants et surtout de fil, on en est réduit à employer du fil de soie à la place des fils de lin et de coton[10] ! » Néanmoins, souffle la propagande, les petits Français seront approvisionnés en « galoches » (sorte de bottine montante à semelle de bois) et les consommateurs masculins se verront offrir la chaussure nationale (en box ou en vachette) dont trois modèles, entre 120 et 150 francs la paire, les brodequins, les derbys et les richelieus, seront lancés sur le marché ! La réalisation de ces promesses est loin d'être tenue. Il faut se rabattre sur ce que l'on possède et avoir recours aux artisans pour sauvegarder le mieux possible son bien.

Une enquête, menée en novembre 1940 auprès de sept mille cordonniers de la région parisienne, met en lumière les difficultés auxquelles ces derniers se heurtent pour ressemeler correctement les souliers qui leur sont confiés, à l'heure même où, du fait des nouvelles conditions de vie, le nombre des réparations ne cesse de croître ! Et un vieil artisan d'expliquer que, d'après la répartition en vigueur, il recevra, pour le mois de décembre 1940, cinq kilos de cuir[11], ce qui, dit-il, lui permettra de travailler à peine une semaine, le reste du temps, il sera mis dans l'obligation de chômer, à moins de trouver des solutions de remplacement.

Celles-ci commencent à voir le jour dès janvier 1941. Outre le caoutchouc, les vieux pneus ou la paille tressée sont utilisés comme ressemelage. De nombreuses femmes, contraintes par les caprices de l'élégance à porter de hauts talons, adoptent, quant à elles, un moyen ingénieux pour préserver leurs chaussures : le patin d'acier. « Depuis les restrictions de chaussures, comme toutes mes camarades, j'ai fait visser sous la pointe de mes semelles et sous mes talons, de petits patins d'acier afin d'économiser le cuir rare », explique l'une d'elles. Si le résultat s'avère satisfaisant à ses yeux, le bruit, en revanche, la choque... : « Ce "clic-clac" résonne si fort qu'il envahit tout, c'est lui qui rythme l'entrée et la sortie des bureaux [12] ! » À Passy, une Parisienne très élégante se fait remarquer : elle est chaussée d'un sport golf, en box couleur, monté sur une épaisse semelle de liège dissimulée sous une double cannelure [13]. Bientôt les palliatifs ne suffisent plus, le moment n'est pas si éloigné où la semelle de bois, qui en 1940 était employée à titre expérimental, deviendra l'ultime recours pour presque tous, y compris les femmes du monde les plus chics.

Les chiffres sont là, qui parlent d'eux-mêmes. Avant 1939, et d'après les journaux professionnels, « 60 millions de paires de chaussures étaient fabriquées. Sur cette quantité, le beau sexe, à lui seul, s'octroyait près de 40 millions de fantaisies, de sport, etc. [14] ». Aujourd'hui, la production arrive à peine à produire 8 à 10 millions de paires à semelles cuir. Or, en vertu de l'accord du 4 novembre 1940, signé entre Jean Bichelonne [15] et Grunberg, la France doit livrer au Reich, pour l'année 1941, 6 millions de paires de chaussures, chiffre très élevé eu égard aux disponibilités [16]. « Bichelonne fait accepter 1,2 million de paires de chaussures d'enfants, 1,2 million de paires de pantoufles, 2,2 millions de paires de chaussures pour dames [17]. » Pour répondre à la demande allemande et devant la raréfaction du cuir, l'État intervient de façon autoritaire. Le ravitaillement de la population en chaussures fait l'objet d'une loi établissant un système de bons d'achat délivrés par la mairie, qui donnent droit, à partir de janvier 1941 [18], à l'attribution d'une paire par personne, pour une période donnée. Le journal de Jean Luchaire, *Les Nouveaux Temps* [19], annonce triomphalement que le Maréchal a fait la demande d'un bon de chaussures et en reproduit la fiche :

Nom :	Pétain
Date de naissance :	24 04 1856
Résidence :	*Hôtel du Parc*
Profession :	Maréchal de France, chef d'État
Lieu d'exercice :	Vichy
Numéro d'ordre :	1672

Parallèlement, les législateurs établissent diverses catégories de chaussures (de travail, de ville, d'intérieur et de sport...) et se penchent sur les cas litigieux. Par voie de presse, le public est informé que des mesures ont été prises afin de permettre aux fillettes de pouvoir obtenir des chaussures blanches, nécessaires à l'occasion de leur première communion. Il est simplement demandé aux familles de bien vouloir joindre un certificat signé du curé de la paroisse [20] !

Afin de favoriser les économies de cuir, l'épaisseur de la semelle et la forme du soulier sont passées au crible et contingentées, ce qui ne va pas sans entraîner des répercussions sur la mode elle-même. En vertu d'une mesure publiée au *Journal officiel* du 28 décembre 1940, les chaussures à double et triple semelle de cuir sont interdites, tout comme les bottes et les souliers montants fabriqués dans ce même matériau. La semelle ne doit, en aucun cas, être « débordante ». Malgré ces impératifs qui les obligent à revoir de près leur fabrication, chausseurs et bottiers s'efforcent de présenter à leur clientèle féminine une gamme d'articles qu'ils veulent séduisants et accessibles. Les chaussures montantes en cuir sont interdites. Qu'à cela ne tienne, désormais elles seront taillées dans un tissu écossais ou dans un drap épais. Comme socle, on suit l'exemple du bottier italien Ferragamo qui, avant guerre, dans des circonstances analogues de pénurie, avait lancé la semelle compensée : une épaisse semelle de liège ou en tout autre matériau.

Le « semelage » de bois commence à se répandre en 1941. « Elles arrivent de la forêt, les chaussures de l'armistice », annonce *Marie-Claire* à ses lectrices. « Et toutes les femmes vont se mettre à grandir en les chaussant car les semelles de bois – les seules qui puissent se vendre sans tickets – sont épaisses de 2 à 3 cm [21]. » Désormais, chez le bottier, au lieu de choisir des peaux, on propose des « socques » de panama, de bakou, de sisal. L'un des tout premiers à utiliser ce procédé, Heyraud, présente en mars 1941 ses créations, insistant sur leur conception novatrice, dictée par les nécessités du jour, à savoir des souliers légers, montés sur un petit socle de bois. Il conseille entre autres : la sandale *Gitane*, en bois laqué, équipée d'un dispositif antibruit, antichoc et antidérapant ou bien encore la *Sablaise*, à semelle épaisse et légère.

Assez rapidement, pour améliorer la qualité du produit, un groupe français s'assure l'utilisation d'un brevet allemand, la semelle Zierold (bientôt connue sous le nom français de Smelflex). Elle est faite de bois contreplaqué, découpé suivant des profils standards. Des coups de scie en chicane lui donnent, d'après les fabricants, une grande souplesse, assurant à la marche une aisance relative, la semelle étant articulée. « Allons-nous les porter, ces lourds socques de bois “très fermière d'opérette”, nous sommes-nous demandé à l'apparition de ces “monuments” dont le dessus est fait de matières si diverses et si curieuses ? » Telle reste néanmoins la seule question posée.

Elle est faite de bois contreplaqué, découpé suivant des profils standards. Des coups de scie en chicane sont censés lui donner une plus grande souplesse. En réalité, ce type de chaussures rend la marche peu agréable.

Les premiers temps, les utilisatrices recourent à cet expédient la mort dans l'âme, se plaignant de la rigidité du matériau, auquel elles s'habituent avec peine, sans compter l'impossibilité réelle de courir avec ce genre de socques aux pieds. Combien de femmes, en situation irrégulière, porteuses de fausses identités, ont maudit en secret ces chaussures qui leur coupaient toutes possibilités de fuite lorsque, par exemple, elles voyaient se profiler au loin un barrage de police ! « Je me serais bien sauvée, [explique Michèle dont le cœur bat lorsqu'elle présente un faux *Ausweiss* à l'officier allemand], mais avec des chaussures à semelles de bois, ce n'était pas facile et on m'aurait vite rattrapée [22]. » Heureusement, encore cette fois, elle en est quitte pour une grosse peur puisqu'elle réussit à franchir l'obstacle.

Fort éloignés de ces préoccupations, les créateurs confient à la presse que cinq minutes suffisent « normalement » à une femme pour apprendre à marcher correctement, tout en avouant que les hommes ont besoin de trois fois plus de temps ! Quoi qu'il en soit, le procédé fait son chemin et la semelle de bois devient indissociable de la silhouette féminine haut perchée des années de guerre. Maurice Chevalier en fait même l'un des thèmes privilégiés d'une de ses chansons, qu'il intitule : *La Symphonie des semelles de bois*, tandis que certains écrivains évoquent avec nostalgie ce fameux clic-clac. « Au claquement des semelles de bois, note Colette, je puis rêver que je suis encore à Belle-Isle-sur-Mer, à l'heure où la marée, ramenant les bateaux, appelle les sardinières sur le quai. Il ne s'agit pourtant que d'un lâcher de jeunes filles qui sabotent sous les galeries, au sortir de la Comédie-Française [23]. »

Du côté des grands couturiers, Maggy Rouff reconnaît avoir résolu le problème de la chaussure sans cuir en proposant avec ses robes de printemps, dès 1941, des souliers à semelles de bois. Alix [24] complète ses robes d'été paysannes par des sabots en bois dont elle se plaît à lancer la mode. Du reste, depuis qu'on ne peut avoir, sans bon d'achat, la moindre paire de chaussures, les artisans ont pris l'habitude d'employer des matériaux variés. Fidèle à sa vocation de créateur, le célèbre bottier Perugia continue à chausser les élégantes grâce à ses innovations : « Mes semelles ne sont pas en bois mais en fibre artificielle ou végétale. J'emploie un combiné qui a l'aspect du cuir, qui est solide et qui dispense surtout de ce bruit de sabots fatigant et pas toujours agréable à entendre [25]... » pour le dessus, il utilise le panama, le raphia, la rabane ou le chanvre synthétique qui donne l'impression de la soie. Grésy, 10, rue Saint-Florentin, présente des galoches pour citadines, sculptées dans une pièce de bois, à semelle très épaisse, sur laquelle sont montées des sandales plus ou moins ouvertes au bout. L'été, il propose, en vente libre, des chaussures en paille. Une paire de mules en paille et chevreau se vend 275 francs. Quant à Hellstern, bottier à la mode, installé 23, place Vendôme, il vend à sa clientèle un modèle apprécié : des bottillons-guêtres en chevreau et feutre avec semelles de bois. Quelques femmes n'hésitent pas à porter une sandale à semelle compensée pour le moins étonnante. Elle est en bois évidé, avec un talon en volute, le tout étant doublé de caoutchouc pour éviter le bruit.

« Rien ne pourra donner à nos descendants l'idée de ce que fut, durant l'an 41, l'orgie créatrice de nos chaussures », commente la rédactrice de mode d'un hebdomadaire politique parisien [26]. Assise à la terrasse d'un café, aux Champs-Élysées, notre journaliste voit défiler bien des modèles et se livre, au passage, à quelques croquis, assortis de remarques peu amènes : il est vrai qu'elle a l'embarras du choix. « Cette femme qui passe, sans souplesse aucune, hélas ! a choisi des sabots, des vrais qui claquettent sur l'asphalte. Pour les agrémenter, elle a fiché dessus un petit nœud rose, mais tout cela ne donne aucune impression de confort. Voici maintenant une austère personne, vêtue sans recherche, qui pose sur le sol un pied de matrone, entouré de bandelettes blanches sur un bas noir. » Que voit-on plus loin ? « Une femme-insecte, menue jusqu'à l'invraisemblance… Elle marche sur des cothurnes bleus surélevés par des semelles si hautes qu'elles donnent l'impression de deux plateformes. » Et puis, voici venir « l'image de la jeunesse et de l'élégance, une beauté, habillée à ravir, drôlement chaussée cependant : elle porte des souliers usés qui vont bientôt la quitter. L'extrémité laisse voir l'ongle du gros orteil alors que les côtés et les contreforts sont tailladés, coupés […]. Ce soulier est le dernier cri de l'élégance ! » Si grande est la variété offerte, qu'on n'en finirait pas de dénombrer ce qui est à la mode. Des semelles piédestal aux « composés » nouveaux, bois ou laque, en passant par le caoutchouc ou la paille, autant de formes cambrées, courbées, faites pour séduire la femme la plus sensée comme la plus fantaisiste.

Dès 1941, le slogan « la grande relève du cuir par le bois » est devenu habituel. Désormais, il est d'usage, dans les vitrines des marchands de chaussures, de voir, en évidence, un panonceau réclame qui vante les mérites des semelles de bois, et ce, même en zone libre. À Lyon, en juin et juillet 1941, il y a la queue devant un magasin réputé qui présente un choix fort réussi de chaussures d'été, affichant un argument de vente décisif : « En été, porter des chaussures à semelles de bois c'est économiser vos chaussures en cuir ou en caoutchouc pour la mauvaise saison. » De toute façon, les marcheurs n'ont guère le choix. La pénurie, la publicité, la propagande, tout les pousse à adopter cette mode.

Pour mieux faire connaître les efforts réalisés dans ce domaine, un concours est ouvert aux professionnels. On leur demande de proposer des chaussures « hors rationnement », c'est-à-dire dans lesquelles n'entrent pas de matières contingentées (peaux, cuirs). Seuls doivent être utilisés : les cuirs artificiels, les textiles de toute nature, les feutres, toiles cirées, linoléum, caoutchouc, agglomérés de liège, bois, raphia, paille et rotin, à l'exclusion de tout autre matériau. Les résultats sont présentés dans le cadre d'une exposition qui se tient à Paris au 75, Champs-Élysées du 3 au 14 juillet 1941. L'exposition est inaugurée par Roger Ribes, en présence du Dr Grunberg qui dirige l'office du cuir de Berlin. Répondant à l'allocution de bienvenue des professionnels, le Dr Grunberg loue le goût des créateurs français « qui n'ont pas seulement copié les modèles allemands ou italiens, mais qui ont innové [27] ». Il termine en soulignant combien cette exposition est le reflet de la collaboration entre la France et l'Allemagne ! Parmi les fleurs et un éclairage savant, dans une symphonie mauve et rose, les dernières trouvailles (soit cinq cents modèles) s'offrent au public qui a tout loisir d'admirer l'habileté et le savoir-faire des créateurs. La foule curieuse se presse devant le numéro 417, remarquable par sa semelle plastique, le numéro 401, à semelle métal articulé ou bien encore un curieux soulier à semelle rondin de bois et dessus paille. Les mannequins défilent, chaussées à la dernière mode et l'on s'extasie sur les rouges, les bleus, les noirs, l'or pâle et des pailles naturelles qui sont la caractéristique de ces chaussures nouvelle formule. L'exposition comporte également un choix de modèles pour hommes et enfants. À l'issue de la visite, il est demandé à chaque participant de se prononcer sur ce qu'il préfère, de façon à récompenser les dix créations les plus souvent citées. Un jury composé de spécialistes (Hellstern, Pilmis, Kezler), de personnalités des arts et de la mode (Lucien Lelong, André de Fouquières), départage les vainqueurs. Les gagnants reçoivent comme récompense… une paire de chaussures « hors rationnement », en cuir…

L'été, il est encore relativement facile de trouver une solution au problème de chaussures. Dans le Midi, l'espadrille ou la sandale de plage en raphia remporte tous les suffrages alors que le sabot ou le nu-pieds à semelle compensée en bois (en vente libre) sont fort répandus en ville pour accompagner les tenues estivales. Perugia lance un modèle de sandale légère en filet de « papier » (il s'agit d'une sorte de filet dentelle solide et léger), qui, une fois peint, s'assortit aux chapeaux et aux sacs. Mais l'hiver, le problème est difficilement résolu et la coquetterie, déjà soumise à rude épreuve, en prend un sérieux coup. Bien des femmes à la campagne n'ont en effet d'autres solutions que de se rabattre sur les sabots de bois que l'on enfile sur une paire de chaussons, tandis qu'en ville, on s'arrache à prix d'or les bottillons fourrés en feutre, en drap ou, pour les plus chanceuses, en fourrure.

De mois en mois, la question des chaussures devient davantage préoccupante, et ce pour tous les âges et toutes les conditions. En dépit des promesses, les écoliers sont les plus touchés puisqu'il devient difficile d'honorer même les bons d'achat de galoches. Dans l'impossibilité de faire face aux échéances allemandes, un nouveau règlement intervient en mai 1941, annulant les précédents : « 4 millions de pantoufles seront cédées à l'Allemagne et 650 000 paires de chaussures fantaisie seront tenues à la disposition d'acheteurs allemands dans les magasins de détail français, sur présentation de bons d'achats spéciaux [28]. » « Au total, les Français ne peuvent plus disposer que d'un ressemelage par an et d'une paire de chaussures neuves tous les quatre ans au mieux [29]. »

Presque aussitôt, on enregistre une augmentation massive des achats de chaussures par l'occupant. Le préfet du Doubs signale, en juillet 1941, que plus de 700 paires ont été vendues aux Allemands pour la seule ville de Besançon, alors que les habitants, dans le même temps, n'en ont disposé que de 400. Quant au maire de Versailles, fin août 1941, il avertit le préfet de Seine-et-Oise que depuis quinze jours, des soldats allemands abondamment pourvus de bons « achètent des souliers d'hommes, de femmes et d'enfants, qu'ils paient avec des billets de banque tout neufs [30] ». Ces achats sont si considérables qu'ils compromettent gravement la satisfaction des besoins essentiels des Français. En août 1941, les rapports des renseignements généraux soulignent les plaintes de la population. À Rennes,

9 000 coupons d'achat sont distribués dont 3 600 pour les chaussures d'usage et 5 400 pour les chaussures fantaisie, le tout pour un département qui compte près de 600 000 habitants. À Saint-Quentin, 400 cartes sont mises en circulation pour… 45 000 habitants, et ainsi de suite [31]. « Quant aux chaussures en "vente libre", leur prix est variable, "celles qui laissent le pied découvert coûtent en moyenne de 150 à 200 francs, celles ayant une forme couvrant le pied coûtent de 250 à 500 francs [32]". »

Pour les enfants, on institue un système d'échange de chaussures neuves contre la remise, bénévole, de chaussures usagées. Ces dernières sont réparées et remises dans le circuit pour servir à d'autres. Bientôt, à partir de 1942, même avec des tickets, on ne trouve plus rien, ce qui fait le désespoir des mères de famille qui ont du mal à équiper leurs enfants et font le siège des artisans. « À ma demande, [explique Edmée Renaudin, une mère de six enfants], un cordonnier apitoyé accepte de rallonger le bout des chaussures trop petites de F. avec un bout de cuir qu'il avait. Mon fils les met depuis trois jours et il a du mérite. Ça lui fait des souliers à la poulaine dont le bout remonte [33]. »

Pour les adultes, le problème est encore plus difficile à résoudre (sur 18 millions de paires qui avaient été prévus, la production 1941 atteindra à peine 6 millions). D'après *Le Journal de la chaussure* : « En 1942, la pénurie de cuir ne permet d'envisager, en mettant les choses au mieux, qu'une paire pour quatre ou cinq habitants, soit 9 millions de paires de chaussures de cuir. La différence est comblée avec du bois. Il sera produit 20 millions de paires de chaussures à semelles de bois, 5 millions de paires de galoches et patins de bois pour les ressemelages » (juin 1942).

Les bonnes vieilles chaussures qui, jusque-là, avaient tenu le coup commencent à lâcher et l'on ne compte plus les incidents plus ou moins cocasses qui éclatent çà et là. Souvent, lorsque la scène se déroule sous les yeux de l'occupant, la honte, voire la haine, sont sous-jacentes. Alors qu'elle se promène avec une amie, une jeune fille voit tout à coup « sa semelle quitter sa chaussure en décrivant un bel arc de cercle : elle rentre chez elle tant bien que mal... ». Une lycéenne de quinze ans décide de fabriquer ses chaussures elle-même comme cela se pratique autour d'elle. Elle achète « une semelle de liège dont le talon a environ 10 cm de haut et utilise, pour confectionner le dessus, du cuir bleu récupéré sur un sac ». Le résultat s'avère très encourageant.

Un quotidien parisien, *Le Matin*, en août 1944, donne la marche à suivre pour fabriquer soi-même des mocassins comme les Indiens : il suffit de disposer d'une gibecière hors d'usage ou d'un vieux chapeau de feutre renforcé avec du cuir synthétique. Des idées saugrenues jaillissent du cerveau des coquettes, telle cette Nantaise qui découpe le tapis de billard de son père pour se fabriquer des chaussures, ou telle autre, une Lyonnaise, qui se confectionne des mules d'intérieur en tapisserie. Le malheur des uns fait le bonheur des autres. Jamais les Puces ne furent si florissantes. « On se bouscule devant une paire de chaussures au cuir craquelé, vendue 120 francs [34]. » On s'y arrache des chaussures usagées ressemelées de neuf qui, si elles ne sont guère à la mode, font encore bonne figure. Le marché noir est également très actif, explique le bottier Maurice Arnoult résumant la marche à suivre [35]. Notre lycéenne, Michèle Bood, en vacances à Verneuil, met à profit son séjour pour dénicher l'inaccessible : une paire de chaussures d'hiver. Elle réussit finalement à en obtenir une par le truchement (chèrement payé) d'un bon de femme enceinte, la seule catégorie qui ait droit à des « bons usage ville », c'est-à-dire à des chaussures « semelées » de caoutchouc...

Face à la pénurie, quelques messieurs sérieux, préoccupés de leurs semblables, suggèrent l'adoption de nouveaux procédés de « semelage ». Un particulier, M. Lebossé de Sainte-Adresse, près du Havre, envisage sérieusement la mise à l'étude de chaussures à semelles métalliques : acier, duraluminium, alliages légers, et s'en ouvre au ministre de la Production industrielle, lui proposant ses services. Une étude est lancée qui aboutit aux conclusions suivantes : « Au point de vue technique, la semelle en duraluminium présente à un degré moindre encore que la semelle de bois les caractéristiques nécessaires à une bonne hygiène du pied. L'emploi de cet alliage risque de s'avérer très froid en hiver, trop chaud en été [36]. » Quant aux possibilités d'exploitation, elles s'avèrent beaucoup trop coûteuses. L'idée est abandonnée. On en reste aux semelles de bois qui, de mois en mois, gagnent du terrain et de la clientèle, comme en témoigne ce gala, de novembre 1943, dit « Gala de la semelle de bois », où Marie-Josée Carlatti, Michèle Darlan et Suzy Solidor présentent les plus beaux modèles. En 1944, à la Libération, le célèbre bottier Di Mauro présente le soulier cocardier. Inaccessible à la majorité en raison de son prix, la sandale en peau reproduit à côté du drapeau français les drapeaux alliés.

Les restrictions imposent aux artisans, s'ils veulent continuer leur travail, à se plier à de nouvelles règles, souvent strictes. À partir de janvier 1941, les ceintures en cuir ne doivent pas dépasser 4 cm de largeur pour les femmes. Pour les hommes, en aucun cas elles ne devront excéder 2 cm et demi, « quels que soient les exigences physiques ou le désir de l'acheteur [37] ». Conséquence : la mode des ceintures très étroites se répand, qu'accompagne sans difficulté, privations obligent, une taille mince. Dans quelques vitrines, rue du Faubourg-Saint-Honoré ou rue de la Paix, certains créateurs exhibent des modèles extravagants qui, à leur façon, se rient de l'époque. Ainsi, cette ceinture confectionnée en daim noir et sur laquelle se détache, gravé en lettres d'or, le nom du légume abhorré des Français parce que symbole de pénurie : *Rutabaga*, ou encore cette autre qui utilise, en guise de fermeture, la reproduction d'une poêle minuscule contenant les 90 grammes de viande autorisés [38]. Un artisan met en vente un modèle pour taille fine sur lequel on lit : *Encore un cran*. Hermès, 24, rue du Faubourg-Saint-Honoré, remplace le cuir par du métal et présente une fine chaîne torsadée qui se porte sur une robe ou un chandail [39].

À Cannes, Kostio de War, la spécialiste du tricot et du crochet, répond aux attentes des sportives en leur proposant une ceinture en tricot avec une poche à fermeture Éclair. Dans la collection de printemps 1941, l'imagination se laisse aller à toutes sortes de fantaisies. Deux modèles sont particulièrement appréciés, parce que faciles à exécuter même par des débutantes : l'un est composé de deux larges biais de lamé (vendu librement) qui se terminent par une boucle, l'autre est une sorte de natte tressée de trois liens, bleu roi, bleu nattier et rose orchidée, qu'accompagne une écharpe de mousseline de mêmes tons. En guise de ceinture, la clientèle modeste et ingénieuse peut acheter des sangles ou des lisières d'ameublement sur lesquelles elle brode des devises ou des dessins naïfs, une cordelière passant dans des anneaux en assurant la fermeture. Enfin, pour redonner de l'allure à une ceinture en peau un peu défraîchie, certains chroniqueurs de mode préconisent de broder des motifs de laine ou de soie aux couleurs variées ou bien encore d'incruster de paillettes dorées. Débrouillardise et astuce toujours, comme ce modèle « de boucle de ceinture en isolateur pour électricité » relevé dans *Mode du jour* du 9 octobre 1941. Mais, dans ce domaine, la palme de l'imagination (et aussi du courage) revient sans nul doute à Josèphe Cardin, une jeune lycéenne du collège Sévigné. Lorsque fin mai 1942 les Allemands imposent aux Juifs, par décret, de porter une étoile jaune dès l'âge de six ans, la révolte la submerge. Elle cherche un moyen concret de manifester sa sympathie aux réprouvés et se confectionne une ceinture en carton sur laquelle on peut lire le mot *Victoire*, chaque lettre étant composée de minuscules étoiles jaunes reliées entre elles. Son audace lui vaut d'ailleurs d'être arrêtée et emprisonnée pour avoir bravé l'occupant, la fameuse ceinture étant confisquée [40].

En 1941, par suite d'un décret interdisant leur fabrication, les grands sacs en cuir, si appréciés pour leur capacité d'absorption, disparaissent peu à peu de la rue où l'on avait pris l'habitude de les croiser. Du coup, les femmes qui ont la chance de posséder une de ces merveilles y sont d'autant plus attachées qu'elles font figure d'exception. Le revers de la médaille est qu'il devient soudain facile d'identifier la ou les propriétaires – et plus tard, quelques jeunes filles ont cruellement appris, à leurs dépens, qu'en ces temps où l'ennemi était roi et où la délation triomphait, elles pouvaient être repérées à cause de leur sac, puis trahies lorsque celui-ci servait au transport de journaux résistants.

Objet de convoitise parce que rare, cette sorte de sac se prête volontiers au troc (dans les petites annonces il arrive parfois de lire : « Échangerais fourrure contre sac en cuir »), ou au marché noir. « Un sac neuf ou en bon état devient une formidable monnaie d'échange pour le troc ou le marché noir. Un sac

Hermès s'estime entre 50 kg de sucre et un pneu de camionnette [41]. » Cela étant, pour le remplacer, certaines femmes se rabattent sur les produits de substitution qu'elles aménagent avec beaucoup d'à-propos. La mode est aux immenses sacs-cabas, fabriqués en « cuir » vernis, ou mieux, en serpent, surtout du python, le fin du fin étant de les assortir à la ceinture.

Les besaces en tissu font fureur et il en existe plusieurs versions depuis l'utilitaire jusqu'aux plus sophistiquées. À la première catégorie se rattache un modèle, très répandu, intitulé *Restrictions*. Il s'agit d'un grand sac souvent en toile cirée, fermé par une cordelière, compagnon de la femme de tous les jours, qui peut même devenir élégant lorsqu'il est taillé dans un drap épais comme le fait Worth. À l'intérieur, il peut contenir des petits sachets de tissu léger qui servent de housse à des boîtes de « café », « thé », « sucre », « tickets »... sans que rien ne le laisse paraître. Ainsi, lors d'une invitation à dîner ou à goûter, Madame peut venir avec sa quote-part et même munie d'un châle ou de pantoufles chaudes, le tout enfoui à l'abri des regards indiscrets [42]. Pratiques également, les sacs écossais dont toutes les jeunes filles raffolent. Lorsque son kilt s'avère décidément trop court pour être porté, Michèle Bood, qui entend ne pas s'en séparer, cherche un moyen ingénieux d'en tirer parti. L'idée lui vient alors d'en faire un sac, avec des surpiqûres et une bandoulière, et le résultat dépasse ses espérances, au point de susciter la jalousie de ses camarades... Imagination ou nécessité, tout est utilisé comme cette toile de jute servant autrefois à ensacher les pommes de terre qui est transformée en un sac résistant et original à défaut d'être joli.

Selon l'usage ou la saison, les matériaux de base changent, à l'exception du gros-grain ou de la moleskine recherchés pour leur solidité ou leur entretien facile. L'été, le ruban et la paille servent à composer de frais modèles, se révélant à l'usage peu résistants, et il n'est pas rare de voir, sous les yeux de l'occupant ébahi, d'insolentes Françaises arborer fièrement un de ces fragiles et minuscules chefs-d'œuvre, comme si elles voulaient prouver à la face du monde que, malgré les difficultés de l'heure, le goût français demeurait intact. L'hiver, le feutre et la fourrure bon marché se disputent les faveurs du public. Destinées à une clientèle privilégiée pouvant payer le prix fort, les compositions élaborées présentées par les grands couturiers mêlent un peu de cuir, de daim ou de box-calf aux matériaux autorisés. Là encore, « le feutre aux couleurs nettes et dures » est très employé. Le premier à en encourager l'emploi est Christian Bérard. Cher, mais également recherché, le lézard ou le crocodile. Dubost au 6, rue Royale, fabrique un sac de voyage en croco bordeaux qu'il baptise *Sleeping*. L'humour ne perd pas ses droits et Lucien Lelong, à la place de sacs en cuir, présente, en février 1941, un modèle taillé à même le bois et prenant l'amusant aspect d'une bûche en coupe. L'exemple fait son chemin et l'on ne compte plus le nombre de sacs en bois, polis ou vernis, naturels ou teintés, ronds ou carrés, qui envahissent les villes peu de temps après.

La pénurie affecte également de plein fouet un accessoire déjà cher en temps normal : la fourrure. Dès 1940, on assiste à une diminution sensible des stocks. Cette situation sans précédent est due en grande partie à la clientèle qui a préféré prendre les devants et se prémunir contre la crise des matières premières ainsi qu'aux achats des services d'occupation qui n'ont pas hésité à rafler les rares marchandises intéressantes. S'ajoute à cela la rigueur de l'hiver. Le manque de sous-vêtements chauds a incité de nombreuses femmes à acheter les gilets capuchons en fourrure encore existants sur le marché. Pour répondre à la forte demande, les artisans ont alors recours au lapin dont la réglementation est sévèrement contrôlée par la section fourrures et pelleteries de l'Office central de répartition. Toutes les peaux brutes de lapins, lièvres et garennes sont centralisées chez des négociants spécialisés, dénommés « classeurs de gros » où s'approvisionnent dès 1941 les fourreurs, pelletiers et confectionneurs obligatoirement munis d'une licence d'achat. En janvier 1942, dans la semaine du 23 au 30, avec l'espoir d'intensifier la production, le Comité d'organisation des pelleteries et fourrures impose par le biais des Actualités mondiales de l'ACE le passage d'un film sur l'élevage du lapin ! Faute de pouvoir se procurer les peaux du précieux « lapin national », les fourreurs se tournent vers les putois, fouines et taupes. Sans grand succès, doit-on souligner !

Parmi les accessoires affectés par les restrictions, le bas de soie occupe la première place, sa quasi-disparition en 1940 posant aux utilisatrices un réel problème. À cette époque, les bas, tout comme les chapeaux, sont en effet le complément indispensable de la panoplie vestimentaire féminine, et il ne viendrait à l'idée d'aucune femme de s'en dispenser sous peine de manquer à ce code de bonnes manières qu'est la mode. Une femme digne de ce nom, c'est bien connu, ne peut pas sortir sans bas. On imagine sans peine le casse-tête que pose aux maîtres de l'élégance le manque de matériau. Au moment des grands froids, les bas de laine épais ont fait leur apparition, suivis par les guêtres, ces dernières encouragées, on l'a vu, par les grands couturiers et adoptées avec enthousiasme par beaucoup de femmes. Par coquetterie, une minorité reste fidèle, envers et contre tout, au bas de tulle transparent, obstinée qu'elle est « à maintenir une mode coûteuse hors de saison, hors de raison ».

Au printemps 1941, le problème renaît avec d'autant plus d'acuité que l'usure a fait disparaître des tiroirs, paire après paire, les bas de soie et que, malgré des prodiges, il devient difficile de les remplacer. En enfilant leur dernière paire, ces dames vivent dans la terreur de la maille qui file ou de l'accrochage par inadvertance. Il existe bien sûr des ateliers de réparation où confier les bas à remmailler, mais de l'avis même d'une ouvrière, il y a un seuil au-dessous duquel on ne peut plus rien. « Que faire dans ces conditions ? » se demande-t-on. « Comment remplacer l'irremplaçable ? » Quelques toutes jeunes filles se prennent à murmurer crânement : « Qu'importe, voici l'été, nous irons sans bas, comme à la plage », mais pour la majorité des citadines, ce ne peut être une solution et l'interrogation demeure.

« Pour pallier la disparition des bas de soie, les Parisiennes se colorent les jambes à la teinture d'iode », rapporte Maurice Arnoult [43]. Une grande marque de parfumerie, Elizabeth Arden, bientôt suivie par d'autres, offre la solution : se teindre les jambes grâce à une lotion, facile à appliquer, qui brunit l'épiderme mais laisse voir la peau par transparence [44]. Le comble de l'art est de dessiner sur le mollet un trait noir, imitant à s'y méprendre la couture du vrai bas. Et l'on peut lire dans la presse : « Elizabeth Arden, qui pense à tout, nous offre la possibilité de voiler nos jambes comme il convient, sans redouter le petit frisson des mailles qui filent, sans grever notre budget, en conservant la correction de notre tenue, notre élégance et le plus simplement du monde [45]. » Le succès est immense. « Le bas de soie artificiel est né », lance la critique qui salue en lui

Pour remplacer les bas devenus introuvables, les femmes adoptent des lotions miracle qui teignent leurs jambes. Chaque produit vante ses avantages, l'essentiel étant de faire illusion tout en résistant à la pluie.

des qualités inestimables : « Rien n'est aussi fidèle que ce bas » ; jamais il ne bouge, jamais il ne cède. Il peut recevoir les averses les pires sans être altéré. Avec lui, un accrochage n'est plus un drame…

Dans ces conditions, les femmes ne sont pas longues à se jeter sur ces flacons miracles dont les prix varient en fonction de la notoriété du parfumeur : 33 francs chez Elizabeth Arden (plus 2 francs de flacon), 30 francs chez René Rambaud – qui vante « le bas sans mailles » et une gamme de trois couleurs, chair, chair dorée, chair brunie – et 25 francs dans les grands magasins sous des noms évocateurs. « De trois à cinq applications suivant la nuance désirée, voilà ce que vous obtiendrez avec chaque flacon de Novibas, la nouvelle teinture pour les jambes. » *Filpas* que la publicité présente comme « La soie sur vos jambes sans bas de soie » est très répandu. Liquide garanti inoffensif, il ne tache pas et résiste à l'eau. « Ce n'est pas une teinture, il recouvre la peau et gaine les jambes comme les plus jolis bas », affinant la cheville et les mollets [46]… « Ambresoie remplace le bas de soie, ne tache pas les robes, ne marque pas à la pluie [47]. » La marque est distribuée par L'Oréal. Un parfumeur moins prestigieux, Dorin, n'hésite pas à s'intituler le « créateur du maquillage des jambes [48] ». Un peintre montmartrois propose de peindre sur les jambes des fleurs dans tous les coloris, mais la clientèle ne suit pas. Malgré ces solutions de remplacement, la nostalgie du bas de soie demeure vive chez certaines qui regrettent le bon temps. Les plus pervers le savent bien et l'on voit un journal de collaboration, violemment antisémite, *Au Pilori*, proposer comme premier prix d'un concours abject trois paires de bas. Le dit concours, intitulé « Où les fourrer ? », s'adresse aux seules femmes, leur demandant d'imaginer toutes les solutions possibles « d'assainissement » pour châtier les Juifs. Il se trouve une championne, une Parisienne qui, visiblement ravie, reçoit sa récompense, particulièrement prisée en ces temps de pénurie, puisqu'il s'agit de vrais bas de soie [49].

Les bas font l'objet d'un important marché noir. Au cours légal, la paire de bas de fil ou rayonne varie de 25 à 30 francs, celle du bas de rayonne qualité supérieure de 33 à 38 francs, les bas de soie de 65 à 85 francs. Un rapport d'enquête du Commissariat général aux questions juives à Troyes, en janvier 1943, indique les prix suivants pour le marché parallèle : 125 à 150 francs pour la paire de rayonne ordinaire, 165 à 190 francs pour la qualité supérieure, 250 à 300 francs pour le bas de soie.

La grande leçon de pénurie frappe tout le monde ou presque. Chacun et chacune cherchant, parmi ses trésors cachés, de quoi aider à confectionner l'accessoire qui complétera sa tenue. Ceinture tressée en paille ou en papier mâché, le moindre bout de ficelle ou de dentelle peut, sous des doigts agiles, retrouver une seconde jeunesse. Dans ses chroniques consacrées au Paris des années noires, Colette raconte qu'un châle en cachemire des Indes qui lui venait de sa mère « a jeté son dernier feu de couleurs sous la forme d'un sac à main monté sur fausse écaille blonde », ce qui somme toute est, d'après l'écrivain, un destin plus heureux que de finir comme tapis de table !

Jamais les accessoires n'ont été aussi prisés. Les gants connaissent une vogue croissante. Il y en a de tous les genres, pour tous les goûts. Gants unis, gants de crêpe de Chine imprimés comme la robe et le chapeau. Ils sont rarement en peau, presque toujours en tissu. Les ouvrières des ganteries n'hésitent pas à utiliser quatorze à seize morceaux de peau, provenant de chutes (au lieu de quatre traditionnellement) pour fabriquer une paire de gants comme celle conservée au musée de Millau. Les plus habillés sont ajourés ou en dentelle, les plus chics en piqué de soie, les plus nouveaux en jersey ou au crochet. Le temps de la richesse est terminé. Désormais, il est illusoire de vouloir porter un vêtement approprié à chaque circonstance comme y incitait jadis le diktat de la mode. Aussi les femmes comptent-elles sur les accessoires pour les aider à ajuster leur tenue en fonction des besoins.

Dans la gamme des accessoires, l'actualité inspire les grands joailliers [50]. Au printemps 1941, pour confectionner des broches, ils utilisent le thème du retour à la terre. Des bicyclettes aux roues de saphir ou des boîtes à sucre en argent évoquent la pénurie. D'autres vont plus loin. Une cage en or de chez Cartier renfermant un oiseau captif exécuté en pierres multicolores symbolise la défaite de la France tandis que de minuscules breloques dues au même bijoutier évoquent le drapeau tricolore, la lettre V. Parfois, il y est écrit : « Vive la France ». Reine Bailly lance la mode des sucriers de poche, une petite boîte sur laquelle on peut lire : « Une chaumière, un cœur… et un sucre. » Les boucles d'oreilles sont en vogue comme les longs pendentifs d'Arletty, tandis que la clientèle bon marché se pare d'animaux ou d'amulettes en métal doré. Les croix de Lorraine répandues en 1941 se raréfient car elles exposent leurs porteurs à des représailles.

CHAPITRE IV

Débrouillardise et coquetterie

Reste que le moral des Français, déjà bien affecté, baissa encore lorsque fut rendue publique, dans la presse, la mesure qui instituait, à partir de juillet 1941, une carte de vêtements. Certes, des signes avant-coureurs avaient laissé entendre que la situation était grave. Cependant, personne n'osait croire qu'on en viendrait à la remise de vêtements contre des tickets.

C'est pourtant chose faite au début de l'année 1941. La réglementation provisoire de la vente des vêtements et articles textiles fait place, en vertu de la loi du 11 février 1941, à un système prévoyant « l'octroi, à tout consommateur titulaire d'une carte d'alimentation, d'une carte comportant un certain nombre de points. Cette carte doit permettre l'acquisition, suivant un barème de correspondance entre la nature des articles et un nombre déterminé de points, de vêtements et articles textiles [1] ». Du 23 février au 30 avril 1941, vingt-trois séances ont été nécessaires aux experts pour mettre au point les détails de cette carte qui entre en vigueur à compter du 1er juillet 1941 [2]. En attendant sa mise en circulation, les articles à usage vestimentaire sont soumis au régime de bons d'achat. Pour les femmes, la réserve normale individuelle, au-dessous de laquelle on est justifié à faire une demande de bons, est la suivante : deux robes, deux tabliers ou blouses, un imperméable, deux paires de gants d'hiver, un manteau d'hiver, trois chemises de jour, deux combinaisons, trois culottes, six paires de bas, six mouchoirs. Sans commentaire !

Le 14 février, dernier jour de vente libre, les grands magasins parisiens connaissent une énorme affluence. « Au milieu des vendeuses harassées mais souriantes, au Printemps, deux cents ou trois cents femmes, munies de numéro d'ordre, attendent l'arrivée des lainages, tandis qu'au rayon des robes et des manteaux il y a la queue pour essayer [3]. »

Passé cette date, tout achat de vêtements et lingerie est interdit sans bons. Toutefois, à partir du mois d'avril les consommateurs sont autorisés à acquérir un vêtement neuf contre remise au fournisseur, à titre gratuit, « d'une quantité double des mêmes produits usagés mais susceptibles d'être affectés, précise le décret, à un nouvel usage vestimentaire », à charge au tailleur d'apprécier ! À partir du 1er juillet 1941, les besoins des consommateurs sont essentiellement satisfaits par le système de tickets extraits de la carte. Compte tenu de la disponibilité en articles textiles, le gouvernement reconnaît qu'il est impossible de satisfaire à toutes les demandes, aussi décrète-t-il que seuls les tickets numérotés de 1 à 30 pourront être immédiatement utilisables.

Un redoutable dilemme se pose alors au commun des mortels et plus particulièrement aux femmes qui, par tradition, s'occupent des vêtements de toute la famille : que faire avec 30 points ?

De la mère de famille à la secrétaire en passant par l'employée aisée, l'étudiante ou la midinette, un seul et même problème les préoccupe toutes : « Comment tirer parti le mieux possible du maigre contingent alloué ? » Chacune essaie d'établir sa garde-robe en fonction de son type de vie et des moyens du bord.

Bien des conversations tournent autour de cela, tandis que la presse et les magazines féminins ébauchent des solutions pour venir en aide à leurs lectrices. D'un journal à l'autre, en fonction de la clientèle, les conseils varient.

Plusieurs cas de figure se rencontrent. Mme X., que ses occupations maternelles retiennent à son domicile, peut, à la rigueur, se contenter d'une jupe taillée dans un vieux pantalon d'homme et d'un gilet de laine tricoté à partir de récupération. Pour s'habiller, une robe de tulle ou de dentelle qu'elle se procurera sans tickets, puisqu'en vente libre, fera l'affaire. Dans ces conditions, avec ses 30 points, elle achètera par exemple trois paires de bas de fil (12 points), un chemisier manches courtes (4 points), un gilet sans manche (5 points). Au contraire, Nicole, agent de publicité, est, par son travail, en contact permanent avec des clients. Elle doit absolument paraître élégante et soignera d'abord sa mise de tous les jours. Deux jupes en ersatz de laine (20 points) dont une noire qu'elle portera avec des chandails sport ou angora (vente libre), assortis aux socquettes, gants et turbans, formeront la base de sa garde-robe. Avec deux pochettes en soie (en vente libre) elle se coudra un élégant foulard qui terminera joliment sa tenue de cycliste. Si elle est invitée à un dîner habillé, Nicole se fera confectionner par sa couturière un tailleur en lamé (sans tickets). Ce qui lui reste de points lui servira à se procurer des bas de fil. Colette, la jeune étudiante, échangera deux costumes usagés devenus trop courts pour elle contre un tailleur neuf qu'elle choisira dans une teinte neutre pour qu'il aille avec tout. Ses tickets lui permettront de s'acheter une robe de soie pour sortir (18 points), ainsi que l'indispensable jupe-culotte que nécessite son vélo [4].

Le Figaro, dont la clientèle provinciale et aisée n'a pas le même genre de vie, met l'accent sur la nécessité de choisir un vestiaire qui fasse plus d'une saison, spécialement étudié pour une époque de restrictions. Il doit répondre à trois conditions :

« 1. Pouvoir être exécuté dans un métrage minimal ;

2. Ne pas être trop marqué par la mode du moment de façon à pouvoir lui survivre ;

3. S'il s'agit d'un ensemble, ses "pièces" doivent être interchangeables. »

Et d'offrir comme base vestimentaire : le tailleur classique dont la jupe peut aller avec une autre veste, la veste avec une autre jupe, assorti de nombreuses blouses, une robe de lainage noir, un ensemble de sport avec culotte et écharpe quadrillée. Tous ces modèles peuvent facilement être exécutés par une couturière [5].

Inspirés par la révolution nationale, les foulards agrémentent une tenue austère. Les fabricants privilégient les sujets patriotiques tels le « Coq gaulois » dessiné par Jean Dunand, le culte du chef (le portrait du Maréchal, ses voyages) ou encore la campagne avec les fleurs multicolores, les épis de blé. Ils sont souvent l'œuvre du soyeux Colcombet.

Bientôt, la France entière cherche à tourner les restrictions imposées par de multiples inventions glanées un peu partout. Le bouche à oreille, la presse et la radio prodiguent force conseils aux maîtresses de maison et finissent par imposer leur loi à la mode de tous les jours. Peu importe s'il manque une bande ici, un coin là, pour achever une robe. « Il existe une solution qui se répand en ville comme à la campagne : l'utilisation de métrages réduits (que tout le monde ou presque conserve soigneusement dans une armoire) et qui, mis bout à bout, peuvent encore servir. » Et la vogue se répand de robes faites de tissus différents, permettant également de transformer à bon compte des tenues usagées. La trouvaille s'appelle : « La robe mille morceaux », très largement adoptée en 1942. Ni belle, ni vraiment élégante, elle est partout, tant et si bien qu'elle devient à la mode par la force des circonstances.

Spontanément se met en place une sorte de Bourse aux idées, chacune échangeant ses astuces de couture. « Ma robe, explique l'une, ne m'a coûté aucun point. J'avais, par chance, un petit métrage de lainage bordeaux que j'ai complété en coupant dans une jupe ancienne, écossaise, un corselet et un col. » « Eh bien, c'est pareil pour moi, répond l'autre. Le manteau que vous voyez est fait de deux laissés-pour-compte, oubliés dans le fond d'un tiroir : l'un marron, l'autre prince de galles, c'était si juste que je n'ai pas eu de quoi faire un revers, alors j'ai fait un col "aiglon" qui tient à l'empiècement [6]. » Lucie Hirigoyen, rédactrice de mode, s'extasie sur la qualité d'un vêtement trois quarts sport que porte l'une de ses amies et cherche vainement à comprendre d'où provient cette merveille pour apprendre qu'il s'agit d'une récupération : une couverture de voyage bien inutile puisqu'il n'y a plus d'autos.

Et comme par magie, ce qui pourrait sembler ridicule devient soudain la mode de la rue. Colette, si présente aux malheurs de ses compagnes, se transforme en bon génie, formulant ses conseils sur un ton plaisant : « Madame, vous possédez deux jupes étroites que la mode condamne et que l'usage défraîchit ? L'une est beige, l'autre marron ? Vous ensachez l'une dans l'autre et vous ferez si bien que le haut de l'une fournisse, découpé en pointes, l'ampleur qui manque à l'autre. Un peu comme les triangles du jeu de jacquet – vous voyez d'ici [7] ? »

Un tissu d'ameublement peut servir à réaliser un ensemble complet, tailleur, gilet et chaussures [8]. La pratique de la couture faisant partie de l'éducation de toutes les jeunes filles qui apprennent à coudre durant leur scolarisation, les femmes parviennent à tirer parti du moindre morceau de tissu ou du plus petit écheveau de laine. Comme cette jeune lyonnaise Jeanne Guillin qui confie : « J'avais coupé cette jupe dans le pantalon de mon père, j'avais fait ce sac en ficelle, j'avais utilisé de la grosse toile pour faire des chaussures. J'avais deux jupes, une robe et pas davantage, avec ça on arrivait quand même à être élégante[9]. »

On trouve ainsi des solutions miracles et on contourne les incontournables tickets de vêtements. À cet égard, la presse féminine joue un rôle irremplaçable, celui de service, et il faudrait des pages et des pages pour en répertorier les astuces. À côté du rôle dérivatif et d'évasion que jouent ces magazines, les femmes trouvent auprès d'eux aide et réconfort pour résoudre leurs problèmes quotidiens. Cette fonction d'information pratique a été très appréciée et les journaux connaissent une vogue croissante durant ces quatre années.

Après s'être réfugié en juin 1940 en Bretagne à Châtelaudren, *Le Petit Écho de la mode* obtient l'autorisation de reparaître en août 1940. Résistant aux propositions allemandes qui offrent des participations financières dans l'entreprise de presse, le journal réussit à conserver une ligne éditoriale neutre même si le poids de la censure le transforme en magazine de conseils pratiques. Vendu uniquement sur abonnements en zone sud, il compte 209 000 abonnés en 1941, 253 000 abonnés en 1942 pour un tirage de 630 000 exemplaires à la même époque, tirage qui tombe à 550 000 en juillet de la même année[10]. « Notre journal rend les plus grands services au public populaire, réconfortant le courage des femmes de prisonniers et des foyers en peine sans jamais les dresser contre personne, aidant, par son caractère pratique, à supporter les restrictions tant alimentaires que vestimentaires », écrit le directeur, en 1942, face aux réductions d'attribution de papier qui le frappent.

Marie-Claire change de formule et renoue avec les courants traditionnels [11]. Il se vend très bien et s'impose comme le champion des trouvailles. De leur côté, les quotidiens politiques ont également compris l'importance de l'enjeu et maintiennent, malgré les difficultés, leur page hebdomadaire consacrée à la mode. Tous les conseils qui, au fil des mois, ont tendance à devenir identiques peuvent se résumer en quelques lignes : les temps sont durs, vous n'avez pas le droit de jeter, nous sommes dans une époque où le moindre bout de tissu est précieux, sachez tirer parti de tout. C'est un devoir national. Regardez dans votre placard, peut-être y avez-vous serré, depuis plusieurs années, de vieux rideaux abîmés, en velours, cretonne, chintz ou taffetas. C'est le moment de sortir ces vieilleries et de tailler dans les bons morceaux une veste, un pantalon, une jupe. Que diriez-vous d'une nouvelle jaquette obtenue – sans points et sans marché noir – à partir du veston ou du smoking dont votre mari ne veut plus ? « Un pantalon d'homme peut devenir une jolie robe. Il suffit pour cela de le retourner après l'avoir soigneusement défait. La robe sera faite de quatre panneaux auxquels vous ajouterez un empiècement de tissu rayé ou de tricot [12]. » Votre robe unie est malheureusement usagée, lustrée, qu'importe ! Vous pouvez encore l'utiliser en y incrustant des bandes de tissu de coloris différents qui formeront un heureux contraste. Pour renouveler votre classique robe noire, que pensez-vous d'une guimpe, de manchettes, de nœuds, à moins que vous ne préfériez un petit boléro taillé dans une écharpe ?...

Parmi les innovations, les rubans, hier encore parents pauvres de la couture, font une entrée que se

la veillée

...r, si, dès à présent, vous prenez la ...ublés. Vous pouvez utiliser vos ... peut s'acheter sans points. Vous le ...ricot, de vieux tissus de lainage. ...orment dans la naphtaline, dans ... d'intérieur. Souvenez-vous ...urs, cousus ensemble comme un ...oublures, que les bouts de ...ent les gilets. Ne laissez rien ... dans cette page et ...iser les tissus

7. Cette robe de chambre pourra être confectionnée dans un ancien manteau en lainage uni et une robe usagée en tissu écossais ou à carreaux de couleurs vives. Le lainage uni sera appliqué sur l'écossais à l'aide de grosses piqûres sellier en cordonnet du ton des carreaux.
8. Pyjama avec veste en lamé ouatiné. Le pantalon sera exécuté dans un ancien manteau ou un pantalon de plage en flanelle.
9. Longue robe d'intérieur très habillée, en lamé entièrement ouatiné. La taille est cintrée par les coutures de côté et celle au milieu du dos.
10. Petit gilet à manches en lainage sombre pris dans une veste démodée. L'intérieur est entièrement ouatiné et matelassé par des piqûres à gros points devant faits avec de la laine multicolore. La fermeture est agrémentée par des petits glands de laine.
11. Veste en lainage sombre entièrement doublée de laine tricotée au point mousse. La parmenture, la doublure du capuchon et les revers des poches et des manches sont également en laine tricotée.
12. Pyjama permettant d'utiliser un ancien pantalon de ski. La veste faite de découpes sera taillée dans un manteau démodé, l'intérieur, doublé de lainage vif ou simplement de tricot de laine ou de coton.
13. Ensemble très chaud comprenant une jupe à deux lés évasés, un gilet taillé dans des morceaux de drap complétés par du tricot au point mousse en laine vive. Les bottes seront également tricotées et la semelle sera en raphia natté.
14. Petit gilet capitonné, en velours ou lainage sombre; les manches et la ceinture seront en tricot de laine à côte deux et deux, fermeture éclair sur le devant du gilet.

Le froid est très vif durant toute l'Occupation et les moyens de chauffage dérisoires. *Mode du Jour* d'août 1941 recommande de se tailler un pantalon chaud dans une ancienne tenue de ski. On y adjoindra une veste de lainage coupée dans un manteau démodé. Le même numéro propose des bottes tricotées vraisemblablement à partir de laine « détricotée ». Les semelles sont en raphia.

plaît à souligner la responsable de la chronique féminine de *L'Œuvre* : « Les rubans !... quelle ressource pour nous et plus que jamais car nous pouvons les acquérir sans points jusqu'à 20 cm de large. Que de jolies choses nous pouvons confectionner avec eux, qu'ils soient étroits ou larges, de coloris tendres ou joyeux, rayés, écossais, à pois, en faille, en satin, en gros-grain. Et nous les transformons en blouses, en gilets, en boléros [13]... »

De même la peau de chamois que *Marie-Claire* propose à ses lectrices pour se confectionner un gilet – « Vous avez eu souvent envie d'une veste ou d'un gilet de peau, mais leur coût élevé vous a fait y renoncer. Achetez au marché ou dans un grand magasin des peaux de chamois. Coupez-les en morceaux de 9 cm x 12 cm que vous assemblerez en cousant [...] vous avez alors un tissu d'un genre nouveau, doux, chaud, solide, dans lequel vous taillez comme dans une étoffe achetée au mètre [14] [...]. » De même *Pour Elle* dans son numéro du 11 février 1942 donne à ses lectrices un mode d'emploi de ce que l'on peut faire avec 50 cm de tissu : soit un turban ou un gilet, soit encore une écharpe et des gants assortis, une toque écharpe ou enfin une ceinture corselet.

Dernière touche à ce tableau, la place croissante prise par les patrons, cours de coupe, livrets vendus par correspondance pour aider les maîtresses de maisons. Ainsi, Hélène Pasquier est l'auteur apprécié de *Élégante quand même. Comment tailler et exécuter un tailleur, un manteau, une jupe-culotte, transformations* [15].

Ces conseils si prosaïques laissent perplexe et font sourire aujourd'hui. En 1942-1943, au moment où la guerre est mondiale, où les combats font rage, alors qu'en France les affrontements sont chaque jour plus violents par le biais des attentats ou des sabotages, on peut s'étonner de voir tant de place réservée à des sujets en apparence mineurs. En réalité, ces solutions miracles montrent combien le vêtement, étroitement lié au contexte, est un phénomène social. Elles traduisent un fait de société : le degré de précarité auquel est parvenue la population française en l'espace de quelques années. La mode a pris une autre signification ; ce qui hier était impensable est là aujourd'hui : la récupération s'impose comme une nécessité parce qu'il n'y a pas moyen de faire autrement. Ces recettes font partie du système d'habillement. Faute de pouvoir changer de vêtement à son gré, on transforme. Belcolor annonce une nouvelle robe sans tickets et à peu de frais. « La belle teinture qui tient transforme un tissu défraîchi en une étoffe chatoyante. » Et la publicité de préciser : une simplicité d'emploi enfantine !

À côté de la volonté de ne pas céder devant l'adversité, il faudrait également voir dans ces lignes, au-delà du langage conventionnel, la traduction d'une sauvegarde d'identité. Alors que tout ou presque manque, on suit des solutions proposées pour camoufler la médiocrité du présent et sauver ainsi les apparences.

La pénurie de matières premières aussi indispensables que le coton ou la laine, le manque de tissu, la carte de vêtements sont mal supportés. De tous côtés les plaintes affluent sur les bureaux des fonctionnaires. Le syndicat patronal des tailleurs confectionneurs français de Saint-Étienne se dit angoissé depuis l'attribution de 100 points de la carte de vêtements (dont 30 utilisables tout de suite). Ce nombre de points étant insuffisant pour permettre d'acheter un article quelconque chez les tailleurs confectionneurs, il en résulte que le consommateur n'achète plus que de petits articles tels que chaussettes, chemises et mouchoirs [16].

Quant au préfet des Hautes-Pyrénées, il est bien embarrassé pour répondre à la lettre de Mme Pujos, de Tarbes, réclamant des attributions supplémentaires de points textiles mis à sa disposition et choisit la vérité, à savoir : le faible contingent. Il est attribué, pour 100 habitants, 1/2 point textile par mois. Or, pour l'achat d'un manteau, 145 points sont nécessaires. Dans ces conditions, toutes les demandes, même les plus justifiées, ne peuvent être accueillies favorablement [17]. Quant à la loi du 17 juin 1941 instituant le rationnement du fil à coudre, les couturières font savoir qu'elles ne peuvent plus exercer leur métier. « Fils et soies à coudre, cotons à repriser s'obtiennent contre échange de lettres placées sur la carte de textile. Jusqu'à présent 4 lettres sont valorisées et donnent droit chacune à 6 grammes de fil ou de coton ou à 6 grammes de soie », consigne Claudine Prat dans ses notes manuscrites de novembre 1942. Au printemps 1942, Mme veuve Salmon, de Précy-sur-Vrin dans l'Yonne, écrit au directeur du Commerce intérieur et lui demande une attribution supplémentaire de fil, afin, explique-t-elle, de continuer à travailler. La réponse, écrite de la main du directeur, ne tarde pas. C'est une fin de non-recevoir, dans le plus pur style administratif :

> « Madame,
>
> « J'ai l'honneur de vous faire savoir que le fil ou la soie doivent vous être fournis par vos clientes. Celles-ci pourront se les procurer avec les tickets F et L de la carte de vêtements et articles textiles qui donnent droit chacun à 6 g de fil ou de coton, ou 3 g de soie [18]... »

En plus de la difficulté qu'ils éprouvent à se procurer des peaux, des professionnels comme les fourreurs énumèrent le manque de doublures, d'ouatines et le problème quasi insoluble que constitue la carence d'aiguilles et de fils [19].

Alors, on récupère, on récupère le fil qui a déjà servi, on « tire » des fils sur des pièces de tissu, bref, une fois de plus, on se débrouille. Mais dans l'escalade du mécontentement, on n'enregistre rien d'équivalent à la colère que suscite, l'été 1941, la création de bons de laine. La réglementation française prévoit de réserver exclusivement ces bons d'achat aux enfants de moins de trois ans et aux femmes enceintes. Toutefois, aux termes de prescriptions arrêtées par les autorités allemandes d'occupation dans les territoires occupés, il est décidé, fin 1941, que tout militaire allemand, muni de bons d'achat, pourrait également se voir attribuer de la laine. Déjà les Français avaient dû supporter de voir, dès août 1941, les Allemands nantis de bons de tissu jusqu'à concurrence de 75 points. Cette fois, c'en est trop. Des petites émeutes éclatent en province et à Paris. Au magasin du Louvre, en mars 1942, le directeur refuse tout net d'honorer les bons d'achat qui lui parviennent, prétextant un manque de marchandises [20]. Peu après, sur plainte d'un militaire éconduit, il est arrêté par les Allemands et envoyé en prison, tandis qu'une circulaire, émanant du gouvernement français (juin 1942), rappelle aux commerçants qu'ils doivent obligatoirement honorer ces bons.

Pour autant, la question de la laine n'est pas totalement réglée. Une fois en possession de leurs bons, les futures mères se présentent dans un magasin de leur choix où on leur remet la marchandise souhaitée. Pas question toutefois de choisir le coloris que l'on aimerait pour tricoter la layette de son enfant. Les mamans sont dans l'obligation d'accepter ce qui leur est délivré, c'est-à-dire tout sauf du bleu, du rose ou du blanc auxquels la mode enfantine de l'époque reste très attachée. Alors, certaines, qui jusque-là avaient accepté de gré ou de force les bons de chaussures et la carte de vêtements, se révoltent et refusent de se voir attribuer des écheveaux de laine… kaki. À l'exemple de Simone Signoret, enceinte de plusieurs mois, dont la colère éclate : « J'ai remercié la mercière, j'ai repris mes tickets, j'ai remonté mes trois étages de mairie, j'ai rendu les tickets à Mme Fichini de Fleurville Rosebourg et je lui ai dit : Je ne sais pas si j'aurai un garçon ou une fille, je veux de la laine bleue, rose ou blanche, en tout cas je ne veux pas l'habiller déjà en soldat [21]. » Face à cette fronde qui se généralise, le gouvernement rappelle à l'ordre les indisciplinés par voie de communiqué : « Il est inadmissible que, dans les circonstances actuelles, les parents se refusent à acheter pour leurs enfants de la laine de couleur foncée : les questions de mode et de préférences personnelles appartiennent à une époque à laquelle la défaite de la France a mis fin pour un temps indéterminé. Des enfants de deux à trois ans peuvent parfaitement être habillés de tricot de couleur foncée ou même noire. Il est plus important qu'ils soient habillés chaudement qu'élégamment [22]. »

Dans ce royaume où Ubu est roi, le désir de tout régenter s'est emparé des professionnels chargés de rendre des comptes au gouvernement. Rien n'est laissé au hasard, et ce, dans tous les domaines, le désir de légiférer étant un trait caractéristique de Vichy. On reste confondu devant certaines mesures d'avril 1942, prises en vue d'économiser le tissu, prônant la fabrication de pantalons sans revers, interdisant la confection de vestes à soufflets ou de pardessus à martingales, ou mieux encore, imposant une longueur maximale des ourlets. En juillet 1942, la fabrication des vêtements suivants est interdite :

- spencer de garçonnet dit *Eton* ;
- veston de garçonnet droit ou croisé ;
- blouse à col marin ou revers dit *américain* ;
- gilets de garçonnets [23].

Quant aux garçons de moins de quinze ans, ils n'ont pas le droit de porter des pantalons longs sauf dérogation, accordée avec parcimonie, pour cause de taille [24]. Tous les cas de figure sont soigneusement étudiés (vêtements pour coloniaux, femmes enceintes…). La majorité de la population subit avec peine cette intrusion dans sa vie privée et ne s'y résout que parce qu'elle n'a pas le choix.

« Récupérer » est devenu le souci numéro un de sérieux fonctionnaires qui surveillent avec intérêt les opérations de ramassage des chiffonniers : tailleurs, jupes, complets-vestons et autres articles vestimentaires peuvent, après triage et traitement, devenir une nouvelle matière première textile susceptible d'être utilisée pour les draps, torchons…

Tandis que les vêtements sont étroitement contingentés, que des accessoires, tels que les chaussures et les sacs, les ceintures ou les gants, sont soumis à des normes réglementaires, au contraire les couvre-chefs donnent lieu à une explosion de formes et de coloris, à une débauche de matériaux : tulle, voilettes, dentelle, plumes, fleurs artificielles, gros-grain, ruban feutre, paille… Jamais, en effet, on ne vit jaillir autant d'idées bizarres, de réalisations saugrenues, qu'entre 1940 et 1944… Comme l'explique *Marie-Claire* en février 1942 : « Paris s'habille toujours ou plus exactement se coiffe toujours car il semble que toutes les recherches de mode entre 1940 et 1944 se soient réfugiées dans les chapeaux. » D'après Marie-Laure Gutton et Fabienne Falluel, le chapeau est l'accessoire de mode qui a connu la plus forte mutation au cours de la guerre. « Son évolution… est particulièrement significative permettant une datation relativement précise [25]. »

Au moment où les Allemands s'installent à Paris, le savoir-faire des modistes parisiennes est réputé dans le monde entier : une dizaine d'entre elles, maîtrisant parfaitement leur art, atteignent même à une renommée internationale, parmi lesquelles Rose Valois, installée 18, rue Royale, Paris. Chacune s'est spécialisée dans une certaine gamme : « chapeaux de grand style chez Caroline Reboux ; chapeaux à la fois de classe et si personnels chez Suzy ; turbans exotiques de Maria Guy, feutres de sport d'un chic inimitable chez René Descat ; délicieuses drôleries d'Albouy, ingénieuses trouvailles d'Agnès et enfin, Madame Legroux, ce poète des chapeaux qui passant par ses mains prennent je ne sais quel subtil enchantement [26] ». Loin de stopper cet esprit créatif, l'Occupation agit, au contraire, comme un stimulant. Si certains grands noms laissent libre cours à leur fantaisie et restent dans les limites autorisées par l'élégance, des artisans moins prestigieux frisent parfois l'extravagance pendant ces quatre années. Jardins suspendus, nids d'oiseaux, monuments démesurés ou coiffures de poupée, les chapeaux prennent parfois des formes inattendues. « Aujourd'hui, note Colette, il n'est pas une femme de goût qui, à huis clos, ne condamne en mots sensés les œuvres étranges dont la mode la veut couronner [27]. »

Peut-être convient-il de voir dans cette débauche de formes et de matériaux une utile compensation à la misère de l'heure ! Porter un béguin comme au Moyen Âge ou un chapeau de style 1900 serait une façon de se couper de la réalité pour se réfugier dans le passé. Les crises politiques ou économiques génèrent parfois des comportements vestimentaires surprenants, en particulier dans les ornements comme les chapeaux. À peine sortis de la Terreur, les Merveilleuses ont affecté une recherche extraordinaire dans leur mise et leur coiffure ; elles avaient une prédilection pour l'Antiquité. Durant les années 1940-1944, l'exubérance créatrice des couvre-chefs peut s'expliquer comme la manifestation diffuse

À partir de l'été 1941, les tissus habituels se raréfient même pour les modistes qui utilisent la rayonne en garniture, comme pour ce chapeau en feutre garni de crêpe rayonne écossais, ou en matière première comme pour ce turban confectionné en jersey rayonne proposés dans *Mode du Jour*.

URES ET EN CHAPEAUX
1885
1884
Chapeau en feutre garni de crêpe rayonne écossais.
★
Turban drapé en jersey rayonne.
★
Petit feutre sans fond retenu par un large ruban de taffetas rayonne.
1884. Imperméable en gabardine boutonné devant, avec capuchon attenant, doublé rayonne. Le dos est orné d'un gros pli creux, retenu sous la ceinture. (3m,25 en 1m,40.)
★
1885. Robe en crêpe de soie ; les poches, bordées de gros cordonnet, maintiennent les fronces au corsage et à la jupe. (3m,65 en 1 mètre.)
(Tarif des patrons, page 31.)

d'une révolte contre la dureté de l'époque. En 1945, certains chroniqueurs de mode [28] n'hésiteront pas à justifier cette attitude, y voyant l'annonce prémonitoire qu'un jour prochain, la France secouerait ses chaînes et balaierait ses ennemis. Vision un peu trop optimiste de la réalité, à moins qu'il ne s'agisse d'une relecture des événements après la victoire.

Tout commence sagement. La collection d'hiver 1940 subit fortement la pression des événements qui bouleversent la vie quotidienne des Français. S'il subsiste quelques modèles sophistiqués, destinés à celles qui ont du temps et de l'argent, ou portés avec brio par des artistes comme Danielle Darrieux, l'ensemble répond d'abord aux exigences d'une clientèle qui souffre du froid et des intempéries et pour laquelle la marche à pied, la bicyclette ou le métro sont une nécessité. Toutes ces raisons expliquent l'engouement des femmes pour des modèles pratiques. Ce qui fait écrire, en novembre 1940, au chroniqueur de mode du *Figaro* : « La sagesse a atteint les chapeaux [...] qui sont enfin redevenus seyants et agréables. Plus de ridicules coiffures posées sur l'œil et que tant de femmes portaient pour étonner plutôt que pour plaire. Elles vont gagner à cette sobriété. » Partout le feutre est roi : brun, rouge, noir, vert bouteille et calotte conique ou pointue. Il est ceinturé de ruban ou de mousseline, voire de laine unie ou écossaise, réplique de l'écharpe portée autour du cou. La toque enserrant bien la nuque ou le turban, finement drapé, connaissent un grand succès. S'ils dégagent le visage, souvent les cheveux sont couverts sur le derrière de la tête par des retombées de tissu ou les pans et coques de ruban.

En décembre 1940, lorsqu'il présente sa collection à Lyon, Marcel Rochas dévoile ses trouvailles, dont une « toque de velours rouge sur laquelle une voilette à grands réseaux rouges est habilement chiffonnée ». À Cannes où se développe une antenne parisienne de la mode, deux modèles sont plébiscités par la clientèle riche qui peut se les offrir : il s'agit d'un bonnet en jersey noir ponctué par une tête de renard et d'un turban drapé qui termine une queue de vison. Courant 1941 et jusqu'en 1942, un modèle de turban signé Albouy connaît un vif engouement auprès de la clientèle. Confectionné en lainage écossais, le turban couvre la nuque et les oreilles et porte à son sommet un nid d'oiseau d'où dépassent deux petites têtes de canard [29].

Le froid rigoureux explique la percée, déjà amorcée en 1939-1940, du capuchon à gamme innombrable : le plus pratique (que l'on peut se tricoter soi-même) est celui qui est fait de deux lainages, l'un noir pour l'extérieur, l'autre clair, pour l'intérieur. On le noue sous le menton, il va avec tout. Lorsqu'il est doublé de fourrure, il prend un tout autre aspect, « évoquant les vastes paysages de neige ». Le dernier-né des capuchons est dû à Patou qui le confectionne en laine cachemire de tons lumineux : vert amande, rouge corail, rouge piment, bleu saphir, champagne. Le soir enfin, ces coiffures se portent, plus petites, en soie. Elles sont nettement inspirées des « mantilles » en dentelles d'Espagne. Une grande modiste, Mme Agnès, s'insurge contre les femmes qui ne veulent plus porter de chapeau sous prétexte, ou par crainte, d'abîmer leur coiffure en boucles. Pour concilier chef-d'œuvre et code d'élégance, elle propose des serre-têtes de feutre noir sur lesquels sont piqués et groupés de petits nœuds de même tissu, des petits feuillages ou des plumes.

Du serre-tête de la grande modiste au turban de tous les jours, il n'y a qu'un pas, que franchissent beaucoup de femmes. Elles adoptent ce chapeau qui n'en est pas un parce qu'il présente l'avantage indiscutable d'être facile à confectionner. Il suffit, explique Violette Leduc [30], de prendre un foulard, en coton, en flanelle ou uni, et de plier ce morceau d'étoffe en deux puis d'encercler sa chevelure au moyen de celui-ci. Faute de coiffeur et par commodité, Simone de Beauvoir se rallie à cette coiffure, fort à la mode, qui lui sied très bien [31].

Avec l'éclosion des premières mesures vestimentaires qui restreignent sérieusement l'éventail de leur garde-robe, les femmes cherchent autour d'elles une compensation à leur sagesse forcée et se tournent vers leurs modistes qui deviennent complices de leur désir. Beaucoup, en effet, misent sur les créatrices pour apporter une touche de grâce et de fantaisie à leurs tenues. Qu'importe si le tailleur est un peu défraîchi ou les souliers de l'an dernier, dans ce monde où règne la pénurie, c'est au chapeau – qui, à chaque époque, fût-elle la plus difficile, a symbolisé l'art de la création – de donner la note du jour.

Les modistes, même les plus modestes, l'ont si bien compris, que, réussissant à surmonter les difficultés d'approvisionnement, elles offrent à leurs clientes une collection pimentée d'un grain de folie. La mode est aux petits chapeaux, souvent assortis de voilettes, fines et de couleur, soit en dentelle, soit en tulle à larges réseaux. Voilettes, mais aussi rubans, fruits, oiseaux font de charmants « bibis » qu'admirent les Allemands, parfois surpris et dont se moquent avec esprit les badauds. (Au cours d'une promenade à Paris, en octobre 1941, non loin de l'Opéra, Ernst Jünger offre à sa compagne un chapeau, « un joli modèle, grand comme un nid de colibri, et avec une plume verte au-dessus. Étonnante la façon dont cette gentille personne a paru grandir et se transformer dans cette nouvelle parure. Il faut dire en effet qu'il ne s'agit pas là d'une coiffure mais bien d'un ornement [32] ».) « Quelle mode pratique. Il suffit d'avoir un petit canotier auquel on ajoute, au moment de sortir, ce qui vous tombe sous la main : quelques fleurs prises dans ce vase, brin de lilas, pensées ou tulipes ou encore quelques fruits cueillis dans le compotier [...]. Un coup de pouce devant la glace et l'on a un chapeau qu'on peut changer tous les soirs [33]. » « Extravagants, attendrissants, affolants, désarmants, savants, agaçants, attachants, florissants... tous ces adjectifs ne sont-ils pas assez pour qualifier les chapeaux de la nouvelle saison ? Le retour à la terre, m'a dit une modiste, n'est-ce pas en matière de mode, “un retour à la terre”, à la nature dans ce qu'elle a de plus gracieux... Fleuris, ils le sont tous, les chapeaux. Des jardins suspendus ! de minuscules jardins où se concentre l'optimisme des fleurs épanouies [34]. »

En ce printemps 1941, les rues fourmillent de ces paillassons sur lesquels sont accrochés des fruits à vous mettre d'autant plus l'eau à la bouche que les fraises, le raisin ou les pommes d'amour commencent à se faire rares. Que dire du *Temps des cerises*, jeune et lumineux par son ruban de velours rouge, chic par ces deux grosses cerises noires. Ô combien ces fraises sont tentantes, posées sur un lit de feuillage qui orne ce canotier au nom prédestiné : *La Cueillette*. Penchés en avant, et menaçant le nez, ces petits chapeaux, malgré un équilibre qui tient du miracle, se rencontrent aussi parfois chez la femme de goût, à croire que « sa lucidité la quitte dès qu'elle se rend chez la modiste, explique Colette, impitoyable témoin. Je ne saurais expliquer autrement un phénomène de griserie tel que, venue pleine de circonspection et d'esprit critique, la femme de goût retourne chez elle avec un ballon de violettes sur le nez, une cascade de ruban imprimé sur la nuque, un tambourin plein de boules de soie en travers de l'œil droit, une de ces voilettes qui laissent de vifs souvenirs dans le métro, une tourterelle suspendue [35] ».

C'est que le chapeau est devenu, pour une majorité de femmes, à partir de l'année 1941, la seule note « habillée » au point que, pour faire chic, certaines pensent qu'il suffit parfois de poser sur ses cheveux un de ces ébouriffants chefs-d'œuvre... Parmi les modistes, quelques-unes, et non des moindres, passant outre aux restrictions, fabriquent des chapeaux en taffetas d'albène ou de rayonne.

Elsa Schiaparelli raconte qu'elle ne passa guère inaperçue à New York lorsqu'elle arbora certains chapeaux venus de Paris *via* Buenos Aires. C'était, écrit-elle, le premier aperçu de la mode venue de Paris, tellement peu semblable à ce que l'on avait l'habitude de voir. « L'un fait de gros velours brun ressemblait au chapeau que j'avais sur ma tête, enfant. [...] L'autre, haut perché, n'était que voiles et ailes bleues et jaunes. Il fit sensation et je me rendis compte du courage naïf qu'il m'avait fallu pour le "sortir" en public lorsque dans le *New York Sun* apparut un article intitulé : "Les nazis imposent la mode parisienne [36]". »

Défense d'un patrimoine culturel fortement convoité par les Allemands, désir de montrer que, quoi qu'il arrive, la haute couture demeure la plus forte, toujours est-il que Mme Agnès prend carrément les devants. « Si nous manquons de feutre, de soie, de paille exotique, pour nos modèles, clame-t-elle, moi j'en ferai avec des bouts de ficelle... Voyez celui-ci, en forme de diadème, il est en coton hydrophile. Maintenu par une résille, cet autre est fabriqué avec un écheveau de laine brute, teinte et rasée. Que dites-vous de ce feutre amazone "bleu Agnès" ? Le dos de la calotte est découpé en lanières dont l'extrémité s'enroule [37] » ; cet autre est en copeaux, en vrais copeaux de bois des îles, teintés de bleu et ennuagé d'une voilette de même ton. Jean Dunand, un artisan laqueur, consent à fabriquer et à laquer des copeaux de bois. Ils ont toute la souplesse du ruban, on peut les coudre facilement et, de plus, il résistent à la pluie. C'est ainsi qu'une nouvelle mode est née, destinée à parer la tête des Parisiennes. « Alice Cocéa, Mila Parély et Mme Van Parys, entre autres jolies femmes, portent ces nouvelles créations », comme l'explique *La Semaine*, 25 juin 1941, avec à l'appui un reportage photographique de Philippe Vals. Tandis que les créations d'Agnès et de ses consœurs tiennent leur rang, elles sont copiées plus ou moins adroitement par les modistes de quartier ou de province. Mais il y a chapeau et chapeau. « Celui qui fait rigoler tout le métro », selon l'expression d'un chansonnier montmartrois de l'époque, n'est pas toujours un chapeau de haute mode.

Plus d'un s'étonne de la mode de ces longues plumes, dites « couteaux », plantées droites dans les couvre-chefs que l'on voit fleurir çà et là. « D'où sortent ces affreux chapeaux, de mauvaises proportions, qui croient prouver leur élégance par l'agressivité d'une ou de deux immenses plumes plantées au hasard, là où leur hauteur paraît la plus impressionnante ? Comment une femme ose-t-elle se promener munie d'un tel paratonnerre ? [...] On peut faire des chapeaux merveilleux avec des plumes, mais il faut du talent pour cela [38]. » Qu'importe ! La collection 1941-1942 est un feu d'artifice d'idées nouvelles.

Mme Le Monnier offre « les chapeaux de transformation ». Sur une petite forme discrète, finement drapée, une grande voilette froncée, amovible, en fait une coiffure élégante et le soir, un clip, une épingle, donne la note habillée. À côté du large chapeau des petites filles modèles de Mme de Ségur, tout en feutre. Rose Valois présente à sa clientèle de jolies formes, bleu pâle, rose, jaune, tendues ou voilées de dentelle, de tulle noir. Quelle n'est pas leur surprise d'apprendre que la matière première de ces ravissantes compositions n'est autre que… du papier buvard ! L'idée plaît et les élégantes s'arrachent les modèles. Toute la mode 1900 est évoquée dans un grand chapeau chiffonné, en papier journal, dû à d'Albouy. En adoptant ces toques de papier journal « présentées ici dans *Comœdia* ou dans *Paris-Soir* », chacune peut ainsi afficher ses opinions à propos de son quotidien. Quant à Suzanne Talbot, se réfugiant dans le passé, elle s'inspire du Moyen Âge ou de la Renaissance pour composer ses béguins torsadés d'or.

De saison en saison, il semble que bien des recherches de l'artisanat se soient ainsi réfugiées dans les chapeaux. Hormis les cyclistes qui, tournant le dos au couvre-chef, ont créé une mode bien à elles (cheveux au vent, prédilection pour l'écossais, les chaussures à talon plat ou les sacs en bandoulière), la grande majorité des femmes est toujours fidèle au chapeau, fût-il insensé ! « Plus ou moins petits (en 1942), ronds comme un cachet ou ovalement rétrécis, couronnés de fleurs, assiettes de pétales, de fruits, nids d'oiseaux, choux de gaze et chicorées en diadème, ils défient toute commodité […]. Qu'ils imitent les abat-jour, les couronnes de nourrices ou celles du veau gras, les essuie-plumes, les chapeaux de clown [39] », en un mot s'ils sont ridicules, ils restent appréciés parce qu'ils font partie du code de bonne conduite.

En novembre 1942, le Comité d'organisation de la haute couture doit limiter l'emploi des tissus rentrant dans la confection de chapeaux de dames. « Dans le but de respecter l'esprit de création, qui caractérise la profession, la superposition de tissus est permise, à condition que le métrage total des tissus contingentés, employés dans la fabrication d'un chapeau fini, ne doive pas dépasser le métrage autorisé [40]. »

Malgré les interdits, le chapeau, en 1943, grandit, monte dangereusement et se caractérise par le volume important de sa garniture. D'après Sacha Guitry, « ces chapeaux haut perchés, très garnis, tirent les femmes vers le ciel ». La mode est aux chapeaux de velours et dentelle, forme aéroplane, aux feutres à bord large, à la mousquetaire, ou bien genre postillon. Toujours aussi fous, en 1944, certains chapeaux sont de tels fatras sur la tête que beaucoup de femmes se refusent à porter de tels monuments.

Pourtant, durant quatre ans, celle qui entend rester à la mode fait preuve d'une étonnante faculté d'obéissance envers sa modiste. Le chapeau console d'une époque sans sourire, à moins qu'ayant choisi d'être une farce, il n'ait été un moyen de se moquer de l'occupant, une sorte de provocation au nez et à la face du monde, « le maître de l'heure », c'est lui. Bien des avis sont unanimes, « les femmes trop jolies ont l'air de vouloir narguer les Allemands avec leurs toilettes évaporées » dont l'instrument numéro un est le chapeau.

Dans la lutte sans merci que se livre le cercle restreint des mondaines, pour remporter la palme de la soi-disant élégance, Jacques-Henri Lartigue souligne l'importance du couvre-chef. « Le champ de bataille c'est *Maxim's*, les armes, ce sont les chapeaux, les voiles, les cheveux, les clips et les pendants d'oreilles, et mille complications qui me font tordre de rire. Les championnes réputées sont : Geneviève Fath, Annette Van Dem, Yvette Lebon, Jacqueline Janet, Gaël d'Oncieux. Hier, Cocteau me disait qu'avant la révolution, les femmes s'attifent d'invraisemblables coiffures. Alors qu'est-ce que nous allons prendre [41] ! »

En 1944, devant la taille inquiétante des couvre-chefs et la prolifération du mauvais goût qui les accompagne, les Français ne sont pas les seuls à s'inquiéter. Les Allemands s'indignent. Ils font savoir avec insistance, à Lucien Lelong [42], qu'il faut mettre un point final à cette débauche de matériaux : décence et stricte économie sont préconisées. En réponse, Lelong tente d'expliquer que « ces exagérations n'émanent pas des maisons qui lancent la mode, mais plutôt de modistes en chambre ou bien de couturières, qui réutilisent des tissus sortis de garde-robes particulières pour en draper des formes aussi inesthétiques que volumineuses ». La Libération mit un point final à ces importantes et essentielles discussions.

Durant ces années, où pour s'habiller il est indispensable d'avoir une carte de points textiles (si l'on excepte ceux et celles qui peuvent payer le prix fort au marché noir, ou la minorité qui s'habille chez les grands couturiers), de nouvelles habitudes vestimentaires apparaissent, liées aux circonstances. Comme il est parfaitement illusoire de prétendre renouveler sa garde-robe à chaque saison, le vêtement revêt d'abord un aspect pratique et utilitaire que chacun tente d'agrémenter à sa façon. La seule exception réside dans les chapeaux, dernier refuge de la fantaisie débridée. Ils prennent un relief inattendu, comme si la mode, cette incorrigible capricieuse, abusait de son pouvoir et cherchait à atténuer la pénurie vestimentaire. S'ils symbolisent le désir de fuite devant les difficultés quotidiennes, les chapeaux sont également l'instrument concret d'une manifestation d'insolence qui ne passe pas inaperçue des Allemands. Comme l'explique si bien Elsa Schiaparelli, « les coiffures compliquées, hideuses, lourdes et peu seyantes, tout cela prouvait qu'un Paris convulsé, piétiné possédait encore un sens de l'humour et avait décidé, pour défendre sa vraie personnalité, d'établir un front qui frisait exprès le ridicule [43] ».

CHAPITRE V

Fibranne, rayonne et ersatz

Si l'on enregistre une baisse sensible de la production textile traditionnelle en raison de l'application des conventions d'armistice – qui prévoient de fortes livraisons de laine et de produits finis à l'Allemagne –, en revanche, les fibres artificielles [1] comme la rayonne et la fibranne font de rapides progrès. Faute de mieux, mode et haute couture, lorsqu'elles ont épuisé leurs réserves d'avant guerre, sont bien obligées de s'en accommoder et de les utiliser. Une fois encore, la presse et la propagande jouent le rôle de relais, en incitant les consommateurs à se familiariser avec ces tissus nouveaux qui portent des noms prometteurs, et en diffusant les meilleures réalisations des couturiers.

Tout se passe très vite dès lors qu'il s'agit de faire face à la pénurie. À cause de l'arrêt des importations, la laine d'Australie, le coton des États-Unis ou la soie d'Extrême-Orient ne peuvent plus arriver ! Ce manque est d'autant plus ressenti qu'il survient dans un pays occupé et que plane l'ombre de la convention d'armistice. Dans un rapport adressé au maréchal Pétain, chef de l'État, le 6 août 1940, le ministre secrétaire d'État à la production industrielle, René Belin, rend obligatoire « la déclaration des stocks de toutes les matières premières textiles ainsi que les cuirs et peaux » en vue d'assurer une répartition rationnelle et éventuellement de réglementer l'emploi [2]. Un début de mise en application se fait dans le cadre du décret du 16 septembre 1940, limitant la vente des matières textiles.

Toutefois, les vainqueurs ont des vues précises dans le domaine des fibres naturelles et artificielles et entendent rapidement poser des jalons. Le 16 août 1940, le Gauleiter Kehrl, le « Führer de l'industrie textile » allemande, vient spécialement à Paris jeter les bases d'un plan de fabrication de l'industrie textile française [3]. Outre la contribution apportée aux besoins militaires du Reich, l'un des « buts du plan est de mettre sur le même pied l'habillement de la population française et celui de la population allemande, et de réaliser un système commun permettant d'économiser les matières premières naturelles, soit par la réduction des fabrications, soit par l'utilisation des matières premières de remplacement, telles que les fibres artificielles [4] ». Devant les principaux responsables des branches textiles (y compris Maggy Rouff dont l'assistance a été expressément demandée par Hartman, chargé des textiles à l'administration des territoires occupés), en présence de Bichelonne, dont la venue a été jugée nécessaire par l'occupant, Kehrl, accompagné de fonctionnaires du Majestic [5], n'hésite pas à dévoiler son projet.

En Allemagne, la totalité des laines disponibles est réservée à la satisfaction des besoins militaires, les besoins civils étant satisfaits uniquement par les fibres artificielles. Or, à l'heure actuelle, « les quantités de laines mises à la disposition de la France, par tête d'habitant, sont supérieures à celles de l'Allemagne, où la consommation annuelle a été réduite à un pourcentage inférieur de 30 % aux besoins normaux [6] ». Il est donc nécessaire d'harmoniser les productions pour ne pas créer d'inégalités entre les deux pays. Il faut baser la répartition, non sur les besoins, mais sur les stocks existants, peut-être même sera-t-il nécessaire d'introduire la carte de vêtements en France [7]. Dans l'immédiat, le plan prévoit des livraisons de laine, coton et jute vers le Reich : « Tous les stocks de textiles existant en zone occupée, à la date du 25 juin 1940, sont mis à la disposition des Allemands, soit comme prise de guerre, soit au titre des réquisitions [8]. » Cependant, le « Führer du textile » admet qu'il est indispensable de faire tourner les usines françaises afin d'éviter les troubles sociaux et le chômage ; à ce titre-là, il est d'accord pour que la France livre aux autorités allemandes des produits semi-finis ou finis. Enfin, il faudra à court terme que l'industrie française s'oriente vers la consommation de fibres artificielles en plus grosses quantités que par le passé, de façon à couvrir les besoins vestimentaires de la population.

En quelques mois, un programme relatif aux industries textiles en France est élaboré entre le Gauleiter Kehrl et la production industrielle, représentée par l'intendant Jarillot. Une note, rédigée par les services français sur le plan textile franco-allemand, le 25 janvier 1941, fait état d'« exportations vers l'Allemagne et de livraisons aux troupes d'Occupation de matières premières ou de produits fabriqués, pour une valeur de plus de 5 milliards de francs [9]. En contrepartie, il [le plan] comporte une promesse de livraison de pâte de bois ou de fibres artificielles pour moins de 1 milliard. La laine, le coton et le jute seront livrés à l'Allemagne, ou transformés pour elle en France », puisqu'un certain nombre d'entreprises travailleront à l'exécution de commandes allemandes.

Devant la disproportion entre la valeur des livraisons faites au Reich et les compensations allemandes à venir, Yves Bouthillier et René Belin hésitent à donner leur accord. Les autorités occupantes font alors savoir que si le plan n'est pas adopté, « elles se désintéresseront complètement de l'industrie française en France occupée et qu'elles pourront saisir tous les stocks existants [10] ». Les délégués français prennent alors la décision de s'incliner pour éviter que l'opération ne finisse par leur être imposée. En compensation, ils obtiennent des Allemands « qu'aucune réquisition ou achat massif de matières premières ne soit effectué en dehors du plan ».

Dès la première année, la convention signée entre Jean Bichelonne et le Dr Michel, le 1er février 1941, se révèle désastreuse pour la laine, l'Allemagne recevant, outre la totalité des stocks existant en zone occupée, une large partie des laines de tonte, ce qui retire à la France la plus grande partie de sa production tandis qu'elle livre aux troupes d'Occupation une quantité importante de produits fabriqués en coton.

Devant la disparition quasi totale des textiles traditionnels, les industriels sont obligés de se tourner vers les fibres artificielles. Le plan Kehrl entraîne indirectement le démarrage d'un secteur jusque-là peu développé – 7 % de la consommation textile française en 1938 –, celui de tissus fabriqués à base de pâte de bois. Il s'agit d'un procédé simple, à peine développé en France, et dont la mise au point requiert l'aide de chimistes. La « cellulose », qui est employée pour la fabrication de la rayonne et de la fibranne, s'obtient à partir du pin, du sapin ou du peuplier ; elle est livrée toute préparée sous forme de plaques. Celles-ci, après avoir subi un traitement chimique, sont placées dans des déchiqueteuses qui les réduisent à l'état de flocons blancs, eux-mêmes transformés en « viscose ». À la suite de diverses opérations, cette pâte semi-visqueuse sort en filaments ténus qui, rassemblés par torsion, forment le fil de rayonne susceptible d'être tissé. La fibranne n'est autre chose que de la rayonne, viscose et acétate, présentée sous forme de filaments coupés à longueur égale et réunis en « bourres », analogues à celles du coton ou de la laine. Officiellement, c'est en avril 1941 que le Comité général d'organisation de l'industrie textile, en accord avec le ministère de la Production industrielle, décide de réserver l'appellation « rayonne » aux « fils continus rayonne » et d'adopter le terme « fibranne » pour les fibres coupées rayonne.

En France, quatre filatures, dont les usines de Vaulx, Bezons et Calais, sont en mesure de produire de la rayonne coupée, soit environ 5 000 tonnes par an. Conformément aux décisions intervenues en accord avec les autorités allemandes, la production de la fibranne doit être poussée à 15 000 tonnes et répartie uniquement entre les branches « laine » et « coton », puisqu'elle est destinée à la fabrication d'un ersatz remplaçant la laine et le coton.

Un groupe de fabricants lyonnais de soieries [11], frappé par la pénurie de la soie [12], s'insurge contre une telle décision, arguant des progrès très importants qu'il a menés dès l'avant-guerre pour réaliser des tissus artificiels imitant la laine, comme par exemple la « flesa albène ». À ce titre-là, il revendique sa part de matières premières. Parmi les maisons concernées, les établissements A. Dubois et Novetof sont les plus offensifs. Par l'intermédiaire de Carlo Colcombet, un industriel marié à une Allemande, ils présentent à Hartman différents échantillons de « flesa » d'aspect lainier très bien imité. Dès l'automne 1940, ils vont jusqu'à organiser à Paris une présentation de robes et de manteaux devant les autorités allemandes pour tenter de les faire fléchir ; si les tissus sont exclusivement des produits de remplacement, la coupe est due aux couturiers

Marcel Rochas et Maggy Rouff qui ont mis leur point d'honneur à exécuter des modèles chics d'usage relativement courant. Kehrl, convaincu du résultat, admet le principe d'une dérogation, la branche soie obtenant une attribution de rayonne coupée de 2 000 tonnes, à charge à elle de la répartir entre les fabricants. Le but est de mettre à la disposition des consommateurs dans un délai très rapide, pour remplacer la pure laine, des tissus fabriqués à base de viscose et d'acétate.

Les établissements qui entrent dans cette catégorie soumise à dérogation doivent être industrialisés et capables de produire un tissu standard (130 cm pour le tissu de robe, 150 pour un manteau) ; les Allemands se réservent un droit de regard pour veiller à une utilisation rationnelle et empêcher tout gaspillage en préconisant la concentration des filatures [13].

Pour apaiser les autorités allemandes, Dubois propose la constitution d'une société, Soportex (Société centrale pour les textiles de remplacement de la laine), dans laquelle prendraient place également une dizaine de maisons de nouveautés : Bianchini-Férier [14], Barioz, Colcombet... « Il s'agit de risquer à Lyon une première tentative d'organisation véritable de l'industrie textile avec plan de fabrication, centralisation de certaines manipulations, mise en commun des créations [15]. » Les maisons recevront la matière première, plus un programme de fabrication leur donnant les grandes lignes de l'emploi. Les tissus à exécuter seront similaires aux tissus allemands, soit 75 % de production standardisée, mais 10 % seront réservés à l'usage de la haute nouveauté, et 15 % libres. Colcombet est spécialement chargé de faire progresser l'utilisation des nouveaux textiles par les grands couturiers. La présence de Barioz (directeur de la branche soie et de l'office de répartition de la soie) parmi les bénéficiaires de fibranne est vivement critiquée par ses concurrents moins chanceux qui lui reprochent d'avoir intrigué pour être sélectionné.

En novembre 1940, indépendamment du plan Kehrl, un accord est mis sur pied entre l'industrie allemande représentée par la ZKR (Zellwolle und Kunstseidering) et les producteurs de fibres artificielles français. Avec l'agrément du gouvernement, une société au capital de 500 millions de francs, France-Rayonne [16] – groupant le Comptoir des textiles artificiels, la Soierie lyonnaise des textiles et diverses filatures secondaires –, est constituée, les Allemands prenant une participation de 33 %. La ZKR s'engage à faire bénéficier France-Rayonne de son expérience et de son matériel, et à fournir ou à faire fournir la cellulose nécessaire au fonctionnement d'une usine de fibranne (dont l'installation est prévue à Roanne), tout en souhaitant que la France rétrocède à l'Allemagne, sous forme de rayonne et de fibranne, un certain pourcentage de pâte de bois importée. Il est convenu que le Dr Schieber, chargé des textiles artificiels en Allemagne, se rendra à Roanne, en mars 1941, pour examiner les conditions de la remise en marche des locaux. Il sera accompagné du directeur de la branche des fibres artificielles, Ennemond Bizot, et de l'administrateur allemand en France, le Dr Mömm.

Selon une note destinée à la Commission d'armistice de Wiesbaden [17], pour la première fois, on assiste en France à la formation d'un cartel des industries du fil artificiel englobant une vingtaine d'entreprises de soie artificielle. La plupart des sociétés constitutives de France-Rayonne sont à Paris, les usines se trouvant dans le Nord ou dans la région des Alpes. L'affaire s'ébruite. Officiellement, l'accent est mis sur l'effort de modernité tenté par les industries de fibres artificielles, et sur l'aide apportée par les Allemands (qui, par contrat, s'engagent à livrer 81 000 tonnes de pâte de bois) : « Au moyen de ses forêts, très étendues, se trouvant en zone libre, la France doit constituer une importante et moderne industrie de cellulose, sur le modèle de l'industrie allemande, qui lui fera l'apport de recherches et d'expériences poursuivies pendant des années, lui permettant d'aboutir immédiatement, et à moindres frais, à la fabrication de produits de qualité [...]. La collaboration dans ce domaine ne représentera pas une œuvre passagère. Il faut y voir l'amorce de la collaboration de l'Europe continentale pour l'approvisionnement en matières premières et l'organisation de la production [18]. »

À court terme, les répercussions se font sentir dans le domaine de la mode où tout est mis en œuvre pour inciter les femmes à se tourner vers les produits de substitution les plus inattendus, y compris les nouvelles matières appelées à prendre la place des textiles traditionnels. « La mode aujourd'hui est une suite de devinettes. C'est ainsi qu'on porte de ravissants paletots, doux à l'œil et au toucher, qui ont l'air d'être de l'angora et qui n'en sont pas. On dirait qu'ils sont en fourrure mais ça n'en est pas davantage [...]. Ne cherchez plus : c'est du marabout. Comme le marabout est un oiseau exotique et qu'il y a le blocus même sur les duvets, il faut croire que le cygne, l'oie, et quelques autres animaux de basse-cour doivent être baptisés marabouts après leur mort [...]. Pour peu que la guerre dure encore quelque temps, nous aurons si bien appris à nous servir des produits de remplacement que lorsque nous reviendrons à de la vraie laine ou du vrai cuir, on prendra ça pour de nouveaux ersatz [19]. »

La course aux textiles artificiels est ouverte : avant la guerre, la France produisait 27 500 tonnes de rayonne et 5 000 tonnes de fibranne. Il est prévu que cette production se développe largement, en particulier de porter la fibranne à 50 000 tonnes, pour que chacun puisse en bénéficier. Et Jean Guénin, responsable de la confection féminine, d'expliquer au public les conséquences que cela entraîne pour l'habillement : des progrès ont été réalisés pour améliorer la qualité des tissus nouveaux, sur le plan de la chaleur, de la solidité, de l'imperméabilité et de l'infroissabilité [20].

Dès lors, on ne compte plus le nombre d'articles, de conférences ou d'expositions vantant auprès du public les charmes de ces produits de remplacement. « La forêt s'est déshabillée pour vous vêtir », tel est le titre d'un reportage sur la rayonne et la fibranne paru dans *Pour Elle*, en 1941 [21] : « Autrefois, [pour nous vêtir] nous avions à notre disposition tous les animaux de la création. Aujourd'hui, tout est changé. Les événements, en nous privant des matières premières naturelles, ont bouleversé l'ordre établi [...]. Cependant, rassurez-vous. Ce qu'il y a de réel, de positif, pour l'heure présente, ce sont la rayonne et la fibranne, extraites principalement de la cellulose. »

Le même article dresse un bilan où l'on apprend « qu'un tronc d'arbre de 100 kilos donne approximativement 60 kilos de tissus, et suivant la largeur des tissus obtenus, 265 chemises ou 80 robes ou 37 manteaux ». Pas un mot bien entendu des défauts relevés chez ces nouveaux tissus, et notamment le fait qu'ils rétrécissent au lavage, dans de dangereuses proportions.

Fin mars 1941, *Le Figaro* se livre à une grande enquête [22] sur un thème cher à ses lecteurs et lectrices : l'habillement. « Comment serons-nous vêtus demain ? De toile de mûrier ? De toile d'ortie ? De soie de verre ou de tissu de cheveux ? De laine de lapin ou d'étoffe en crins de cheval ? Les choses les plus folles ont été dites sur ce point. Elles fournissent

Devant la quasi-disparition des textiles traditionnels, courant 1941, les fibres artificielles ou ersatz servent à confectionner les modèles courants de la garde-robe féminine tels robes et chapeaux. La propagande a beau vanter la qualité des tissus obtenus, la population se montre assez vite désabusée.

à notre optimisme un argument séduisant, mais qui correspond mal à la réalité. » La vraie question est ailleurs, elle repose sur un inventaire des ressources : « Où en sont les industries de la laine, du coton, de la soie, de la rayonne ? Que peuvent-elles apporter encore à notre garde-robe ? » Les réponses sont claires. Les stocks de coton s'épuisent et ne sont pas renouvelés faute d'importations d'Amérique et d'Égypte, pour des raisons de pénurie, la laine manque, la soierie est en veilleuse. La rayonne, qui avant guerre était employée presque uniquement dans la fabrication des soieries artificielles, doit donc être utilisée dans la fabrication des tissus nouveaux. Tôt ou tard, il semble évident « qu'un plan de standardisation devra être conçu et appliqué si l'on veut pouvoir s'habiller en tissus de rayonne ». Quant à la conclusion, elle coule de source : il ne faut pas s'étonner si le Reich s'impose d'une part comme principal fournisseur de cellulose tant est grande son avance en ce domaine, d'autre part, s'il apporte au pays un équipement, des procédés et une « large coopération financière ». Un espoir est en train de naître. Dans la course aux textiles artificiels, la France, qui est partie la dernière, bénéficie des progrès de ses concurrents, et ce, grâce à l'aide de l'Allemagne.

Des conférences sont données par des spécialistes en province comme à Paris où les réunions de la Maison de la chimie accordent une grande place aux découvertes récentes et à leurs applications dans l'habillement. « Dans le laboratoire du Docteur Faust », sous ce titre, un journaliste, Charles Reber, qui rentre d'Allemagne, révèle à ses lecteurs comment la population allemande a résolu ses problèmes vestimentaires grâce aux ersatz. Les femmes portent couramment des robes en laine artificielle tirée de la cellulose, leurs bijoux sont faits d'une matière imitant le verre de Bohême, et leurs sacs sont fabriqués à partir de l'estomac de bœuf. Quant aux hommes, « ils portent dans le civil une culotte en peau de phoque et des cravates en peau de saumon [23] ».

Dans le même temps, les premiers résultats tangibles sont portés à la connaissance du public, admis à juger sur pièces. En juin 1941, parallèlement à l'Exposition de la France européenne, se tient au Petit Palais une exposition consacrée aux tissus nouveaux [24]. Deux organismes y participent, l'un allemand, Deutsche Zellwolle und Kunstseidering, l'autre français, France-Rayonne. Y sont présentées les applications multiples de la rayonne et de la fibranne, depuis la toile à bâche jusqu'à la plus fine lingerie en « indémaillable » ou tricotée à la main, en passant par les tissus d'ameublement, les couvertures, etc., pour arriver au vêtement sous toutes ses expressions : vêtements de travail, robes, jusqu'à l'uniforme adopté par la Croix-Rouge, exécuté tout en fibranne. Des couturiers présentent leurs dernières réalisations à partir de ces tissus inédits. Lucien Lelong signe un tailleur coupé dans une très belle draperie prince-de-galles, en laine et fibranne ; Robert Piguet un manteau ; Hermès un costume de ski en fibranne et coton ; Anny Blatt de fines lingeries ; O'Rossen montre un complet d'homme en fibranne.

D'après *L'Illustration* [25], qui consacre un reportage à cette exposition, un stand, celui de la bonneterie, illustre parfaitement les réalisations nouvelles susceptibles de prendre un jour leur place dans la garde-robe quotidienne, puisqu'on peut y voir « un pull-over épais et moelleux en rayonne, tricoté dans un fil gonflant et léger ; des sous-vêtements en jersey de fibranne et angora ; un pyjama en fibranne molletonnée ; des chaussettes et gants en fibranne et des bas nylon ». Cette fois, la propagande souligne combien « la France est à la page ». Chaque textile a trouvé son application, grâce aux efforts menés ces dernières années « bien avant que de sévères restrictions aient imposé la recherche de produits de remplacement ». Certes, on est encore loin des innovations allemandes où la « laine de vache », présentée, au printemps 1941, à la Foire de Leipzig, connaît un triomphe dont les journaux français rendent compte abondamment. Si une large place est réservée à l'industrie textile, en particulier à la confection, la haute couture n'est pas totalement absente. On présente en particulier un ensemble contre la pluie, à savoir des guêtres, une cape et un chapeau entièrement confectionnés en caoutchouc synthétique transparent [26]. L'impulsion est donnée. Ainsi, c'est en visitant l'Exposition technique allemande au Petit Palais que la modiste Agnès a eu l'idée d'utiliser « la laine fibranne » dans ses créations. Selon la créatrice, ce nouveau textile « s'est avéré à l'usage, si précieux par sa souplesse, sa résistance, ses réactions à la teinture » qu'elle n'a pas hésité à composer, pour sa collection, une cinquantaine de modèles, tous en fibranne. Et d'ajouter : « C'est un très grand succès qui prouve en la matière l'excellence de la combinaison : création française, production allemande. » Il est vrai qu'un chapeau de la célèbre modiste française, entièrement réalisé en fibranne, est exposé à la Foire de Leipzig.

En province, Grenoble, Lyon et Toulouse consacrent une partie importante de leurs foires annuelles à dresser un inventaire de la production française en matière de tissus. Les stands du Comité général d'organisation de l'habillement et du travail des étoffes, véritables officines de propagande, soulignent les progrès réalisés « pour résoudre le difficile problème de vêtir la population française avec un stock de matières premières amputé des deux tiers [27] ». Parmi les trouvailles 1941, le fil d'angora est devenu un précieux auxiliaire. Outre les liseuses classiques, « il peut se transformer en feutre souple pour les couvre-chefs, en manteaux de fausse loutre, tant appréciés des midinettes élégantes, ou en doublures caloriques ». À l'Exposition internationale de Lyon, en octobre 1941, le stand Valisère offre une sélection de tissus en maille utilisable en bonneterie, tandis qu'est offert un échantillonnage de tissus en fibranne. Un an plus tard, la même exposition permet de mesurer le chemin parcouru. Grâce aux produits de remplacement, la confection a gagné du terrain, même si la qualité n'est pas toujours à la hauteur des ambitions. « La galerie 20 » offre aux visiteurs une salle où s'échelonnent « des robes, des tailleurs, des manteaux délicats de coupe, pleins d'invention, aux détails ingénieux et exécutés avec un métier sûr ». Ils ont été confectionnés dans des tissus étonnants, l'un comparable au drap se révèle, en réalité, plus modeste puisque dans sa composition entrent 75 % de poils de lapin et 25 % de fibranne. Alors que les problèmes, qui se posent aux créateurs de la mode, se compliquent (réduction de métrage, difficulté de se procurer fils et gros-grains, disparition des lainages et des soieries), la couture en gros se développe et n'hésite pas à expérimenter les produits nouveaux qui s'offrent à elle. À Lille, Roubaix et Tourcoing, a lieu une exposition textile, en mars 1943, où sont présentés au public les fruits des travaux de la Société de recherches et d'applications textiles.

Si l'on en croit les prévisions optimistes qu'affichent les revues spécialisées, consacrées aux dernières découvertes, l'hiver 1943 aurait dû voir le triomphe de la rayonne et l'utilisation de la fibranne. Le fait est qu'à cette date, la qualité des fibres, au moins à titre expérimental, s'est sensiblement améliorée, grâce, en particulier, aux efforts réalisés par le Laboratoire d'études et de recherches de la fibranne, qui dépend de France-Rayonne. Ce dernier présente la fibranne comme « le textile idéal ». « La possibilité de la produire dans une gamme de diamètre allant de la finesse de la soie naturelle jusqu'à la grosseur d'un crin est un des caractères les plus originaux de ce nouveau textile. » Selon des expérimentations poussées, elle offre de nombreuses possibilités dans l'art du vêtement : susceptible d'être filée seule ou en mélange avec tous les textiles naturels, la fibranne est promise à une grande variété d'emplois. La combinaison de fils moyens et fins donne un tissu d'aspect laineux ; l'introduction d'un pourcentage de laine, même faible, a une influence considérable sur la qualité du tissu ; à partir de 50 %, l'aspect est celui de la pure laine.

Cependant, ces qualités, reconnues et mises à l'épreuve en laboratoire, sont loin d'être généralisées dans la pratique. Une note de la Direction des fibres artificielles, en date du 19 octobre 1943, répertorie cinquante-deux sortes de qualité de fibranne et reconnaît des efforts sensibles pour améliorer de 25 % sa résistance. Mais il est indispensable, souligne-t-elle, de continuer les recherches pour remédier au retrait exagéré du tissu après lavage [28]. Il est intéressant de souligner que c'est seulement à partir des années 1950-1960 que le problème a été résolu.

Dès l'automne 1942, quelques fabricants de tissus offrent une gamme de réalisations dont tous les journaux de mode s'accordent à vanter les aspects séduisants : toucher moelleux, jolis coloris, tombant, allure, tout y serait d'après eux. « Dans quelle mesure, d'ailleurs, ces tissus s'éloignent-ils de leur composition ancienne ? Il ne nous appartient pas ici de le révéler, mais tout au moins pouvons-nous vous rassurer sur la valeur de leurs mélanges [29]. » Qu'on se le dise ! Que les femmes se rassurent ! Leur élégance est sauve. Elles, qui craignaient déjà de ne plus pouvoir arborer que de ternes et uniformes toilettes, ont encore le moyen de choisir, de palper de beaux tissus. « Voici les lainages unis [...] ceux qui sont en laine ou qui n'en ont que l'apparence. Nous ne craindrons pas le froid avec un manteau de sport exécuté dans cette moelleuse et lourde duvetine tissée en diagonale [30]. » « Les Labbey, Colcombet, Rodier, Moreau, Lesur, Ducharne, Coudurier, Chatillon et d'autres encore, demeurent dignes de leur réputation, partout de belles nouveautés pour tailleur et manteau, créées dans des tons classiques, des écossais, des damiers, des quadrillés, des imitations de fourrure, chevrette, breitschwanz [...], qui feront non seulement de jolis vêtements mais aussi des coiffures entre les mains des modistes. »

Au chapitre de ce qui ressemble à s'y méprendre à des soieries, voici les satins, jerseys, crêpes de toutes sortes, granité marocain ou mousse, failles, velours mats ou brillants et surtout les cloqués dit « Astraline », fileté métal or ou argent, pour faire des blouses et des robes. La palme de l'innovation revient à « trois créations inédites : *Triklidou, Jolibab, Doussalba*, à toucher laine, à apparence laine et à envers satiné qui permettront des combinaisons charmantes aux utilisatrices. Quant aux robes d'après-midi, elles offriront une souplesse et un chic infiniment parisien avec *Givremousse*, à envers satin, et avec une petite côte de cheval dite *Côte Bérénice* [31] ». Sans doute ces tissus viennent du groupe de fabricants lyonnais de soie et tissus rayonne qui, à côté d'une production courante, a obtenu le droit de continuer à créer pour la haute couture. En attendant, les journaux de mode saluent la transformation de la soie, qui est devenue, grâce à d'heureux mélanges, semblable aux lainages au point de tromper un œil exercé.

Dès 1941, la mode s'empare de l'ersatz. « Les difficultés du ravitaillement ont toujours été l'un des stimulants les plus forts pour les créateurs. Aujourd'hui, ce stimulant ne manque pas [...]. Il semble qu'il ait même exercé son influence jusqu'en Amérique [...]. La robe ersatz est actuellement "le dernier cri" outre-Atlantique. » Dans la vie courante, il devient difficile d'éviter ces nouvelles matières qui, par ailleurs, font les délices des caricaturistes et des chansonniers, tant il est vrai que leur mise au point laisse parfois à désirer [32].

Que pensent les femmes de ces nouveaux tissus aux noms chatoyants ? Les avis sont partagés suivant les âges et les revenus. Interrogée par un journaliste chargé d'enquêter sur l'utilisation de nouvelles matières, une vieille dame vante l'aspect pratique, le bon marché de la rayonne, mais se plaint de ce qu'une robe confectionnée dans cette matière se froisse, ne soit pas solide et laisse une sensation de froid. Mais le plus gros reproche à ses yeux, c'est le manque de résistance à l'eau. Tel n'est pas l'avis de cette jeune femme, d'une élégance renommée, qui déclare ne porter que des tissus nouveaux. Pêle-mêle, elle exhibe de sa garde-robe une robe blanche de crêpe marocain, destinée aux sorties habillées, une autre fleurie, quasi infroissable puisqu'en rayonne acétate, une blouse en piqué d'albène, des foulards... En fait, son budget lui permettant de ne pas regarder à la dépense, elle achète chez les meilleurs marchands de tissus dont les créations de bonne qualité sont réservées à une minorité.

Comme rien ne remplace l'expérience, Andrée Morane, qui tient la chronique féminine de *Paris-soir* [33], accepte de se livrer à un essai : « reconnaître le vrai du faux ». On lui présente des ersatz au milieu desquels se trouve une pièce de laine qu'elle doit retrouver. « Palpez, humez, prenez votre temps et dites-nous quel est le tissu en laine ? » Après avoir extrait du lot un « lainage » beige à chevrons, puis un marine rayé, elle se décide pour un gris chiné, genre tissu d'homme, pour apprendre finalement que tous ces tissus sans exception proviennent de la rayonne.

Par prudence, pour qu'ils fassent le même usage que les lainages, quelques maîtresses de maison avouent qu'elles suivent à la lettre les recommandations de leur journal préféré et renforcent ces synthétiques par toutes sortes de moyens. Élégantes, les unes utilisent des ressources assorties, comme ce manteau d'alpaga de rayonne qui devient très chaud grâce à sa doublure et aux revers de foulard à pois matelassé lui donnant le confort et la tenue d'un lainage. Pratiques, les autres matelassent une veste en toile d'albène, soit avec du kapok, soit avec les restes d'un vieux manteau de fourrure. Mais ces nouvelles matières gagnent du terrain, par nécessité plus que par réel engouement.

L'économie vestimentaire à l'ordre du jour ne peut se réaliser sans prendre un certain nombre de mesures autoritaires, comme l'emploi de certains tissus et la fixation de métrages moyens qui doivent être respectés par les confectionneurs [34], ou la normalisation de modèles pour épargner les matières premières. Quant aux programmes de confection à large échelle, ils sont d'ordre économique, destinés en priorité aux prisonniers libérés et aux travailleurs agricoles, auxquels on promet une imitation du velours côtelé.

En 1943-1944, l'attrait de la curiosité s'estompe. Ce qui, hier encore, faisait rire est devenu insupportable. La réalité s'impose. La bonneterie, qui s'annonçait si prometteuse aux expositions de 1941, est en pleine crise. Une visite aux ateliers de Troyes montre les difficultés auxquelles se heurtent les industriels dans la fabrication des sous-vêtements. « Les matières de remplacement (dont certains n'hésitent plus à dire qu'elles remplacent non sans peine coton, soie et laine...) donnent parfois des surprises ; on a des sous-vêtements qui, après lavage, s'étirent ou se rétrécissent en long et en large. » Raréfaction de la main-d'œuvre, pénurie des produits de remplacement tracent un avenir sombre qu'en l'occurrence le journaliste ici n'essaie plus de cacher [35]. Déjà en novembre 1942, une mère de famille évoque les problèmes de la bonneterie en ces termes : « Le linge de corps est pratiquement introuvable : chemise de jour ou de nuit pour hommes et dames, culottes, caleçons, combinaisons. Les magasins présentent un peu de lingerie indémaillable pour dames (contre échange de points évidemment) et pour les hommes quelques chemisettes courtes sans manches en jersey indémaillable [36]. »

Dans le courrier adressé au cabinet du Maréchal, on ne compte pas le nombre de lettres de doléances qui réclament des vêtements plus chauds et surtout plus solides ; missives naïves, émanant d'une population féminine laborieuse, souvent rurale, demandant au chef de l'État d'intervenir en sa faveur et de prendre en compte ses problèmes quotidiens. Face à ce mécontentement, la propagande ne désarme pas. Au printemps 1943, à grand renfort de publicité, on met en vente à Paris des chaussettes dites nationales, entièrement fabriquées en fibranne. Les acheteurs sont peu nombreux mais habilement photographiés dans les magasins, les clichés sont reproduits dans la presse avec commentaire approprié, propagande oblige : « Quatre grands magasins de Paris ont exposé et mis en vente ces jours derniers des articles nationaux de bonneterie auxquels le public a fait bon accueil. Ces articles nationaux tissés en fibranne font l'usage de bons articles courants d'avant-guerre [37]. »

À Vichy, fin décembre 1943, le président de Linvosges donne une conférence sur les textiles artificiels. D'après le compte rendu, le cinéma *Le Paris* a fait salle comble. Au moins quatre cents personnes se sont déplacées pour écouter l'orateur. L'exposé est accompagné d'un film intitulé *La Magie du fil* où l'on voit les secrets de la fabrication de la rayonne et de la fibranne. « Préoccupée de répondre à l'attente du public, dont soi-disant l'intérêt pour les tissus nouveaux ne désarme pas, l'agence Trampus[38] souhaite se documenter sur le "nilon" *[sic]*, et demande le nom d'une usine où effectuer un reportage. » La production industrielle lui indique les Établissements Rhodiacéta à Vaize. Malgré ces actions, le fossé se creuse entre les producteurs des fibres artificielles, d'une part, et les utilisateurs mécontents, de l'autre. Toutefois, en 1944, la Direction des fibres artificielles reconnaît que les tissus manquent de solidité à l'état humide, mais ajoute que les chimistes « n'ont pas dit leur dernier mot ».

Devant la pénurie de textiles traditionnels, et en attendant l'arrivée promise de la rayonne et de la fibranne à grande échelle, le gouvernement encourage, par toutes sortes de mesures, la recherche de tous les produits de remplacement susceptibles de pallier les défaillances. En novembre 1940, un industriel, Robert Le Vaux, avait adressé au secrétariat d'État à la Production industrielle une note explicative sur un procédé qu'il avait conçu dans son usine de Breteuil « pour transformer le genêt d'Espagne en un fil qui remplace dans tous les cas les fils de lin, de chanvre[39] ». D'après l'inventeur, si la technique était au point, la matière première manquait.

Six mois plus tard, Robert Le Vaux est accrédité par le ministre de l'Agriculture pour procéder à des essais de culture rationnelle du genêt dans le Midi. « La pénurie actuelle de matières textiles rend obligatoire la recherche de fibres de remplacement. Or parmi toutes celles actuellement à l'étude, et sur le point de passer du stade expérimental à celui de la réalisation pratique sur le plan industriel, la fibre de genêt est l'une des plus intéressantes. Cette fibre peut remplacer le lin, le chanvre, le coton, et même la laine. » En août 1941, dans le cadre de l'organisation textile, il est créé un groupe « fibres nouvelles », tandis qu'une loi du 11 septembre 1941 institue le ramassage obligatoire du genêt. Mais au bout d'un an, la production industrielle de cette fibre se heurte à de graves difficultés, et les usines de Dolomieu et de Mazamet, chargées du traitement, ne fournissent pas les résultats escomptés. Les tissus obtenus à base de genêt sont inutilisables ; mélangée avec de la laine, la fibre est tout juste capable de servir à fabriquer des couvertures.

« Serons-nous vêtus demain de roseaux de Provence ? », telle est la question que pose, durant l'été 1942, *Le Matin* à ses lecteurs, en leur proposant une enquête sur les fibres nouvelles. « La France s'est laissé distancer par des voisins plus actifs, on sait l'énorme effort allemand dans ce sens, celui de l'Italie a été tel qu'elle subvient à l'heure actuelle à tous ses besoins, alors que nous sommes dépendants de ce que l'extérieur peut nous rétrocéder. Où trouverons-nous de quoi satisfaire nos exigences vitales ? » Réponse : dans les végétaux.

Après le lin, le chanvre, le genêt (dont il est vite acquis qu'il se prête davantage à la corderie et à la câblerie qu'à la confection de tissus), on fonde de grandes espérances sur la canne de Provence. Sa longueur lui donne une souplesse précieuse pour le textile et déjà, des expériences concluantes ont été menées. « Une société s'est formée, la Société française de la cellulose, d'où sortiront à la fin de l'année les roseaux tissés qui nous vêtiront. » La construction d'une usine est même envisagée, mais les résultats tangibles tardent.

Les idées jaillissent. La récolte des aiguilles de pin est envisagée pour fabriquer de la laine, mais elle se heurte à un problème de main-d'œuvre. Les fanes de haricots ont leurs adeptes, on apprend que sur le quai de la gare de Luçon en septembre 1942, « des centaines de charrettes de fanes ont été stockées et pressées en balles rectangulaires avant d'être chargées sur des wagons pour prendre le chemin de l'usine ». La fougère est à son tour expérimentée, mais vite abandonnée. Un certain Georges Normandy propose, sans succès, « de planter en agaves sisal les cent mille hectares de terres qui, des Saintes-Maries-de-la-Mer à Menton, sont impropres à toute culture [40] ». Selon lui, on en retirerait, outre 200 000 tonnes de pâte à papier, une très importante quantité de fibres directement utilisables dans les filatures. La culture de la guimauve est préconisée car « cette plante fournit une excellente fibre pouvant convenir à des emplois aussi divers que la ficelle-lieuse et les cordages, mais aussi toutes sortes de tissus ».

Toutes ces fibres nouvelles sont présentées à la Foire de Toulouse, en octobre 1942, où des mannequins de cire exhibent une série de robes, manteaux et costumes confectionnés avec de la guimauve ou du genêt. L'affluence du côté de ces stands est considérée par les organisateurs comme un gage de succès pour l'avenir et consacre la vitalité des applications nouvelles.

On a également l'idée de se servir des cheveux [41]. Un reportage paru dans *L'Œuvre*, en janvier 1942, souligne que les recherches entreprises depuis plusieurs mois sur l'utilisation de cette matière comme fibre textile ont abouti. « Plusieurs usines de la région lyonnaise sortent aujourd'hui divers produits qui, sans être encore tombés dans le domaine commercial, justifient de grands espoirs. » « En coupant les cheveux en quatre, on fait des étoffes et des chaussures », ajoute *Le Matin* à la même époque. Quelques mois plus tard, un décret du 27 mars 1942 ordonne la récupération des cheveux des salons de coiffure (de 1 à 3 kilos suivant les endroits). « Des cyclistes passent chez les coiffeurs et achètent au prix de 4 francs le kilo tout ce que les ciseaux de la Parque ont fait tomber. On estime que Paris peut fournir 30 tonnes de cheveux par mois, et que la France entière peut en produire 200 tonnes [42]. » Traités dans une usine du Calvados près de Condé-sur-Noireau ; nettoyés, incorporés à de la fibranne (20 %), ils donnent un mélange qui est cardé mécaniquement puis filé. Le tissu obtenu (piloïta) sert à faire des pantoufles, des gants, voire des sacs à main, une aubaine pour la propagande cinématographique.

Avant guerre, on pouvait dire : « Je n'ai plus rien à me mettre », maintenant on constate : « Je ne trouve plus de tissu. » Rien d'étonnant à ce que ces temps difficiles voient le retour de pratiques artisanales ancestrales. Les amateurs sont nombreux à se pencher sur de petits métiers à tisser, qu'ils confectionnent eux-mêmes, et à fabriquer leurs propres tissus. « Fais tes habits toi-même » est le conseil que donne *Le Figaro* à ses lectrices, recommandant le modèle d'une veste en tweed qui nécessite seulement 500 grammes de laine unie de couleur foncée et 500 grammes de laine irrégulière.

L'élevage du ver à soie est encouragé, la propagande allemande insistant pour que soit publié, dans quelques grands journaux féminins, un reportage sur un petit village allemand où toute la population s'est mise à la sériciculture. *L'Art et la Mode*, en novembre 1941, loue cette initiative et conclut son article par ces mots : « Nous pourrions nous inspirer en France des prouesses de ce petit bourg allemand [43]. » En réalité, l'exemple allemand ne fait pas d'émules, l'appoint fourni par la soie naturelle est dérisoire pour l'habillement de tous les jours, réservé presque exclusivement à la couture création.

Le théâtre comme le cinéma se tournent vers les ersatz pour la fabrication des costumes. Lors du tournage des *Visiteurs du soir*, Marcel Carné se heurte à l'impossibilité de trouver du velours, du satin ou du brocart dont il souhaite vêtir ses principaux personnages. L'un des assistants finit par découvrir, rue de Passy, chez un petit tailleur, un stock de tissus d'avant guerre que ce dernier entend céder à un prix exorbitant. La transaction a lieu mais le prix est tel que pour les figurants, on utilise les tissus de remplacement. « Faits de fibres de verre et de produits similaires, ils n'ont ni le moelleux du velours, ni le brillant du satin. De plus, ils sont minces, légers et sans tenue et cela se voit [...]. De loin, ils donnent une impression de richesse, comparable à celle des principaux acteurs, le gros plan détruit implacablement ces illusions », se lamente Marcel Carné [44].

Le déficit en cuir donne lieu, on l'a vu, à la généralisation progressive de chaussures à semelles de bois. D'un mètre cube de bois, on peut sortir 160 paires de semelles de galoches, ou 175 à 200 de semelles fantaisie, ou 50 paires de sabots, assurent les professionnels.

Face à la prolifération des ersatz de semelles dont on a parlé, une réglementation intervient dans le courant de l'année 1942 [45]. Il est décidé de réserver le nom de « texoïd » à toutes les imitations de cuir ou peau, à support de fibres textiles, humaines, animales ou végétales. Cette appellation ne s'applique ni aux imitations de cuir ou peau, à base de carton ou de papier, ni aux produits désignés jusqu'ici comme cuirs artificiels ou cuirs synthétiques qui sont appelés

« syndermes ». À l'Exposition de produits de remplacement, qui a lieu à Paris en octobre 1943, on mesure les progrès obtenus ; divers modèles chaussants sont présentés ainsi qu'un grand choix de semelles articulées :

— Semelles artiflex, une succession de lamelles de bois dur (hêtre charme), d'une largeur de 2 cm, assemblées avec un léger jeu. La jonction des lamelles entre elles est assurée par une ou deux bandes métalliques ;
— Semelles Isoflex, composées de fines lamelles de bois entrecoupées, souples et isolantes (selon la publicité) ;
— Et bien sûr, la semelle Smelflex, l'une des plus répandues (*cf. supra*, p. 88).

À l'exemple de ce qui se passe en Allemagne, pour parer au déficit en peausseries, on songe également à tanner la peau des poissons mais on se heurte à de grosses difficultés à cause des écailles. Dans les abattoirs, on récupère les panses des animaux pour les transformer en sacs. Les estomacs de bœuf sont appréciés pour leur solidité.

Les cosmétiques aussi doivent s'adapter [46]. Les grandes marques de produits de beauté mettent en garde les utilisatrices de rouge à lèvres contre les malfaçons. Les fabricants ne disposent ni d'éosine ni de carmin, deux produits qui venaient d'Amérique. Le *Rouge Baiser*, marque de rouge à lèvres bien connue, donne lieu à un intense marché noir. Le beurre de cacao a disparu. Du coup, les parfumeurs se rabattent sur les cierges comme matière de substitution, mais se heurtent à la concurrence des marchands de chandelles qui raflent tous les stocks disponibles. Conséquence inattendue de la pénurie, les usines de parfum de Grasse ou Cannes ne peuvent continuer à tourner en dehors de la saison de fleurs locales, par suite d'un manque de communication avec Madagascar ou la Bulgarie d'où leur viennent des essences chères.

Faire tout avec rien ou presque, chercher à remplacer l'irremplaçable, tel est le casse-tête posé aux créateurs qui s'en tirent avec plus ou moins de brio. Ce qu'il est convenu d'appeler l'esprit de Paris demeure, symbolisé par les vitrines où les mannequins sont vêtus de papier, où les nœuds sont en velours de rayonne, les draperies d'acétate.

Venue la dernière dans ce domaine novateur des produits de remplacement, la France bénéficie de l'aide technique de l'Allemagne, elle-même très avancée. L'exemple de l'usine France-Rayonne le démontre assez bien. Moderne dans sa conception et sa réalisation, celle-ci fonctionne en partie avec les capitaux et les techniciens allemands, ce qui lui assure une avance certaine, mais la place dans une situation vulnérable. France-Rayonne a été la proie de sabotages de la part d'une Résistance qui refuse qu'en territoire français puisse fonctionner une usine allemande – fût-ce en partie – pour vêtir la population ! En choisissant cette voie, les résistants empêchèrent également l'Allemagne de bénéficier d'une partie de la production.

En ces quatre années, des avancées spectaculaires ont eu lieu au point de révolutionner l'habillement qui se tourne sensiblement vers des produits de substitution. L'explosion des textiles artificiels des années 1950 et 1960 plonge ses racines dans cette époque de misère. L'impulsion est donnée avec la Direction des fibres artificielles. Les conséquences sont importantes. Après guerre on constate un bond considérable dans le domaine de la confection, à partir de ces textiles nouveaux. Des normes sont imposées non seulement dans la fabrication de tissus, mais aussi pour celle des chemises et de la lingerie. Quittant le domaine de l'expérimentation, on entre dans la voie de la réalisation à grande échelle.

Cette habitude prise d'utiliser de la fibranne pour remplacer la laine défaillante restera. Si les industries de luxe et les maisons de couture retournent, à la Libération, vers les matières traditionnelles, il leur faudra compter avec les fibres artificielles ou nouvelles, jusqu'au genêt, si décrié, dont la mise à l'étude est de nouveau envisagée dès 1946.

CHAPITRE VI

La haute couture à l'heure allemande

De 1940 à 1944, les Allemands s'intéressent de près à la haute couture et à ses annexes, attirés certes par son côté brillant et mondain qui les fait pénétrer au cœur du Tout-Paris, mais surtout parce qu'ils veulent s'approprier un art où, par tradition, le savoir-faire est lié à la culture française. Cet intérêt est en fait un danger. De lourds nuages s'amoncellent. La mode est menacée dans son essence même car elle reste l'un des rares domaines où, malgré la défaite, la France l'emporte sur l'Allemagne. Son prestige et son rayonnement sont intacts, d'où les efforts des vainqueurs pour l'investir.

Depuis longtemps, l'orage couve. Mécontentes de voir leur pays supplanté dans ce domaine, les associations féminines allemandes s'élèvent avec véhémence contre « le diktat » de la mode française, accusant Paris de vouloir imposer sa loi, la toute-puissante Bund Deutsches Frauene (BDF) réclamant même « la libération de la tyrannie de la haute couture parisienne [1] ». Le gouvernement du Reich veut abattre une rivale. Fin juillet 1940, cinq officiers allemands se présentent à la chambre syndicale de la haute couture – 102, rue du Faubourg-Saint-Honoré – où ils sont reçus par le secrétaire, Daniel

Gorin. Ils viennent s'enquérir de la situation. Quelques jours plus tard, les autorités allemandes forcent les locaux professionnels, à la recherche de documents se rapportant à la création et à l'exportation de modèles. Ils font main basse sur la totalité du fichier des acheteurs étrangers.

Le 14 août, dans le cadre d'une réunion franco-allemande prévue entre M. Kehrl, le « Reichsführer » du textile, et les responsables français de cette même branche, M. Hartman, chargé des textiles à l'administration allemande des territoires occupés, demande que « Mme Besançon [2] » (Maggy Rouff) assiste à la discussion, « car, explique-t-il, les industries de la couture risquent d'être spécialement gênées par la future réglementation du textile et, par conséquent, il serait utile d'entendre l'un de ses porte-parole ».

Le même mois, un groupe de représentants de l'*Arbeitsfront* et d'officiers allemands rend visite au président de la Chambre syndicale, Lucien Lelong, et lui révèle les décisions du Reich. « La haute couture parisienne sera intégrée dans un organisme allemand dont les sièges seront à Berlin et à Vienne [3]. » Les ateliers français fourniront la main-d'œuvre spécialisée, les créatrices de mode seront transférées de Paris à Vienne ou Berlin, où on leur réservera de brillantes situations. Ainsi les grandes maisons de Paris seront désormais privées du monopole de fait « injuste » qui ne correspond plus aux nécessités de la nouvelle Europe dont le centre culturel et artistique sera Berlin et non plus Paris. Il est temps de prendre la place. Un journal allemand, paraissant en français, ne tarde pas à le traduire en ces termes : « Jusqu'ici Paris a été l'œil du monde dans le domaine de la mode, mais les créateurs de la Seine ont été troublés dans leur jugement du vraiment beau, bon et convenable [...]. La mode parisienne doit passer par Berlin avant qu'une femme de goût puisse la porter [4]. »

La réponse de Lucien Lelong est claire : « Vous pouvez tout nous imposer par la force, mais la haute couture parisienne ne se transfère ni en bloc ni dans ses éléments. Elle est à Paris ou elle n'est pas [5]. » Il n'est au pouvoir d'aucune nation de dérober à la France le génie créateur de la mode, qui est chez elle, non seulement une explosion spontanée, mais la conséquence d'une tradition cultivée par un ensemble d'ouvriers et d'ouvrières spécialisés et dispersés à travers de nombreux métiers. Les représentants allemands, s'ils se montrent quelque peu ébranlés, laissent entendre que Berlin n'est pas disposé à céder. L'un d'eux suggère que Lucien Lelong aille en Allemagne expliquer son point de vue. Avant d'accepter, celui-ci réunit, fin octobre, ses collègues de la Chambre syndicale et les met au courant de ses conversations et des menaces qui pèsent sur la couture. « Les Allemands, explique-t-il, veulent s'emparer d'une industrie prestigieuse, éminemment française et rafler une main-d'œuvre unique au monde [6]. »

Mandaté à la fois par le ministre de la Production industrielle et par ses pairs, le couturier, accompagné de Daniel Gorin, part pour Berlin en novembre 1940, décidé à défendre les intérêts français. Le voyage des deux hommes dure cinq jours au cours desquels ils déclarent avoir été étroitement surveillés [7]. Prenant argument de ce que les Allemands considèrent la mode comme une activité culturelle, il revendique pour chaque pays le droit de créer sa « propre » mode. Face aux responsables du textile qui souhaiteraient un échange de main-d'œuvre, et surtout l'organisation d'une École supérieure de la couture, à Berlin, avec des cadres français, Lelong réaffirme que les modélistes et ouvrières, éloignées de leur ambiance, ne pourraient rien produire. C'est à la mode allemande, alors en pleine transformation, puisque l'industrie de la couture est en cours d'étatisation, de prouver qu'elle peut s'imposer en dehors de toute influence de Paris.

Finalement, ayant d'autres soucis [8], les Allemands renoncent à ce projet de centralisation du commerce de la mode à Vienne et à Berlin. La mode française restera autonome, conservant ses cadres et sa vie propres [9]. Mais elle est désormais en sursis. Le calcul du vainqueur est clair. Il n'est pas nécessaire pour l'instant, pense-t-il, de supprimer d'un trait de plume la couture française. Mieux vaut lui laisser un rôle secondaire qui progressivement la fera s'effondrer, car, privée de débouchés extérieurs et de matériaux de choix qui alimentent sa création, elle verra s'affaiblir ses possibilités et disparaîtra par asphyxie.

Dès lors, toute l'habileté de Lucien Lelong consiste à tout mettre en œuvre, y compris une certaine coopération avec les Allemands, pour que la haute couture puisse se maintenir. Son idée première est de faire connaître concrètement et le plus largement possible les réalisations de la mode. À un moment où le rationnement textile menace la couture parisienne d'un arrêt brusque, il est essentiel, croit-il, « d'attester sa vitalité, de démontrer que les créations françaises restent dignes de leur passé et qu'elles entendent préserver leur avenir [10] ». De plus, au printemps 1941, la mode française est non seulement en sous-main assaillie par les Allemands, mais elle fait l'objet de vives attaques de la presse américaine qui n'hésite pas à annoncer sa disparition, comme le montre cet extrait d'un journal new-yorkais reproduit dans *Les Nouveaux Temps* : « Les femmes américaines qui pendant des années se sont tournées vers Paris pour y trouver une direction en matière de vêtements ne regardent plus de ce côté. La création artistique qui fleurissait rue de la Paix est morte [11]. » La riposte des responsables de la couture ne tarde pas. Ils mettent sur pied une campagne de publicité en faveur des industries de luxe. Il s'agit de souligner à la radio, au cinéma et dans des revues de mode soigneusement choisies pour leur diffusion en France et à l'étranger que la création française continue [12]. « Nous ferons savoir que toutes nos industries de qualité continuent de vivre, de produire et de créer. Nous mettrons en évidence la place qu'occupent les industries du Groupe 1 (couture, mode et parure...) dans l'activité française, l'importance de leur rôle national et social. L'effort de notre propagande doit tendre à sauvegarder le rayonnement de la mode française et à maintenir le prestige de ses animateurs et de ses créateurs. L'ensemble de notre Groupe 1 représente "le train de la qualité » dont la création est l'activité motrice."

Dans une lettre du 6 mars 1941, adressée à M. Jarillot, directeur des Textiles et des Cuirs, Lucien Lelong réclame de la compréhension et un budget approprié pour la réalisation du projet [13]. En matière de presse, le but est d'obtenir une augmentation de l'espace et du nombre de pages consacrées aux maisons de couture ainsi qu'une amélioration technique de la présentation des modèles pour les numéros d'avril, mai et juin 1941. Les journaux sont sélectionnés pour leur qualité esthétique et leur clientèle de luxe : *Images de France, L'Art et la Mode, L'Officiel de la couture, Votre beauté*, ou parce que ce sont des revues utilitaires, des « véhicules intéressants », largement diffusés et appréciés auprès d'un public provincial : *Modes et Travaux, La Femme chic*... Franchissant l'obstacle de la censure allemande, cette campagne de propagande permet à la haute couture d'afficher sa présence, et de diffuser, par le biais des photographies ou de reportages, les modèles des collections. Même *La Semaine*, connue pour sa bienveillance envers l'occupant, consacre en avril 1941, dans son numéro 38, un reportage entier « aux modèles de France » avec ce sous-titre : « Les nouvelles robes de printemps démontrent que le goût français vit toujours. » Dans *Votre beauté*, un article intitulé : « Sourires de Paris », du chroniqueur Lucien François, donne le ton ; il loue grandement la collection de printemps 1941 : « La preuve est faite, une fois de plus, qu'en France on ne réussit rien de vraiment parfait que "malgré". Depuis longtemps on n'avait plus vu de collections aussi étudiées, aussi raffinées dans le détail, aussi subtiles dans la coupe, malgré [...]. Les couturiers ont fait des prodiges de grâce, de création, de rajeunissement, d'inventions, malgré... Malgré quoi ? Malgré la rareté des matières premières et leur contingentement, malgré la suppression de la clientèle étrangère, malgré la limitation du nombre de modèles [...]. Malgré la gravité des temps, on pouvait attendre des créateurs parisiens qu'ils fissent aussi bien que d'habitude : ils ont fait mieux [14]. » De même dans *La Femme chic*, magazine très lu des couturiers de province. Dans son numéro d'avril, il réserve plusieurs pages spéciales à la nomenclature des collections de Jeanne Lanvin, Marcel Rochas et Jacques Fath. Lucien Lelong présente une collection « qui tient dans ses modèles toutes les teintes du ciel de Paris, toutes les fleurs des jardins de Paris. Ses créations sont en un mot du Paris transposé [15] ».

Simultanément, certains quotidiens consacrent davantage de place aux rubriques de mode et font paraître une série d'articles sur la nécessité de sauver la haute couture. Ainsi, *Les Nouveaux Temps*, répondant aux attaques américaines – selon lesquelles la haute couture française est désormais hors circuit –, affirment que « ce sont encore les grands couturiers français qui cette année donnent le ton à la mode nouvelle ». La meilleure preuve en est le radio-reportage effectué dans les maisons de couture par une Américaine de Paris, Miss Carmel Snow, qui rend hommage aux modèles créés seulement pour l'honneur de Paris [16]. Lucie Hirigoyen, responsable de la chronique féminine du *Matin*, trouve des accents lyriques pour la défense de la mode. « La couture remplit un rôle social considérable : non seulement elle représente l'âme de la France, le cerveau de Paris, mais aussi le goût, l'adresse de ses artisans... Paris, la France ont un prestige à garder, un patrimoine racial à défendre [17]. »

Les consignes publicitaires ont été une réussite car elles ont permis à la haute couture de s'afficher et d'occuper le terrain à un moment où elle est sérieusement menacée par la concurrence américaine [18] et allemande.

Face aux attaques qui pèsent sur eux, les couturiers se défendent, conscients qu'il y va de la sauvegarde d'un patrimoine mais aussi de la poursuite de leur art. Qu'importe si les robes et les tailleurs sont conçus pour une infime minorité, l'essentiel est qu'ils le soient, car ils sont les garants du goût et du prestige de la France. Avant tout, il s'agit de démontrer que, malgré les contraintes de la pénurie, malgré le poids de l'Occupation, la haute couture occupe toujours la première place dans le monde, qu'elle fait partie intégrante de Paris, au même titre que les plus beaux monuments de la capitale. Quelques journalistes et écrivains connus n'hésitent pas à mettre leur talent au service de cette cause. Telle Colette qui rappelle le cadre étroit où s'élabore la mode : « Le Paris de la haute couture est au vrai un petit village. Il commence au pont de la Concorde, s'aventure au long de la rue de Rivoli. Son grand canal coule rue de la Paix, baigne la place et l'avenue de l'Opéra ; une boucle capricieuse remonte le boulevard, touche la Madeleine ; une importante marée a conquis le faubourg Saint Honoré, la longueur des Champs-Élysées [19]. »

Au premier rang des propagandistes, et tout au long de ces quatre années, on trouve l'infatigable Lucien François qui saisit tous les prétextes pour défendre les couturiers. Dans un petit recueil intitulé *Cent conseils d'élégance*, paru en 1942, outre les règles du bon goût à l'usage des femmes du monde, il définit en quelques pages le rôle de Paris et de la couture. Si les créations les plus subtiles naissent à Paris, c'est parce que cette cité est au cœur d'un passé de haute civilisation. « Servis par les influences d'une ville plus raffinée qu'aucune autre, par l'inspiration et le choix des femmes les plus évoluées du monde, par l'esprit et les mains des meilleurs artisans, les couturiers parisiens sont incomparables. » Et, il n'hésite pas à mettre en garde, en termes voilés, ceux qui voudraient s'approprier ou « transférer » ailleurs un tel savoir-faire. « Mais les mieux doués d'entre eux semblent perdre en quelques saisons le plus efficient de leur art aussitôt qu'ils s'éloignent de Paris [20]. » Dans *L'Éloge de Paris*, il revient à la charge, vantant la haute couture, « exportatrice du goût parisien » : « Nulle part ailleurs, la femme ne trouve de serviteurs plus fervents de son charme. Non seulement la Parisienne, [...] mais les femmes du monde entier : celle qui fait l'entrée la plus remarquée dans la tribune des arènes catalanes, un dimanche de grande corrida, comme celle pour qui se tue au travail le premier fabricant de conserves de Chicago. »

Toutes ces idées se retrouvent également exprimées chez Maggy Rouff, elle-même femme de métier et auteur, en 1942, d'un essai sur *La Philosophie de l'élégance*. Dans le chapitre qu'elle consacre aux couturiers, elle compare ceux-ci à « une machine extrêmement sensible et délicate », dont les pièces peuvent, à la rigueur, venir de l'extérieur, mais qui doit strictement être assemblée à Paris. « Même entièrement montées ces machines ne sont pas exportables. On constate qu'à l'étranger, le mécanisme bat la breloque, de sorte qu'il sort, au lieu de robes, des oripeaux ou rien du tout [21]. »

Ainsi la preuve est faite que la capitale, lieu d'élection de la qualité et de l'élégance, contribue à l'élaboration d'un creuset où se fond la mode. À son tour, Germaine Beaumont se lance dans la bataille, soulignant combien la parure d'un jour, à l'image d'une rose, est éphémère et immortelle, soutenue par une culture immémoriale qui reste invincible au sein de la défaite. « Si peu de chose, si légère et cependant une somme de civilisations, la quintessence de l'équilibre, de la mesure, de la grâce [...] car une robe de Paris n'est pas réellement faite avec de l'étoffe, elle est faite avec les rues, avec les colonnades [...] elle est glanée dans la vie et dans le livre, dans le musée et dans l'imprévu du jour. Ce n'est qu'une robe et tout le pays a fait cette robe [22]. »

Très gênés par la pénurie de matières premières, les responsables de la Chambre syndicale s'efforcent de convaincre les autorités françaises de consentir un effort spécial en faveur d'une industrie de prestige qui contribue largement au rayonnement de la France. La haute couture parisienne est une activité motrice qui stimule et entraîne de nombreuses entreprises artisanales travaillant pour elle (brodeurs, maroquiniers, bijoutiers, chausseurs...). Si elle s'arrête, elle condamne au chômage un grand nombre d'ouvrières qualifiées. Mais l'argument de poids, qu'utilisent Lucien Lelong et Daniel Gorin, est que la production de la haute couture représente un minimum de matières pour un maximum de main-d'œuvre et qu'une activité réduite mais suffisante de cette industrie peut être assurée grâce à un prélèvement infime de 0,5 % sur tous les stocks de textile.

Comprenant l'utilité d'un maintien, même dans les plus strictes limites, d'une production sur laquelle se fonde le renom de la qualité française, le répartiteur des textiles, Carmichaël, donne son accord pour une dérogation à la loi du 11 février 1941 qui institue un système de bons d'achat. Grâce à cela, certaines maisons de haute couture dites « autorisées » se voient attribuer un contingent de matières étroitement fixées (60 % de la consommation de lainage de 1938) et peuvent continuer à vendre à leur clientèle des vêtements sans bons d'achat [23].

La presse explique les mesures en ces termes : « Le rationnement textile aurait pu gêner considérablement la couture parisienne si quelques dérogations n'avaient été faites en sa faveur. Avant de crier à l'injustice, il convient de réfléchir à ce que représente l'industrie de luxe. En permettant à la haute couture de ne pas renoncer à créer, on a voulu maintenir une activité, une main-d'œuvre hautement qualifiée dont la formation professionnelle est délicate, non seulement pour épargner le chômage mais pour lui éviter de perdre la main, de perdre confiance en son métier [24]. »

Lors de la création de la carte de vêtements, en juillet 1941, une carte d'acheteur couture-création est délivrée aux consommateurs de la haute couture, sous réserve de modalités strictes : prélèvement de 50 % de points sur la carte individuelle de vêtements, prélèvement des lettres A et B, indispensables pour l'échange de deux vieux vêtements contre un seul, et paiement d'une taxe. Cependant, cette dérogation doit également être obtenue auprès des Allemands. À l'origine, ceux-ci fixent le nombre de maisons à trente. « Trente couturiers ont été choisis entre tous et autorisés à continuer leur travail de créateur. Ils emploieront seulement 50 % du métrage qu'ils utilisaient avant la guerre [25]. » Face à cette décision, les responsables de la couture font valoir qu'il y a une nécessité sociale et professionnelle à étendre le privilège à des maisons plus petites, voire moyennes. Des négociations s'engagent avec les autorités d'Occupation pour l'extension de la liste qui, après bien des pourparlers, fut portée à 85 en juin 1941. À chaque instant, les occupants, cherchant à diminuer le quota des maisons dérogées, remettent en cause le principe établi. En novembre 1941, le chiffre n'est plus que de 71, il tombe à 47 en mars 1943 pour se stabiliser autour de 54 à partir de septembre 1943. Malgré cela, le système de la dérogation, remis en cause quatorze fois, a sauvé de la disparition la haute couture, puisqu'il a suffi de 100 tonnes mensuelles de matières premières pour maintenir au travail 97 % de la main-d'œuvre, soit 12 000 ouvrières. Il a permis également de conserver une production fondée sur des collections saisonnières ainsi que la vente à la clientèle particulière. Au printemps 1943, le gouvernement de Vichy complète le dispositif en réaménageant les statuts de la profession par une décision de Jean Bichelonne. Confection, couture et haute couture doivent désormais répondre à des critères précis (voir détails plus loin).

Cela étant, comme il fallait s'y attendre, le système fait des envieux. Les maisons Hermès et Lanvin, qui possèdent des antennes en province, demandent à bénéficier des mêmes avantages pour leurs succursales de Nice et de Cannes. Jean Jardin [26] s'offre même à intervenir auprès du directeur du groupe-création, mais sans succès [27]. À Tours, une fronde éclate chez les couturiers qui réclament à voix haute les mêmes privilèges que leurs confrères parisiens, arguant du fait qu'ils ont beaucoup de mal à survivre et que sans aide, toute création provinciale sera définitivement écartée. Là aussi, ils sont éconduits.

La mise en place de mesures favorables à la haute couture parisienne (instauration d'une carte couture-création, attribution d'un pourcentage de matières premières) s'accompagne d'une réglementation stricte de la composition et de la présentation des collections. En 1941-1942, les couturiers ne peuvent dépasser le chiffre de 100 modèles (celui-ci descend à 75 en 1942 puis à 60 en 1944) et doivent s'imposer une discipline d'économie dès la conception. Le règlement prévoit en effet :

> « 1) de restreindre la proportion des modèles utilisant des tissus contenant de la laine ;
> 2) de fixer pour chaque type de ces modèles des métrages limites qui tiennent compte de la plus juste mesure des nécessités particulières de la création et du travail à l'unité [28]. »

Ces décisions sont prises à la fois pour orienter la création, vers l'utilisation des textiles nouveaux, mais aussi pour empêcher le régime spécial pris en faveur de la haute couture de dépasser certaines limites. Des dates impératives sont fixées au printemps et à l'automne, hors desquelles il est impossible aux couturiers de présenter des collections en privé, en public ou à la presse. De plus, pour éviter que certains artisans ne soient irrémédiablement frappés par le chômage, il est décidé, en 1942, que chaque collection doit comporter au minimum :

> « *a*) un modèle contenant de la dentelle ;
> *b*) un modèle entièrement composé en dentelle ;
> *c*) un modèle de tulle dans lequel ce tissu sera employé comme matière principale et non comme garniture ;

d) 10 % de modèles contenant de la broderie. Pour deux de ces modèles au moins, il devra être fait de la broderie un emploi dominant (art. 6) [29]. »

Quant aux vêtements exécutés en tissu de laine, un métrage limité leur est imposé (3,25 m pour une robe en 140 ; 4,25 m pour un manteau en 140 ; 3,75 m pour un tailleur), tout dépassement devant s'accompagner de justificatif. Enfin, les maisons de couture sont tenues à avoir un registre où sont consignés le numéro du modèle, sa dénomination, les références, la description et le métrage utilisé, le nom de la cliente. Le registre reste à la disposition du contrôle. Conscient des difficultés posées, Lucien Lelong espère que ces mesures autoritaires entraîneront aussi des conséquences bénéfiques, ne serait-ce qu'en imposant aux créateurs de stimuler leur esprit de recherche et leur ingéniosité.

Si le système de dérogation et la propagande servent les intérêts immédiats de la couture et contribuent à écarter les convoitises allemandes, le directeur du groupe couture-création souhaite à tout prix préserver les lendemains. La haute couture est un capital qu'il faut mettre en veilleuse apparente pour le faire redémarrer dès que possible. Face à l'interdit allemand qui frappe les créations françaises en les empêchant d'être exportées, Lucien Lelong réagit par un moyen détourné. Il organise en zone libre, à Lyon, pour le mois de mars 1942, une présentation de modèles de couture à laquelle participeront une vingtaine de couturiers. Dans une lettre adressée à M. Jacques Deligny, directeur général du Comité d'organisation du vêtement, en février 1942, il explique les raisons de son geste : « Ces présentations n'auront aucun caractère spectaculaire… Il s'agit ici, pour répondre aux vœux souvent exprimés par les acheteurs eux-mêmes et les couturiers de zone libre, de mettre à leur disposition les idées qui leur sont nécessaires et dont ils sont privés. La couture parisienne accomplit ainsi un geste de solidarité que ne cessent de réclamer les couturiers de la zone non occupée [30]. »

Par le biais de cette manifestation, Lelong espère toucher une partie de la clientèle internationale neutre : Suisses, Espagnols… Afin de détourner les soupçons allemands, il place l'exposition sous couvert du Secours national en lui donnant le caractère d'une manifestation artistique. Un gala est prévu auquel participe Serge Lifar [31]. Néanmoins, une difficulté de taille subsiste : obtenir deux cents laissez-passer pour le personnel de la couture, les mannequins et une troupe de l'Opéra. Après avoir sondé le responsable du service textile, le Dr Mömm qui ne se montre pas très enthousiaste, le couturier se tourne vers un Français, le prince de Beauvau-Craon, l'organisateur des « Déjeuners de la Table ronde » qui réunissent régulièrement, de février à octobre 1942, une vingtaine de personnalités françaises et autant d'Allemands, appartenant au monde de l'industrie et du commerce. L'un des buts de ces réunions est de mettre en contact des gens divers, en leur donnant l'occasion de résoudre à l'amiable leurs petits différends. Le couturier lui demande d'être invité au prochain repas prévu en février 1942, dans les salons de l'hôtel *Ritz*, place Vendôme, et d'être placé auprès d'une autorité administrative allemande du *Majestic* pour qu'il puisse lui parler. L'obtention du laissez-passer fut ainsi grandement facilitée, mais la procédure devait valoir au demandeur de passer en jugement à la Libération, en tant que participant à ces fameux « Déjeuners de la Table ronde » [32]. L'affaire se solda finalement par un non-lieu pour Lucien Lelong, tous ses confrères faisant bloc derrière lui, soulignant que c'était la lutte du pot de fer contre le pot de terre. Elle montre combien grande était la volonté de certains responsables économiques de préserver l'avenir de leur branche, même s'il leur fallait se compromettre avec les Allemands.

Le 5 mars 1942, à la gare de Lyon, le train de 7 h 30 est devenu pour quelques heures le train de la mode et de la danse et les quotidiens parisiens fixent sur pellicule le départ de ces ambassadrices de charme [33]. Dix-huit couturiers connus, quatre-vingts mannequins, leurs habilleuses et vendeuses franchissent officiellement la ligne à Chalon-sur-Saône ainsi que le corps de ballet de l'Opéra de Paris. Les grands noms de la couture sont du voyage. À commencer par Jeanne Lanvin, la douairière, Maggy Rouff, Jean Patou, Marcelle Dormoy, Paquin, Mad Carpentier, Jacques Heim, Robert Piguet, Molyneux, Nina Ricci, Hermès et bien sûr Lucien Lelong. Marcel Rochas et Jacques Fath, le benjamin accompagné de sa femme Geneviève Boucher font aussi le déplacement. À 15 h 15, c'est l'arrivée dans la capitale des Gaules. À leur descente du train, les mannequins sont invités à monter dans un wagon-lit qui leur sert d'hôtel durant leur séjour. Le 6 mars, la manifestation se tient au dernier étage de l'immeuble de la Foire de Lyon, rue Ménestrier. Trois salons ont été retenus pour le défilé, le troisième servant de vestiaire.

La présentation commence. Pour ne pas choquer celles qui ne peuvent s'offrir des modèles de luxe ou simplement renouveler leur garde-robe, il est prévu d'éviter tout débordement et que seuls acheteurs et couturiers seront admis dans l'enceinte réservée. Par ailleurs, le Comité d'organisation du vêtement donne l'ordre de préciser que les maisons qui présentent des collections participent aux frais. Trois cents à trois cent cinquante professionnels des pays neutres, venus de Suisse, Espagne, Portugal, Turquie, Afrique du Nord… se pressent au Palais de la Foire de Lyon, et la présentation des modèles, chapeaux et accessoires est un succès. « L'allure générale [de la collection] tend à la simplicité, sans la moindre trace d'excentricité : la ligne est droite, la taille à sa place, les épaules très larges, l'ampleur quand il y en a est massée devant ou derrière. La grande nouveauté, ce sont les basques, les longues tuniques très collantes que presque tous les couturiers ont adoptées. On note quelques recherches dans les détails mais sans outrance. C'est le règne de la mesure, de l'harmonie, de cette simplicité qui ne s'imite pas et où Paris atteint à la perfection. [C'est la preuve que] la mode de Paris se joue des difficultés et garde à toute heure sa richesse d'invention, prête à s'épanouir à nouveau, dès que les circonstances le permettront [34]. »

Parmi les tissus favoris, il faut noter l'utilisation du pied-de-poule, de l'écossais ainsi que des carreaux. Comme les Allemands empêchent pratiquement la haute couture d'exporter sa production, en réduisant le contingent de textiles qui lui est alloué, les couturiers vendent sur place des idées de robe, des patrons de papier ou des toiles. L'entreprise réussit parfaitement. Les journaux locaux consacrent des reportages à la haute couture, ainsi *Marie-Claire* [35] avec ce titre : « Paris rend visite à sa sœur jumelle Lyon. La place Vendôme est prolongée par la place Bellecour. » Quant au *Progrès de Lyon* il n'hésite pas à dire que si l'on n'avait pas aperçu le Rhône par les fenêtres ouvertes, on se serait cru dans une maison de couture parisienne. À son retour, Lelong est convoqué au *Majestic* : par les responsables allemands de l'habillement (vraisemblablement, par le Dr Michel et son adjoint, le Dr Mömm) qui, bien informés, lui reprochent de les avoir trompés et lui rappellent, au passage, que Berlin, Vienne et l'Italie se réservent l'exclusivité des démonstrations de mode dans les capitales européennes. Des observateurs venus d'Allemagne demandent à se faire présenter les collections. Ils sont chargés de constater si le moment n'est pas arrivé de donner le coup de grâce à un art qui décidément s'avère trop vivace.

Et malgré le désir d'abattre une rivale gênante, les Allemands en sont pour leurs frais. Ils ne peuvent percer les secrets de fabrication des artisans pour se les approprier. Visitant l'atelier où Jacques Delamare et sa mère, Noémie Fromentin, peignent de délicates fleurs en velours ou en soie, un groupe d'industriels allemands exige qu'on leur montre les outils nécessaires à la fabrication de ces minuscules chefs-d'œuvre et qu'on leur explique en détail la réalisation de ces merveilles. Agitant ses mains devant ces spectateurs médusés, la créatrice finit par dire : « Voici mon bien le plus précieux. » Ils sortent sans un mot [36].

Toutefois, ils ne cèdent pas. Ils redoublent d'efforts pour investir la couture, grâce à des moyens détournés. On les voit, par exemple, s'intéresser de près à un domaine annexe, celui des revues de mode. Déjà, avant la guerre, il existait à Berlin une grande maison d'édition de mode, les Éditions Gustav Lyon. Agent général pour l'Europe d'une société dite « La mode artistique [37] », elle éditait et imprimait des catalogues de mode en français parmi lesquels *Idéal parisien, Paris chic, Toilettes modernes* et *Favorites*. L'établissement, dirigé par un Juif français, Louis Joseph, possédait de nombreuses succursales à travers toute l'Europe, Vienne, Munich, Milan, Bruxelles et Paris, où était éditée entre autres *La Coquette*, une publication mensuelle sous influence allemande. En 1938, Louis Joseph, visé par les lois antisémites, est obligé de quitter l'Allemagne et de céder à des « hommes de confiance » ses intérêts commerciaux[38].

Tout naturellement, l'Occupation sert de tremplin aux Allemands pour étendre encore leur emprise sur la succursale française. Sous couvert de « La mode artistique », devenue société anonyme, installée – 5, rue Mayran – à Paris, qui diffuse désormais une cinquantaine de titres, les Allemands vont s'employer, en réalité, à faire des revues de mode, qui seront comme un démarquage de la mode française à laquelle ils emprunteront des idées, des modèles, quand ils n'essaieront pas de débaucher des modélistes et des dessinateurs.

En 1940, le magazine *La Coquette* continue d'être imprimé à Paris avec des clichés provenant de Vienne, et des dessins exécutés dans la capitale ; en quatrième page, il porte l'indication « journal français édité à Paris pour le monde entier ». (Le même paraît en allemand sous la dénomination de *Modenshau.*) À partir de 1941, la publication change de nom devenant *La Femme élégante*. D'autres journaux, *Mode idéale, Élites, Juno,…* seront vendus en France et à l'étranger, avec en première page la mention « imprimé à Vienne (Allemagne) » et en couverture, le nom du gérant, M. Bilcard, Éd. Gustav Lyon, Paris-Berlin. (Toujours diffusées en 1944, les publications porteront désormais le nom d'un nouvel imprimeur, Primo Semini, domicilié à Zurich.)

Une entreprise de services parisiens pour la couture et la mode, installée 111, rue Réaumur se charge de la distribution de la presse continentale allemande pendant l'Occupation (d'où son nom de Conti-Press). Une publicité quelque peu trompeuse de 1943 proclame que les spécialistes les plus réputées de la mode travaillent pour les publications de Conti-Press, disséminées dans toute la France et que celles-ci sont des messagères du bon goût. Ainsi,

« *Smart*, Smaart, ce mot signifie pimpant, bien mis, chic, élégant. Toutes ces qualités s'appliquent à ravir à cette publication de mode distribuée par Conti-Press. Des modèles pimpants mais dans une note calme et de bon ton, presque sage, ce qui est la vraie caractéristique du chic, de l'élégance, du bien mis, si cher à nos bons bourgeois français. » À plusieurs reprises, en mai 1943, puis en juillet 1943, alors que les journaux de mode parisiens ne peuvent pénétrer en zone Sud, l'entreprise demande et obtient de l'ambassadeur Fernand de Brinon [39] l'autorisation de diffuser dans cette même zone des revues comme *La Viennoise élégante, La Mode favorite*. On notera, cependant, la prudence des dirigeants qui s'émeuvent de trouver parfois mentionnée en sous-titre « Une origine trop explicitement allemande » et qui en demandent le retrait, en juillet 1943, pour ne pas gêner les ventes auprès des lectrices et lecteurs français. (C'est ainsi que *La Viennoise élégante* devient *L'Élégante* tout court.) À dire vrai, le ton employé comme le contenu ne laissent planer aucun doute sur leur provenance, comme en témoignent ces quelques exemples glanés à travers cette presse : « Nous sommes loin de goûter les extravagances et les colifichets inutiles d'une mode trop enjouée : cependant l'imagination créatrice n'en est nullement atteinte. Rien qu'un peu réfrénée dans son élan, elle s'engage désormais dans une nouvelle voie adaptée à notre temps. Ici la mode, tout en s'inclinant dans l'ordre magique des restrictions, n'abandonne pas l'élan gracieux des formes [40]. » Ou bien encore ces descriptions de modèles : « Robe d'été juvénile combinée en crêpe mat, clair imprimé de pois et en foncé de même et dont l'empiècement se prolonge sur le milieu devant [41]. » Et : « Une jolie toile de soie compose cette robe qui montre une petite cape qui retombe dans le dos et dont les plis sont retenus par des nœuds disposés sur les épaules. »

Tandis que les Allemands facilitent la circulation de leurs propres feuilles, ils limitent strictement le nombre de journaux de mode français. Le désir de supplanter les Français dans l'art de la mode les pousse à étendre leur emprise sur la presse féminine, laquelle est soumise au régime commun et doit obtenir de la censure allemande l'autorisation de paraître, autorisation délivrée avec plus ou moins de rapidité, suivant les cas. De mois en mois, ils réduisent le contingent de papier qui lui est attribué au point d'obliger certains titres à cesser leur livraison. *L'Art et la Mode* [42], l'un des plus anciens journaux de couture, qui touche un public très spécialisé, est le premier à poser une demande de parution auprès des services de la *Propaganda Staffel* (15 juillet 1940), et à l'obtenir. En contrepartie, les Allemands lui imposent de légender les modèles en allemand ; la directrice accepte, mais, compte tenu de sa très forte clientèle étrangère (anglaise, américaine), elle propose que ses légendes paraissent également en français et en anglais, d'où d'interminables discussions. Très jalousé à cause de sa présentation, de son aspect « américanisé », *L'Officiel de la couture et de la mode* [43] n'obtient l'autorisation de paraître qu'en février 1941. Véritable vitrine de la haute couture, le journal est surveillé de près, suspendu en mai 1941, puis à nouveau en mai 1942, pour ne pas avoir été assez docile. Reste qu'à trois reprises, on l'oblige à insérer une publicité pour des modistes allemandes. Ainsi, en janvier 1942, à la page 4, on peut lire l'annonce d'une célèbre modiste, « Wittmer & Co », installée à Berlin, Ritterstrasse. 46-47. Le magazine de Lucien François, *Votre beauté* [44], réussit à préserver son indépendance, au prix de plusieurs suspensions, pour refus de faire paraître dans ses pages de la propagande allemande. Non contents d'user de contraintes, les services de l'*Abteilung* recourent à des moyens plus subtils pour resserrer leur mainmise sur la presse féminine, comme ils le font sur la presse parisienne en général. Ils chargent le Dr Hibbelen de réaliser discrètement un groupement de sociétés s'intéressant à la publication de journaux.

À cet égard, leur attitude face à des journaux à fort tirage, comme *Modes et Travaux* ou *Le Petit Écho de la mode*, est très révélatrice. Ils proposent des prises de participations financières très alléchantes. Sourd à ces appels, E. Boucherit, à la tête de *Modes et Travaux*, est soumis à d'innombrables tracasseries, mais ne cède pas. On relève une attitude semblable chez les responsables du *Petit Écho de la mode* qui s'efforcent de garder une stricte neutralité. D'autres titres ne manifestent pas les mêmes scrupules. C'est le cas, par exemple, des *Dimanches de la femme* ou de *Notre cœur* qui passent sous contrôle allemand. Enfin, l'occupant s'efforce d'investir à tout prix des sociétés françaises qui éditent des patrons de mode. On les voit tenter une approche auprès des Éditions Marcel Daubin qui préfèrent se saborder plutôt que de collaborer.

Soutenue par des rédacteurs et des journalistes de mode, la haute couture réussit à passer à travers toutes les embûches. Alors même que Lucien Lelong n'est plus en mesure de rééditer son coup de publicité du printemps 1942, un album reproduisant les modèles des créateurs de Paris mais édité à Monte-Carlo avec tout le soin possible est largement diffusé à l'étranger. Le journaliste et éditeur de mode Michel de Brunhoff participe à l'élaboration d'un numéro en dessinant des modèles. (Trois autres albums paraîtront, à intervalles de six mois : au printemps 1943, à l'automne et au printemps 1944.) Par mesure de représailles, les Allemands interdisent, en février 1943, la publication de photographies, de modèles. Cependant, chez les vainqueurs, à partir de cette date, deux tendances se font jour. Tandis qu'à Berlin, on continue à penser que la mode allemande s'imposera et que celle de Paris s'éclipsera, dans la capitale, les autorités déléguées commencent à comprendre l'échec de l'expérience berlinoise, et à se rendre compte que la création parisienne survit à toutes les difficultés auxquelles elle se heurte. Ils en concluent que la vraie habileté consiste à la laisser vivre pour aiguiller le moment venu, au profit de l'économie allemande, les possibilités exportatrices des couturiers parisiens.

En février 1943, la situation de la haute couture se dégrade de plus en plus, toute forme de publicité lui étant en principe interdite. Lucien Lelong est averti que Berlin a donné l'ordre de fermer purement et simplement les ateliers de mode. À force de tergiversations, il réussit à obtenir un sursis, quarante-sept maisons dérogées ont le droit de continuer leurs activités – soit un nombre réduit de moitié – en attendant que l'on statue définitivement sur leur sort.

À cet effet, une rencontre est prévue à Paris entre le Dr Schilling et Jacques Deligny, devenu en juillet 1942 responsable du Comité d'organisation de l'habillement et du travail des étoffes [45]. Le 14 avril 1943 [46], les deux hommes ont un entretien au *Majestic*. La position de Schilling est claire : étant donné que les maisons de couture de Berlin sont presque toutes fermées, il paraît difficile de faire admettre à ces entreprises que les couturiers parisiens restent ouverts, à moins que ceux-ci n'acceptent de nouvelles orientations. En effet, il est grand temps pour eux d'apporter une contribution utile à l'économie européenne, en développant, par exemple, leurs activités exportatrices vers la Suède, l'Espagne, l'Italie, le Portugal, etc.

Compte tenu de cette nécessité, les Allemands envisagent, à Berlin, la constitution d'un « consortium continental », véritable entreprise de négoce, qui prendrait en compte les articles de haute couture fabriqués en France, afin de les revendre à l'étranger. Pour les ateliers ainsi intégrés, un plan d'ensemble serait élaboré et un contingent de tissu fixé annuellement. Sur demande de Deligny, le Dr Schilling confirme que les maisons de couture parisiennes pourront continuer à travailler pour leur clientèle particulière dans une proportion à déterminer, mais qui vraisemblablement sera infime. Au cours de cet entretien, le problème des journaux de mode est à nouveau abordé : puisque tous sont interdits en Allemagne, à l'exception de deux, quelles raisons y a-t-il, menace Schilling, à maintenir en France ce genre de presse, alors même que la pénurie de papier est croissante ? Deligny plaide, avec succès, la cause des magazines bon marché qui donnent des patrons faciles à réaliser, parce qu'ils jouent un rôle de service irremplaçable auprès d'un public populaire. Une fois encore, avant de se séparer, on revient sur l'utilisation du minimum de tissus, pour la réalisation des modèles de haute couture, l'occupant compliquant singulièrement la tâche des créateurs qui se rebiffent au nom « du principe de la liberté d'inspiration ».

Un an plus tard, en mai 1944, alors que les villes allemandes sont l'objet d'intenses raids anglo-américains, Berlin propose de faire travailler les grands couturiers français pour les victimes des bombardements alliés [47]. Le 25 juillet 1944, les Allemands font savoir que, en l'absence de propositions valables de la part de cette profession pour l'habillement des sinistrés allemands, ils décident de réduire à deux pièces le droit d'achat de chaque carte couture-création. En outre, ils exigent de faire participer la mode française, englobée dans la couture viennoise et berlinoise, à l'exposition publicitaire de Stockholm, prévue en juillet 1944. C'en aurait été bel et bien fini de la couture française indépendante. En août 1944, on était arrivé à l'extrême limite des argumentations, des atermoiements et des refus.

Comme un grand nombre d'entreprises françaises, la haute couture est l'objet de mesures autoritaires telles que les réquisitions de main-d'œuvre. D'importantes usines de chaussures [48] qui assuraient un programme de fabrication pour le Reich, visées par ces menaces, bénéficièrent d'une forme de protection de S. Betrieb qui leur permit de conserver intégralement leur personnel.

Le domaine de la fourrure, où la plupart des entreprises sont juives et emploient moins de dix salariés, pose aux occupants et à leurs interlocuteurs un dilemme. Les Allemands ont besoin d'artisans fourreurs qui, seuls, savent confectionner des vestes, gants, vêtements chauds indispensables pour les soldats qui combattent sur le front russe. D'où cette décision prise fin septembre 1942 « par l'inspecteur Rieger du Rustungskommando précisant que les ouvriers juifs des entreprises de fourrure sont, d'après une décision spéciale des Services de sûreté assurés de leur place », c'est-à-dire protégés, à condition de ne pas être en contact avec le public. Les exemples qui suivent illustrent ces propos : « Je soussignée Compagnie Franco-Canadienne de Fourrure et Pelleteries, 15 rue de Paradis à Paris (X), certifie employer en qualité d'ouvrier à domicile pour la confection de gilets de lapin, commande de la Wehrmacht Beschaffungsamt, M. Woda, demeurant 43 rue Piat à Paris, depuis le 13 mars 1942. » Ou encore : « Je soussignée Hélène Jiday, certifie que M. Maurice demeurant 191 rue Lafayette travaille pour moi à une production destinée aux autorités allemandes. Cet ouvrier n'est pas en contact avec le public. » En mars 1943, 325 fourreurs juifs sont libérés du camp de Drancy pour être mis au service des Allemands [49]. Plus vulnérables furent les ateliers de couture, puisque ne travaillant pas directement pour les Allemands. En février 1943, les maisons de couture reçoivent une convocation individuelle de bureaux d'embauche allemands qui leur remettent un questionnaire sur lequel elles doivent indiquer la liste de leur personnel masculin et féminin. L'importance du prélèvement est déterminée de façon arbitraire, par chaque bureau d'embauche. Certaines sont taxées à 10 %, d'autres à 80 %. Lucien Lelong fait stopper toute remise de liste et entreprend des démarches, tant auprès du bureau d'embauche de la Chambre des députés qu'auprès de ceux de la rue Scribe et de la rue de l'Université, pour obtenir un prélèvement uniforme de 10 %. Il refuse de donner les listes s'il n'obtient pas satisfaction. En fin de compte, les réquisitions dans la couture ne dépasseront pas 5 %.

S'agissant de la concentration des entreprises, le groupe couture-création réussit à y échapper, en s'appuyant sur deux arguments solides que développe Daniel Gorin, le secrétaire général de la Chambre syndicale, à savoir son caractère artisanal et sa forte proportion de main-d'œuvre féminine : « Notre groupe est à base artisanale dans la proportion de 87 % […]. La concentration a pour but d'économiser les matières premières (charbon, électricité). Or les productions de notre groupe, étant réalisées à la main et à l'unité, ne consomment qu'un minimum de force motrice [50]… » Enfin ces industries présentent, au plus haut point, les caractéristiques énumérées qui permettent d'éviter les mesures de concentration : « faible consommation de matières par rapport à la main-d'œuvre employée » et « production d'art et de luxe s'étant assurée une place prépondérante sur le marché mondial ». Finalement les Allemands admettent que les conditions de travail des « fabricants de vêtements sur mesure » rendent inutile un plan d'aménagement de la production. Cela étant, des entreprises de confection féminine et masculine furent touchées par la concentration [51], en particulier des entreprises dirigées par des Juifs, et celles qui faisaient travailler des façonniers à domicile. « L'image du petit tailleur juif [...] fut la cible d'un acharnement exterminateur. Les petits ateliers familiaux installés dans les loges de concierge [...] furent éradiqués de la scène de production : [...] il s'ensuivit une réduction considérable [...] autant pour les vêtements féminins que pour les costumes d'hommes : "la confection qui produisait 20 millions de pièces en 1938 n'en livre plus que 5 800 000 en 1943" [52]. »

Si l'on est assez bien renseigné sur le comportement global de la haute couture pendant la guerre, et notamment sur ses relations avec l'occupant, en revanche, il est plus délicat de cerner l'attitude de chaque maison pendant cette même période. Que les Allemands aient cherché à privilégier des liens avec les unes et les autres, à titre individuel, est incontestable. Cela faisait partie de leur stratégie générale qui consistait à s'infiltrer partout où ils le pouvaient. Comment leurs avances ont-elles été reçues ? Des documents d'archives et des témoignages montrent qu'il y a eu des « degrés » dans l'entente entre les deux parties. Cela va du refus poli à la coopération pleine et entière, en passant par un minimum de concertation.

Empruntant à son mari, le peintre Serge Czerefkow, l'anagramme de son prénom comme nom d'artiste, Germaine Krebs dite Madame Grès, a

Couverture de *Pour Elle*, nº 53, 3 septembre 1941 : être élégante. Le modèle qui pose ici symbolise une femme vêtue avec recherche (gants, sac, bijou) malgré l'époque. Son chapeau penché sur l'avant de la tête comme le veut la tendance du moment est confectionné à l'aide de rubans multicolores qui pallient le manque de matières premières.

ouvert en 1942 une maison de haute couture, 1, rue de la Paix [53]. Auparavant, elle travaillait comme modéliste dans la maison de couture Alix, 83, rue du Faubourg-Saint-Honoré. Dès sa première collection, elle exaspère les Allemands qui veulent fermer l'atelier, choqués par le caractère patriotique des robes bleu, blanc et rouge qui défilent sous leurs yeux. Par ailleurs, la créatrice, bravant les interdits qui imposent des règles strictes de métrage, ne se soucie guère des restrictions. Au nom de la liberté d'inspiration, elle entend rester fidèle aux drapés savants qui firent sa renommée. En janvier 1944, les Allemands ordonnent la fermeture de la maison Grès – 1, rue de la Paix – sous prétexte qu'elle ne respecte pas les mesures en vigueur [54]. Elle rouvrira en mars de la même année [55], mais elle doit renoncer à la technique qui fait la valeur de ses créations, ce qui limite sa marge de manœuvre.

Un autre couturier, Cristóbal Balenciaga, d'origine espagnole, réfugié à Paris depuis 1936, fait également l'objet d'une étroite surveillance et doit renoncer à exercer son art. Sur intervention de l'ambassade d'Espagne, il reprend son travail en 1944. À noter l'attitude de leurs confrères, qui, par solidarité, prélèvent une part de leur contingent en tissu et la donnent à leurs collègues pour leur permettre de présenter leurs collections [56]. Quant à Anita de Pombo, dite Anita d'Espagne, elle s'enfuit, évitant de justesse une arrestation par la Gestapo.

De nouvelles maisons démarrent ou redémarrent, montées par d'anciens chefs d'ateliers. Parmi elles, on peut citer Marcelle Chaumont. Après avoir longuement travaillé avec Madeleine Vionnet qui se met en congé au début de la guerre, Marcelle Chaumont crée fin 1940 son propre salon de couture, 19, avenue George-V. Elle fait preuve de beaucoup de courage pour continuer à produire dans de difficiles conditions, en s'appuyant sur une partie du personnel de Madeleine Vionnet qu'elle a recueilli après la liquidation de l'atelier. Sans argent, sans publicité avec des matériaux synthétiques, et des ouvrières sous-alimentées, elle s'efforce de maintenir haut le niveau de ses modèles. Deux mannequins, Antoinette et Marcelle, ont la lourde charge de valoriser la collection [57]. Marcelle Dormoy, également une ancienne de chez Vionnet, suit les recommandations de Lucien Lelong qui avait conseillé à la couture de s'installer à Biarritz en 1939-1940 afin de pouvoir continuer à avoir des relations avec le monde extérieur. De retour à Paris, elle reprend ses activités au 22, rue de la Trémoille. Travaillant dans l'esprit d'Edward Molyneux, les modèles de cette couturière sont simples mais de bon goût. Elle est l'une des toutes premières à se lancer dans la confection de robes-culottes taillées dans des tissus modernes, comme le djersamix de chez Rodier. Chez elle, passent de nombreux jeunes dessinateurs de talent qui lui apportent leurs coups de crayon et qui seront des valeurs sûres après guerre. Parmi eux, Alice Le Bris-Lehmans, entrée en 1942 [58]. La couturière habille de nombreuses actrices dont Edwige Feuillère, Lise Delamare et travaille aussi pour le cinéma.

Quelques grands noms, dont Schiaparelli, Chanel et Molyneux, cessent une partie de leurs activités durant ces quatre ans. Le 9 juin 1940 celle que l'on surnomme « l'Italienne » part de Paris pour Biarritz, qu'elle quitte le 23 juin 1940 pour les États-Unis. Elle doit y faire une série de conférences sur la mode et la haute couture conformément à un contrat signé avec la Columbia Broadcasting c° de New York [59]. Elle ne cesse de répéter que New York ne peut remplacer Paris sur le plan de la haute couture. Lucien Lelong s'en fait l'écho « contribuant ainsi d'après un rapport des renseignements généraux à la propagande française à l'étranger en ce qui concerne la mode et la couture ». L'éditeur de presse Lucien Vogel, réfugié aux États-Unis en septembre 1940, rapporte que, lors d'une réception, à la question : « Croyez-vous que nos modélistes puissent se développer et créer une mode américaine ? » Schiaparelli répondit : « Comment voulez-vous que l'on puisse développer ce qui n'est pas, en ajoutant 0 à 0, ça fait toujours 0 [60]. » Avant les hostilités, la maison de couture (21, place Vendôme) comptait près de 450 personnes, elle n'en compte plus que 70 au maximum entre 1940 et 1944. Pour préserver l'emploi, certaines ouvrières acceptent de travailler une semaine sur deux. Quinze à vingt sont présentes dans l'atelier. Les autres ne viennent qu'au moment des collections. De retour en France en février 1941, Elsa repart en mai de la même année pour éviter les pressions italiennes et allemandes et ouvre une maison de couture à New York ; à Paris, elle confie sa maison à l'un de ses administrateurs, Louis Meunier, et à sa secrétaire, Yvonne Souquières. Son atelier continue à tourner grâce au concours de la comtesse Haydn (Irène Dana). « Le travail marchait de façon dérisoire [...]. Les Français travaillaient pour pouvoir vivre et faire vivre leur famille et leur patrie. S'ils avaient cessé et si l'Allemagne avait transformé la France en un immense cimetière, cela aurait-il mieux valu ? Ou bien vous laissiez ouverte la porte de votre affaire, ou vous jetiez vos gens à la rue. Quant à la porte de vos domiciles privés, cela, c'était une autre affaire [61]. » Avant de partir, Schiaparelli adresse un pied de nez aux Allemands en fabriquant une sorte de prototype utilitaire (réservé à la haute couture) comme cette salopette de laine chaudron à fermeture Éclair que l'on pouvait poser à côté de son lit et enfiler rapidement en cas de raid aérien de nuit. Ou encore ce béret noir orné de deux chauves-souris dont les yeux pouvaient s'éclairer, modèle pratique quand on rentrait chez soi le soir et qu'il fallait chercher ses clefs en plein couvre-feu. Face au gouvernement de Vichy, pour se moquer du rationnement, Schiaparelli compose en mai 1941 une collection où elle décore ses vestes de fruits et de légumes. Elle est également propriétaire de la société de parfums, créée en janvier 1936, et située 12, place Vendôme. « Pendant l'Occupation allemande, en vertu de ordonnance du 23 septembre 1940 sur les biens ennemis, ces deux sociétés furent confiées à l'administration du conseiller allemand Karl Klugmann » car elles comptaient parmi elles des associés juifs [62].

Gabrielle Chanel est à la tête d'une maison de couture, située 29 et 31, rue Cambon et 29, rue Saint-Honoré qui emploie près d'un millier d'ouvrières et d'ouvriers. Elle a en outre des succursales à Cannes et à Biarritz. Si dès le début de la guerre, elle ferme l'atelier de la rue Cambon, du moins la boutique de parfums et accessoires reste-t-elle ouverte ! Le capital de la prestigieuse marque avait été, avant la guerre, partagé comme suit : Mademoiselle Chanel, 10 % ; les frères Wertheimer, 70 % ; et le groupe Bader-Galeries Lafayette, 20 %. À cinquante-sep ans, Mademoiselle entame une liaison avec un officier allemand appartenant aux services de renseignements nazis : Hans Gunther von Dincklage, dit Spatz, âgé de quarante-quatre ans. Elle obtient l'autorisation de résider au Ritz, hôtel réservé aux dignitaires allemands [63] où elle partage avec son amant la suite 227-228. Devenu un agent important au sein du service, Dincklage fait rencontrer à Chanel le baron de Vaufreland, lui-même employé par les services secrets allemands qui devient bientôt l'un de ses amis. Au printemps 1941, l'*Abwerhr* inscrit Chanel sous le nom d'Agent F 7124, nom de code « Westminster [64] ». En août 1941, avec son passeport français la couturière se rend en Espagne [65] en compagnie de Vaufreland. La seconde fois, il est question d'utiliser Gabrielle Chanel en possession d'un passeport obtenu par l'intermédiaire des autorités allemandes (passeport 2652, délivré le 17-12-1943 pour l'Espagne) pour chercher un terrain d'entente avec l'Angleterre de façon à négocier avec certains dignitaires nazis une paix séparée. S'il est difficile de tirer au clair la mission, la présence de Coco à Madrid est mentionnée. À la Libération, cette dernière est soupçonnée par les services de renseignements français d'intelligence avec l'ennemi [66] et accusée d'avoir fréquenté très assidument les Allemands [67]. Lorsque sont décrétées les lois qui éliminaient les Juifs de toute vie économique nationale, elle tente de récupérer la société de parfums qu'elle avait cédée aux frères Wertheimer. En avril 1940, ceux-ci ont alors quitté la France pour les États-Unis et ont donné tous pouvoirs à leur directeur Petit-Barral pour les représenter. Un contrat de vente au bénéfice de Félix Amiot a été réalisé. « Toutefois, il semble qu'à l'occasion du passage du capital de la maison en des mains non juives, Mademoiselle Chanel ait essayé de reprendre le contrôle de la firme qui porte son nom avec l'appui des Allemands. C'est ce que semble démontrer une note des Finances qui mentionne la qualité des rapports entre l'occupant et Chanel. » La tentative de Chanel pour récupérer l'entreprise échoue en raison de la présence de Félix Amiot, majoritaire dans le capital [68].

Ce ne sont pas les scrupules de conscience qui embarrassent le jeune Fréderic Fath, gérant de la société « Jacques Fath et Cie » fondée en décembre 1936 au capital initial de 25 000 francs, porté à 100 000 francs [69]. Appelé sous les drapeaux en 1939-1940, le couturier rouvre sa maison en 1941. Il emménage 48, rue François-Ier en août de la même année et embauche un personnel qualifié, venu d'autres maisons parisiennes ayant fermé pour des raisons diverses. Le nombre de ses salariés passe de 176 en 1942 à 193 en 1943, puis à 244 en 1944 [70]. Ce qui compte pour ce créateur de talent, c'est d'exercer son art et de vendre. Peu importe qui achète. L'essentiel est de faire des affaires, même si c'est avec l'occupant ou des trafiquants du marché noir. Lui et sa femme sont de toutes les réunions franco-allemandes et se font remarquer par leurs fréquentations. La société Fath et Cie aurait compté pendant l'Occupation des membres de l'armée allemande parmi sa clientèle…. On observe que son train de vie s'est sensiblement élevé durant l'occupation (loyer, locaux professionnels, domesticité). Fort jolie, Mme Jacques Fath, Geneviève de son prénom, est abondamment photographiée en juin 1941, aux courses de Longchamp. Elle pose à plusieurs reprises pour la couverture du magazine *Pour Elle*, notamment en mars 1942. Jacques Fath n'hésite pas à adhérer au Cercle européen, centre de collaboration économique européenne, dont le siège est 92, rue des Champs-Élysées. Sa carte porte le numéro 1350 [71]. Son épouse n'est pas en reste puisqu'elle entretient des liens d'affaires avec le bureau d'achat allemand que dirige un certain Zalhoum, installé rue Vernet à Paris. Les créations de Jacques Fath sont reproduites et commentées tant dans la presse française qu'allemande. Ainsi, *Je suis partout* du 2 mai 1941 salue avec enthousiasme la production de la maison.

« Directrice artistique de la société à responsabilité limitée dite Maggy Rouff concernant la haute couture, Mme Besançon ainsi que son mari [72] auraient reçu des Allemands chez eux et essayé grâce aux lois en vigueur à ce moment-là de s'emparer de la totalité de l'affaire Maggy Rouff. La maison aurait d'ailleurs figuré, après la Libération de Paris, sur une liste d'entreprises dont l'attitude pendant l'Occupation avait été répréhensible [73]. » Le moins que l'on puisse dire est que l'attitude de la couturière est ambiguë. Très attachée à la défense de son art et d'un patrimoine, elle apparaît à plusieurs reprises comme la seule interlocutrice valable face aux Allemands, ce qui laisse supposer pour le moins une certaine complaisance de sa part. On sait, par ailleurs, que ces messieurs se montrent très assidus dans sa boutique lors de la présentation des collections.

S'agissant de Marcel Rochas, les témoignages concordent pour souligner son opportunisme envers l'occupant à qui il ne cesse de donner des gages. Dès 1937, le magazine allemand *Die Dame*, dans son numéro du 15 octobre, le présente comme « le plus jeune des couturiers parisiens aux épaules carrées, bronzé avec ses cheveux noirs brillants, ses dents éclatantes de blancheur ». *La Semaine* du 3 avril 1941 consacre un reportage photo à celui qu'elle présente comme « le prince de la couture parisienne » : Marcel Rochas. Lorsque les Juifs furent assujettis au port de l'étoile jaune, il ne salue même plus de bonnes clientes et amies parce qu'elles sont juives et change de trottoir pour ne pas croiser leur regard quand, par hasard, il les rencontre avenue Montaigne [74]. On murmure que son rêve le plus cher est d'ouvrir une maison de couture à Berlin. Ces réserves exprimées, Marcel Rochas apparaît bien comme l'un des couturiers les plus doués de sa génération. En 1942, on lui doit le fameux bustier que lui inspira Mae West et qui fit le tour du monde. Il est également le premier à créer dès 1941 un département cinéma ; il participe au film de Jean Cocteau, *L'Éternel Retour*, pour lequel il habille Madeleine Sologne. Danielle Darrieux, Jacqueline Delubac et Micheline Presle sont parmi ses plus fidèles clientes. En 1945, la maison compte deux cents ouvrières.

Une chose est sûre, Maggy Rouff et Marcel Rochas sont seuls à présenter, en novembre 1940, en privé aux hauts dignitaires allemands, une collection de modèles coupés dans des tissus nouveaux. Mme Melet est à la tête de la Société anonyme Jeanne Lanvin, créée en 1927 au capital de 7 500 000 francs. Cette société a pour objet la couture, la lingerie, la mode et la fourrure et est installée 15, faubourg Saint-Honoré. Elle dirige aussi une entreprise de parfums et de produits de beauté. Avant la guerre, elle employait plus d'un millier d'employés et son établissement n'a cessé de prospérer [75]. Durant l'Occupation, elle se contente de relations minimales avec les Allemands.

Quant au couturier Jacques Heim, son nom suffit à le désigner comme cible. Il est l'objet d'une surveillance allemande stricte. « Ce commerçant juif se démène beaucoup contre l'armée occupante et circule librement », peut-on lire à son sujet dans une note manuscrite datée de juillet 1941 et conservée dans les dossiers du *Majestic* [76], tandis qu'une enquête le présente comme faisant de la propagande gaulliste, ayant deux maisons de commerce, l'une à Paris – 13, avenue Matignon –, et l'autre à Biarritz. La conclusion recommande « d'empoigner le couturier et sa famille, de les écarter de Paris et de les mettre en résidence forcée dans une petite commune quelconque à deux cents ou trois cents kilomètres de Paris ».

En outre, un court entrefilet paru dans *La Gerbe*, en décembre 1940, mentionne que « la maison Jacques Heim n'est plus une maison juive ». Façon détournée d'expliquer que le créateur a été victime des lois de l'aryanisation [77] – opération destinée à éliminer « l'influence juive » de l'économie – et contraint de céder la place à un administrateur provisoire, un aryen. Étant juif, il lui était interdit de faire du commerce. Et le journaliste de conclure :

« Mme Jacques Heim a un profil très aryen. Elle est charmante d'ailleurs [78]. »

Il est vrai que dans le commerce de luxe, l'aryanisation est une pratique courante qui choque peu. Certains appellent de leurs vœux ce qu'ils nomment un « assainissement », tel François Ribadeau-Dumas qui écrit dès novembre 1940 : « La France se sauvera et se refera par ses éléments intrinsèques qui sont le propre, l'essentiel, du sang et du cerveau français. Au moment où se ferment des maisons étrangères, où disparaissent des maisons juives plus que douteuses, l'atmosphère du commerce de luxe parisien se purifie [79] ! » Comment s'étonner dans ces conditions du succès de cette manœuvre.

Étroitement liée à la haute couture, avec qui elle entretient des rapports très étroits, la fourrure est très tôt l'objet des convoitises allemandes. En application des clauses de la convention d'armistice du 25 juin 1940, le Reich a le droit d'exiger la livraison d'une partie importante du stock de pelleteries existant en France, et ne se gêne pas pour le faire. Le délégué allemand des autorités d'Occupation plus spécialement chargé de ce domaine, le Dr Hollander, de Leipzig, semble bien renseigné : il évalue à 500 millions de francs le montant des pelleteries fines françaises, ce qui lui permet de grosses exigences. Finalement, après discussion, il rabaisse ses prétentions à 50 puis à 40 millions de francs. Un accord est conclu le 3 décembre 1940 [80], en vertu duquel l'Allemagne, après cette cession, s'engageait à ne plus faire de prélèvement de fourrures fines. Quant aux peaux de lapin, le vainqueur estime leur production à 80 millions de peaux et en exige la moitié.

Reste que la fourrure fut le domaine par excellence de la compromission de la part de certains dirigeants. Que dire de l'attitude d'une grande maison parisienne qui, dès l'arrivée des Allemands à Paris, s'empresse d'offrir aux épouses des dignitaires en place une vingtaine de manteaux de fourrure ? Que penser des achats effectués en toute liberté par le sieur Maerz, un Allemand habilité, en qualité d'acheteur exclusif, agissant pour le compte de ses compatriotes fourreurs ? Il trouva en face de lui des interlocuteurs français disposés à vendre à n'importe quel prix et dont les chiffres d'affaires [81] (ils ont plus que triplé entre 1942 et 1943) prouvent à l'évidence qu'ils ne s'embarrassaient pas de scrupules. Les livraisons s'effectuaient à la maison Simone Vita – 19, avenue de l'Opéra – qui centralisait les achats, faisait les expéditions, et effectuait les paiements. Comment qualifier le comportement de certains établissements, entre autres Révillon et Toutmain [82], qui accepteront de confectionner des gilets de fourrure pour l'armée allemande du front de l'Est, contribuant ainsi à l'équipement ennemi, et ce, en juin 1942, à un moment où la population française cherchait vainement, en prévision de l'hiver, comment se prémunir du froid et où la propagande ne cessait de lui seriner qu'il fallait faire des sacrifices ?

Enfin, compte tenu du grand nombre de fourreurs juifs [83] installés tant à Paris qu'en province [84], la législation raciale fonctionna pleinement, en zone occupée comme en zone libre, au bénéfice d'un très petit nombre de privilégiés, souvent en place dans les structures officielles. Si la disparition de certaines maisons de pelleteries apparaît regrettable à certains, pour beaucoup il s'agit d'une mesure de salubrité comme en témoigne cet extrait relevé dans la presse professionnelle. « Les circonstances actuelles ont fait comprendre à plus d'un fourreur français qu'ils avaient été exploités par des indésirables au sourire bonhomme accompagné d'un déjeuner copieux et facile [85]. » Parmi les administrateurs provisoires, nombre d'entre eux possèdent d'importantes maisons de fourrure. Ainsi, la maison Renel – 5, avenue Victor-Hugo – a-t-elle été rachetée pour le compte de la société appartenant au président-directeur général du Comité d'organisation Pelleteries et Fourrures, Roger Binet [86]. Jean-Marie Révillon [87] administre les Fourrures Brunswick – 63, boulevard de Strasbourg [88] – et un grand nombre d'autres établissements. Leurs noms ainsi que ceux d'André Reynié et Léon Cassier reviennent souvent comme administrateurs.

Dans les Alpes-Maritimes, à Nice, plus de trente établissements sont pourvus d'administrateurs provisoires. Si certains commerces ont fait l'objet de ventes fictives, la plupart ont été vendus en bonne et due forme. L'exemple de la maison Toutmain est à cet égard significatif. L'Établissement a fait l'objet d'une aryanisation tant à Paris qu'en province (Marseille, Nice, Vichy). Le personnel parisien est passé en revue, il se compose de 83 personnes : « 6 chefs de service ou employés supérieurs, 41 employés et 36 ouvriers et ouvrières », soit 74 aryens, 4 juifs et 5 cas « d'origine douteuse ». Il est soigneusement notifié que le personnel juif n'a aucun contact avec le public. Le cas de Mme Carpe (une vendeuse) a donné lieu à discussion ; d'abord congédiée, elle est réintégrée car elle a perdu son mari en 1914-1918, et son fils durant la guerre de 1939-1940. L'Administrateur provisoire écrit à son sujet au Commissariat général aux questions juives, soulignant qu'elle n'a aucune autre ressource que son travail et a demandé de la réintégrer dans un service où « elle n'aurait aucun contact avec le public [89] ». À noter que les maisons Révillon et Toutmain ont été victimes de plusieurs sabotages organisés par la résistance immigrée, pour réduire leur production. Au bout du compte, dans les faits les Allemands sont gagnants sur tous les plans. Ils profitent des marchandises en obtenant un double bénéfice : d'une part, les fourrures sont vendues à leurs compatriotes au prix coûtant et, d'autre part, ils récupèrent le produit de la vente au titre de biens ennemis.

Ce tour d'horizon serait incomplet si l'importance du marché noir n'était pas mentionnée, portant sur d'énormes quantités de marchandises, au point même d'inquiéter les responsables de la branche Peaux et Fourrures. L'un d'entre eux signale, en janvier 1942, un trafic d'un million cinq cent mille peaux et réclame des mesures, en vain.

Mais le cas de la fourrure n'est pas unique. D'autres matières premières, utilisées par les industries de luxe, donnent lieu à des tractations souterraines, souvent peu reluisantes. Il en va ainsi de la soie, que la pénurie frappe de plein fouet en raison de l'arrêt des importations en provenance du Japon et de l'Italie. Avant-guerre, la consommation atteint 2 000 tonnes, dorénavant, elle arrive à peine à 180. Or, à la demande du maréchal Gœring, une commission d'achats destinés à la Zentraltex de Berlin s'installe dès juin 1940 à Paris sous couvert de l'établissement *Les Fantaisies Textiles* [90], situé 15, rue du Helder. Elle est particulièrement chargée d'effectuer des achats de textiles de haute valeur (tissus en soie naturelle, carrés ou écharpes, dentelle…) et se rend à Lyon où pendant quelques mois elle opère en toute tranquillité, raflant de grosses quantités de marchandises. Lorsqu'en juin 1941, Robert Carmichaël, avisé de la situation, demande une enquête, c'est pour apprendre de la bouche même du responsable allemand, Hartman, que le directeur du Comité d'organisation de la branche soie, Jean Barioz, est au courant des transactions et qu'il n'a émis aucune protestation. D'ailleurs « ces ventes sont des ventes régulières puisqu'elles ne portent pas sur des matières rationnées ou ont fait l'objet de dérogations de la part du gouvernement de Vichy ». Et les autorités du *Majestic* de préciser : « Il est difficile d'effectuer des contrôles, les fournisseurs figurant sous des numéros références. » Seules sont connues les commandes allemandes passées en mai 1941, auprès des maisons G. Fortier, Rodier et des Établissements Colcombet. En réalité, près de quarante entreprises sont impliquées dans l'affaire.

Comme l'ensemble de l'économie française, les entreprises de luxe ont été confrontées aux Allemands. Elles se caractérisent assez souvent par la complaisance manifestée envers l'occupant, dans le souci, expliqueront-elles en 1945, d'assurer à la profession une activité, même réduite. Certes, il était difficile en ce temps d'Occupation de faire fonctionner une entreprise sans servir les intérêts allemands, toutefois une chose est d'être contraint à cette option, une autre est de la susciter. Tout le problème est là. Roger Binet, à la tête du Comité d'organisation Pelleteries et Fourrures, et Roger Ribes, qui dirigeait le Comité d'organisation du cuir, invoqueront pour leur défense qu'ils firent tout pour retarder l'exécution des impositions ordonnées par le Reich [91]. Ils oublient un peu vite que dans le même temps ils n'hésitaient pas à couvrir certaines pratiques, en particulier les commandes allemandes – celle par exemple que passa la maison Hübner de Berlin auprès des fourreurs français en mars 1942.

À l'image de la société française, toutes les attitudes ont donc coexisté dans la haute couture. Certains couturiers oscillent entre le refus pur et simple comme Elsa Schiaparelli. Madame Grès résiste à sa façon sans tenir compte des directives allemandes concernant les métrages imposés.

Jacques Heim poursuit ses activités tout en se cachant. Jeanne Lanvin tolère la présence d'Allemands lors de ses collections mais ne va pas au-devant. Lucien Lelong pour sauvegarder la couture et préserver la main d'œuvre s'est engagé sur la voie d'une collaboration minimale mais n'en a tiré aucun profit personnel. D'autres maisons (Fath, Rochas, Maggy Rouff) ont misé sur une victoire allemande, et se sont enrichies, profitant de toutes les occasions. Entre les deux, ceux que l'on peut qualifier de modérés ont attendu des jours meilleurs, se contentant de subir un minimum de coopération. On rejoint là les conduites d'accommodation dont parle Jacques Sémelin et qu'explicite longuement Philippe Burrin [92].

CHAPITRE VII

Le Tout-Paris s'habille

Si la haute couture réussit à se maintenir durant ces années noires, alors que tout ou presque la condamne, elle le doit en partie à une habile propagande auprès de sa clientèle. Malgré quelques réticences relevées çà et là, les efforts déployés, dès l'armistice, pour inciter les femmes du monde à respecter ce « code de distinction élitiste » qu'est la mode ne restent pas longtemps sans échos. Au printemps 1941, beaucoup parmi elles reprennent le chemin de leurs couturiers, tandis qu'au fil des mois une « nouvelle clientèle » les rejoint, celle qui repose sur l'arrivisme et le marché noir.

À peine les premières tendances de la collection de l'hiver 1940 sont-elles connues, que déjà apparaissent les signes avant-coureurs de la reprise d'une vie mondaine. Alors même que le Tout-Paris, encore éparpillé par l'exode, n'a pas regagné la capitale, André de Fouquières, à la fois arbitre des élégances et animateur des réceptions mondaines, salue dans *Une semaine à Paris* la reprise de l'hippodrome d'Auteuil, le 12 octobre 1940, qui « va permettre l'éclosion de la couture et de la mode dont vivent des milliers d'artisans et de petites mains » [1]. Et comme aux plus beaux jours d'avant guerre, on voit le pesage et la tribune servir de faire-valoir aux dernières créations qu'arborent les mannequins des grandes maisons de couture, même si désormais elles doivent se partager la vedette avec l'assistance de souris grises et d'officiers allemands, particulièrement nombreux dans cette enceinte.

Bien entendu, les journaux ne manquent pas de se faire l'écho de cette manifestation si réussie, ni de reproduire les photographies des modèles en vue (manteaux de fourrure en vison ou castor, toques d'astrakan, élégants capuchons) mis en valeur par de gracieuses créatures. Si les échotiers déplorent l'absence de certains couples célèbres de turfistes, retenus ailleurs, ils saluent au passage le chic incomparable de Geneviève Fath, épouse et mannequin de Jacques Fath. Côté spectacle, l'animation reprend également, sans toutefois que la mode bénéficie des résultats escomptés. Séduite par l'aspect pratique des collections, la clientèle semble en revanche bouder ses à-côtés sophistiqués. Restaurants, théâtres renaissent à la vie parisienne mais ne sont guère prétexte à des défilés de mannequins. La tenue de soirée s'est évaporée. Dans les music-halls et les cabarets qui, à la demande des autorités du *Majestic*, ont rouvert leurs portes, les tables sont occupées essentiellement par des Allemands. Pour leur plus grande joie, l'*Alcazar* (rebaptisé *Palace* par les vainqueurs), *Tabarin*, *Les Folies-Bergère*, le *Casino de Paris* et bien d'autres offrent des revues déshabillées.

Jour après jour, de nouvelles pièces de théâtre sont à l'affiche, destinées aux Parisiens autant qu'à l'occupant. Elles entraînent, de la part de certains éléments féminins, une réaction sous forme d'interrogation : « Est-il convenable, alors que l'air ambiant prête à la morosité et qu'il est de bon ton de pratiquer son examen de conscience, est-il convenable de continuer à “s'habiller” ? » En d'autres termes, l'élégance

Couverture de *Pour Elle*, nº 40, 19 mai 1941 : l'écossais est très à la mode. Il recouvre une sorte de « tambourin », chapeau sur lequel est posé un gros nœud. Une cravate lavallière de même nuance l'accompagne.

un peu recherchée est-elle de mise, à l'heure où l'on voit le vainqueur triompher et les difficultés assaillir la population ? « Oui, mille fois oui », répondent ceux et celles qui contribuent à créer robes et chapeaux de luxe tandis que les journalistes de mode se liguent pour lever les derniers scrupules des hésitantes.

Fini le temps de l'austérité, « les femmes élégantes ont assez joué avec la pauvreté ». « Les classes aisées n'ont pas tellement été touchées [par le désastre], puisque l'on voit beaucoup de dames au restaurant, au théâtre et au cabaret. Mais on les y voit sans souci du chic. Ce sont celles-là que je blâme – écrit Lucie Hirigoyen – parce qu'elles suivent un courant qui n'est pas le bon et qui nuit à elles et à nous tous [2]. » La France nouvelle n'implique pas que les Françaises aient renoncé à leur charme et à leur chic légendaires.

On relève le même son de cloche chez Lucien François qui s'indigne de ce repliement si néfaste aux industries de luxe. Il faut tourner le dos au « snobisme de la purée ». « Plus d'équivoque ! plus de bure qui imite la soie, de lamé qui contrefait la laine, de laine qui se donne des airs de coton, plus de robes informes à force de se vouloir dépouillées [3]. » Celles qui en ont les moyens doivent renouer avec leur rôle social qui est d'être bien habillées, ainsi elles permettront aux créateurs de survivre. Le négligé, à peine tolérable en cette époque difficile, est franchement déplacé quand il s'agit de sorties dans le monde. Et de conseiller à celles qui vont dîner chez *Maxim's* ou qui assistent aux premières théâtrales de revêtir des tenues d'un chic irréprochable. « La salle doit être un joli salon où se rencontrent des élégances adaptées » selon le rite auquel la mode soumet les femmes. La cliente qui n'a pas à se soucier de question d'argent doit continuer à s'habiller sur mesure. Elle en a le devoir, pour aider les artisans et, aussi, pour prouver au monde entier que l'art de la couture est toujours vivant et fertile en inventions. « Dans la mesure où avant guerre la plupart des femmes du monde s'habillaient, se coiffaient, se paraient suivant la mode de Paris, la coquetterie est, par la force des choses, devenue une arme économique. Que vienne à se tarir l'élégance et c'en est fini du prestige des créations françaises. » D'où ce paradoxe : plus les temps sont durs, plus il importe de continuer à « faire comme si ».

Dans un certain milieu, la morosité ne fait pas long feu. Après un intermède de « méaculpisme » général où à l'exemple du Maréchal et de son gouvernement, chacun s'interroge sur les causes de l'effondrement, accusant au passage le laisser-aller général, après le repliement dans une vertueuse hypocrisie, la vie reprend comme par le passé. La toile de fond que tissent la défaite ou l'Occupation ne bouleverse pas radicalement les habitudes d'une minorité d'élégantes, car leur train de vie, leurs relations étendues, ou les deux à la fois, leur épargnent ce genre de contingences matérielles.

Quelques vedettes de cinéma, un moment éloignées par la défaite, n'ont de cesse de retrouver Paris. Corinne Luchaire est de retour, l'une des premières, suivie par Cécile Sorel et d'autres, toutes se prêtant de bonne grâce au patronage de galas et de réceptions qui fleurissent pour la bonne cause et sous les meilleurs prétextes. Une nouvelle élite franco-allemande s'installe, occupant le haut du pavé, qui constitue assez vite l'une des cibles privilégiées de la haute couture. L'ambassade d'Allemagne, 78, rue de Lille, est réputée pour les réceptions que donnent Otto Abetz et sa femme, d'origine française, Suzanne de Bruycker. Sans nul doute, le 20 décembre 1940 marque-t-il la reprise officielle des mondanités. Ce jour-là, un grand gala, donné au profit de l'Entraide d'Hiver du maréchal Pétain et présidé par Fernand de Brinon, réunit plus de deux mille personnes à l'Opéra. Des personnalités parisiennes en vue y sont invitées et il est recommandé aux élégantes de venir nombreuses, « la présence de femmes aussi belles que bonnes contribuant sans aucun doute au succès de cette heure de bonté [4] ». S'il est dit d'éviter le luxe tapageur ou l'excès, il n'en reste pas moins entendu « qu'une robe ras-de-terre à manches longues ou courtes s'avère indispensable dans ce genre de réception ». C'est encore la règle, en ce début des années noires ! Lucienne Boyer est resplendissante dans une robe de velours violet ornée d'une crinoline de fantaisie. Il y a beaucoup de recherche dans les coiffures : des boucles, des vagues d'ondulations surmontées de plumes de coq ou d'autruche, des aigrettes et quelques oiseaux de paradis. Pour la première fois depuis la guerre, l'on vit les femmes en robe du soir et les hommes en habit. La vente des programmes est assurée par les « mannequins » des maisons de couture parisiennes. Certains établissements emploient des traductrices. Ainsi Isabelle Bauer, première vendeuse, est interprète chez Maggy Rouff. De même, la comtesse Tchernycheff-Besobrasoff, est mannequin chez Schiaparelli en raison de sa parfaite connaissance de la langue allemande [5].

Bientôt, en ces temps difficiles, les occasions d'être élégante ne manquent pas. Au contraire ! D'aucuns se plaisent à entretenir artificiellement une vie mondaine qui favorise par contrecoup l'éclosion de la mode et de la frivolité. Pour fêter la sortie, le 11 février 1941, du centième numéro de son journal, *Les Nouveaux Temps*, Jean Luchaire convie à un cocktail la haute société parisienne ainsi que des personnalités allemandes : son ami de toujours, Otto Abetz (qui se fait représenter), Achenbach et le Dr Schleier, adjoint d'Otto Abetz. « Quelques-unes des plus jolies femmes de Paris et des plus élégantes sont là. N'est-ce pas naturel à une réception au cours de laquelle on peut rencontrer les ambassadeurs de la haute couture, Jeanne Lanvin, Marcelle Dormoy, Agnès, Paquin, Marcel Rochas, Jean Dessès, Jacques Fath [6] ? » Dans l'assistance, on remarque Mmes Nard, de La Marlière, M. et Mme Steve Passeur, M. et Mme Dubonnet, M. et Mme G. Paul-Boncour ainsi que de nombreuses artistes : Arletty, Alice Cocéa, Suzy Solidor, Odette Moulin, Eva Busch, Francine Bessy. Si Jean Luchaire compte sur cette réception pour consacrer sur le plan politico-mondain le succès de son journal, sa fille Corinne entend bien être remarquée. Elle porte ce jour-là une robe longue et ample qui tranche sur les autres par son style. La coupe en est due à Marcel Rochas, son couturier préféré, qui, en « mainteneur de la tradition élégante française, n'hésite pas à faire des créations qui stupéfient l'occupant tout en sauvegardant la mode parisienne [7] ».

Au printemps 1941, la réouverture de la saison hippique à Longchamp, où se côtoient traditionnellement le sport et l'élégance, marque le coup d'envoi des collections printanières. Au pesage, outre les mannequins, se croisent désormais les femmes du monde les plus en vue. Geneviève Fath, en tailleur de gros-grain marine, pointillé de blanc, est photographiée sous tous les angles. La comtesse d'Oncieux de Chaffardon, cliente de Maggy Rouff, qui porte une robe de crêpe noir, la baronne de Beaufort, habillée par Germaine Lecomte, et la comtesse de Monjour, dans un ensemble de Balenciaga, font les belles pages du magazine féminin *La Femme chic*. Cette fois, il semble bien que tout soit rentré dans l'ordre et que les appels lancés par les journaux de mode aient été suivis d'effet. S'il faut en croire les échotiers, le rythme des obligations mondaines s'accélère ; les habituées d'une même société se montrent à nouveau parées pour faire de la musique et écouter une pièce inédite. « Il y a quelques jours, c'était Mme Paul Morand qui recevait, puis Mme Dubonnet ainsi que la duchesse d'Harcourt. Hier, la comtesse Étienne de Beaumont ouvrait son beau jardin parisien [...]. L'assistance était choisie : Mme Jean Larivière, en noir, éclairé de perles à l'encolure, portait un petit chapeau tendu de soie peinte à la main. Le sujet : la première page d'un journal quotidien avec ses reportages photographiques [...]. La comtesse Marguerite de Mun, en noir aussi, mais coiffée d'un large paille blanche [...]. Mlle Delubac était venue "habillée", au sens d'avant-guerre, dans une très belle toilette, une redingote en soie à rayures évoquant les atours de Watteau, et parée de splendides bijoux [8]. »

À la veille de l'été, « la saison de Paris » renaît. Le centre d'échanges artistiques et de culture française, dont la présidente est la comtesse de Cossé-Brissac, organise tous les quinze jours des concerts de musique française. Chaque vendredi, durant les mois de juillet et d'août, des galas attirent une assistance choisie au Grand Palais. Le *Golfer's Club* ouvre ses portes une fois par semaine pour des goûters élégants. Le chic n'est pas mort, réceptions, dîners chez *Maxim's*, sorties au cabaret, galas de charité et premières au théâtre font partie du cursus de celles qui sont dans le vent et qui ne craignent pas de s'afficher. Bientôt ce monde de privilégiés applaudit ensemble aux mêmes spectacles, fréquente les mêmes restaurants de luxe où ils se retrouvent entre eux. « *Maxim's* vient en tête. Aux vestiaires, Arletty remarque le panama de Sacha Guitry au milieu de casquettes vert-de-gris [...]. Raimu s'y trouve aussi ainsi que tout ce que Paris compte d'artistes célèbres, d'hommes d'affaires, nouveaux et anciens [9]... » Gens du monde et Allemands se côtoient : le marquis de Castellane, la marquise de Polignac, Otto Abetz, Jean Luchaire, Louise de Vilmorin… Alice Cocéa confie dans ses Mémoires : « Au cours de l'Occupation, je n'ai pu refuser deux ou trois invitations à l'ambassade d'Allemagne. J'y ai rencontré presque le Tout-Paris des spectacles, soumis comme moi à quelques obligations qu'imposent les servitudes théâtrales : E. Feuillère, M. Jamois, M. Bell, Dullin [10]. »

Une soirée d'été 1941 connaît un succès extraordinaire, celle organisée par Maurice Chevalier au restaurant des *Ambassadeurs*, sous la présidence de son Excellence l'ambassadeur Scapini. Le bénéfice doit être versé à l'œuvre des prisonniers de guerre, 596 couverts ont été dressés et plus de 1 000 candidats spectateurs ont été refoulés. Le public est choisi, Serge Lifar, Tino Rossi, Giraudoux, la célèbre Miss, Yvette Lebon, Élina Labourdette en robe longue, Ginette Leclerc, tout de blanc vêtue. Dans la brillante assistance, quelques femmes (presque toujours les mêmes) se font remarquer par leurs toilettes de style : Corinne Luchaire, Jacqueline Porel, et Mme Ribadeau-Dumas (la femme du directeur d'*Une semaine à Paris*) dont la coiffure en violettes de tulle mauve est admirée. Sur scène, l'une des vedettes du spectacle porte une création de Lucien Lelong : une jupe de taffetas changeant à pois blancs qu'accompagne un corsage en forme de cœur.

Et peu à peu, au grand soulagement des industries de luxe, l'élégance triomphe – cette « élégance de bon ton, la seule qui convienne aujourd'hui, où le chapeau, les gants et la robe forment une inséparable trilogie [11] » –, certaines Parisiennes ne pouvant être vues à deux soirées de suite avec les mêmes toilettes. Il est vrai qu'un grand nombre d'entre elles n'ont pas à se soucier de savoir s'il reste des tickets sur leur carte de vêtements mais seulement de découvrir les nouvelles tendances de la mode. La mode, l'impérative mode, sous couvert d'aider à la reprise économique, recommande aux femmes de se montrer « habillées », et servie par d'habiles moyens de propagande, elle est obéie. Mettez côte à côte ces deux mots « Paris » et « mode », et vous n'avez pas besoin d'en dire plus pour évoquer l'élégance, lance *Marie-Claire* [12]. La haute couture, la preuve s'étale devant nos yeux, est bien vivante et tient toujours le haut du pavé. Les industries de luxe conservent le premier rang. Il n'est que de voir les efforts de la lingerie fine, de la ganterie ou des chausseurs sur mesure.

À l'heure de l'apéritif, la jeunesse dorée se donne rendez-vous au *Saint Jame's* et, avec elle, un grain de folie et de provocation. Jupes froncées ultracourtes, blouses paysannes ou corsages-fichu sont l'uniforme des jeunes filles présentes. Encore et toujours, on assiste à une exposition de chapeaux dont un modèle prénommé *Vitamines* déchaîne les rires ; il s'agit d'un petit canotier qui porte deux carottes, deux radis, cinq piments rouges, le tout posé sur de minuscules artichauts.

Toujours au *Saint Jame's*, pôle de l'élégance parisienne s'il en fut, ont lieu les cocktails de charité les mieux réussis. Celui de novembre 1941, donné sous la présidence du duc de La Rochefoucauld, au profit des soupes populaires, est original. On y met aux enchères une dinde qui atteint le prix fabuleux de 10 000 francs. « Je ne sais qui mangera cette dinde, mais il pourra se vanter de manger la dinde la plus chère de Paris et aussi la plus élégante, remarque une journaliste, car ces enchères ont réuni autour de ce volatile les plus jolis chapeaux et les plus jolies robes de la saison [13]. Comme quoi, la charité n'exclut pas l'élégance ! » conclut-elle.

Le *Fouquet's* ressemble presque à un défilé de mode, tant est chic l'assistance. Au passage, on reconnaît un ravissant tailleur de Worth en lainage havane, accompagné d'une blouse bleu pâle. Une petite robe en fin tissu marine de J. Lanvin, que souligne une rangée de perles blanches et rouges, suscite des murmures approbateurs.

Les salons littéraires, jusqu'ici en sommeil, commencent à s'entrouvrir. Les goûters de la comtesse Pierre de Segonzac, de la baronne de Dietrich sont réputés, car ils sont accueillants aux artistes. « L'un des salons parisiens à la mode est celui de Florence Gould, américaine par son mari, qui reçoit fastueusement le Tout-Paris littéraire. » Les « jeudis » de Florence sont très courus car ils permettent aux écrivains de se nourrir et de côtoyer diverses personnalités. Au deuxième étage du 129, avenue Malakoff, l'hôtesse accueille Français et Allemands. « Giraudoux, Cocteau, Marcel Jouhandeau sont parmi les habitués ainsi que Gerhard Heller et Ernst Jünger [14]. » « Celui-ci est le convive le plus recherché par les maîtresses de maison car il ajoute au talent et à l'élégance le charme discret d'une opposition de bon aloi à Hitler [15] », en somme il est le symbole d'une Occupation réussie.

Marie-Laure de Noailles et Marie-Louise Bousquet, deux femmes réputées pour donner le ton à l'élégance, ouvrent grandes les portes de leurs appartements pour des réceptions brillantes où se presse l'élite parisienne « franco-allemande », au milieu des tableaux et d'un buffet bien garni. Toutes deux sont des « hôtesses » célèbres du Tout-Paris. Marie-Louise Bousquet est directrice de l'édition française de *Harper's Bazaar* (un journal de mode), très élégante, elle reçoit dans son appartement de la place du Palais-Bourbon. Les soirées sont également réconfortantes chez la princesse Murat.

La couture-création ne manque aucune occasion de publicité. À l'Exposition de la France européenne organisée au Grand Palais, le 24 juin 1941, elle a sa place sous forme d'une section « couture et mode », voulue par le Comité du vêtement. Il s'agit d'une composition groupant les différentes industries de création et dédiée à la main-d'œuvre, devenue l'élément primordial à une époque où la matière première est limitée. L'ensemble est dans la ligne souhaitée par le gouvernement. Comme décor, une toile de fond, *Les Moissons*, symbolisant la nature, le terroir français, source d'inspiration et de vie. Pas de mannequins mais de simples supports sur lesquels sont placés des tissus de mousseline, de dentelle. Tout a été créé sur place sous la direction du peintre Cassandre avec le concours de modélistes et de cousettes. À l'inauguration, outre le monde de la couture (Jacques Fath, Jeanne Lanvin, Germaine Lecomte), Lucien Lelong convie la haute société : on remarque, entre autres personnalités, la princesse de Polignac, la comtesse de Chambure, M. et Mme Dupré mais aussi le docteur Michel, directeur des services économiques du *Militärbefelshaber*, F. Sieburg, représentant Abetz, le Dr Mömm. La presse consacre de larges extraits à la manifestation qui, dans le cadre de la mode européenne, célèbre « l'apothéose du goût français ».

Avec les collections d'automne et d'hiver 1941, une silhouette nouvelle apparaît que l'on trouve chez presque tous les couturiers : « Il est passé dans l'air gris de Paris, malgré le sérieux mystère qui règne dans chaque maison, une inspiration commune vers une robe plus noble et plus ornée, petite merveille qu'on ne peut pas copier et faite du travail des mains les plus poétiques de Paris [16]. » Finies les robes droites, trop uniformes à force de simplicité, la mode incite à choisir entre la robe tonneau et la ligne amphore. Les jupes assez courtes sont resserrées par des découpes, des pinces, tandis que les hanches s'affirment et vont en s'épanouissant par des effets de drapés. Les fronces sont partout, en rangs serrés ou en rang unique, ce sont elles qui décident que l'ampleur placée en avant, en arrière, sur les côtés, deviendra godets, paniers, poches. Richesse du travail, richesse des ornements, le tout animé par l'imagination car la mode se moque bien de la logique ! Les temps sont à la pénitence et elle n'a de cesse de mettre la richesse au cœur de ses créations.

L'hiver, le noir prédomine, répondant à un désir de sobriété et à la gravité des événements. Et pourtant, les robes sont toujours ornées de travaux exécutés à la main. Les velours triomphent et aussi les fourrures qui réchauffent ces étoffes sévères. Une robe d'après-midi due à Jacques Fath, *Marché noir*, symbolise cette tendance : elle est en lainage noir, une application sur le corsage est en velours brodé sur tulle noir. Chez Jeanne Lanvin, la collection est un enchantement, les drapés dessinent vers les hanches cette silhouette en amphore qui, au dire des clientes, est si élégante. Aux noirs, aux gris, et aux bruns se mêlent un rouge géranium, un vert lumineux. Classique, la couturière l'est par ses somptueuses broderies (celles-ci, souvent inspirées de la Renaissance, jouent sur les robes en un thème floral exécuté en tissu, en fils d'or ou d'argent, en pierres précieuses, en soie de ton contrasté). Marcel Rochas, Maggy Rouff, Lucien Lelong allient le sens pratique au chic parisien. On trouve chez eux beaucoup de tailleurs, de robes simples, mais aussi des trouvailles qui permettent à la Parisienne d'être d'un chic « invisible » en toutes circonstances. Ces robes à deux fins peuvent être portées à toute heure du jour car il suffit d'un accessoire (passementerie, velours, rubans) pour rehausser leur sobriété et les rendre irrésistibles.

« Si le soir, le théâtre ou un dîner vous appelle au-dehors, une blouse plus claire, un chapeau apporteront de l'éclat à la toilette, mais c'est surtout dans les détails d'une encolure, dans les bijoux, dans le coloris des gants, que se révélera la nuance entre la mise du jour et celle du soir [17]. » Ainsi, cet ensemble de Charles Montaigne, pour le restaurant et le théâtre, fait de lainage noir, avec jupe plissée, casaque bordée de jais et cape de même tissu bordée de duvetine « flamme » est-il tout à fait dans le ton.

Une autre formule consiste à créer des toilettes d'une élégance raffinée qui se dissimulent sous des manteaux sans apparat. Une fois ôtée la pelisse, la tenue se révèle. C'est le triomphe des tailleurs en lamé, des robes en fin jersey d'Anita de Pombo, fendues en pointe à l'encolure. Marcelle Chaumont, « cette magicienne des plis », est l'une des rares à conserver un style dépouillé et harmonieux, ce qui lui vaut les suffrages d'une clientèle fidèle. Parmi elle, on relève la princesse de Faucigny Lucinge, Mme André Citroën, la marquise de Polignac, Mme André Dubonnet et les actrices Marie Marquet et Françoise Rosay. Au contraire, Schiaparelli n'hésite pas à transformer la sobriété de ses robes noires par des incrustations chatoyantes, des couleurs, des pierres, des paillettes dont elle a le secret. Le plus excentrique des couturiers, Jacques Fath, choisit, en juin 1941, de présenter ses modèles d'été au cours d'une soirée au *Bagdad* où se presse une brillante assistance. Si le succès de la ligne amphore [18] se confirme, c'est l'occasion pour l'assemblée de découvrir la ligne « sultane », la jupe qui se retourne à hauteur des genoux suivant le mouvement des pantalons orientaux.

Pendant plusieurs mois, les femmes sont fidèles aux robes entravées qu'impose la mode. Septembre 1942 marque chez Marcel Rochas le signe de l'innovation.

Sa robe, d'une seule pièce, collante et dessinant les sinuosités de la silhouette, est une des nouveautés les plus sensationnelles de la saison. Les épaules sont tombantes et cependant maintenues au moyen d'un bustier. Avec lui, un changement réel apparaît. La mode d'hiver 1943 est placée sous le signe de la féminité et de la modération : « Finies les épaules en portemanteau, oubliées les tailles étranglées et les hanches trop étoffées, démodées les jupettes de petites filles. Les couleurs obéissent à ce penchant nouveau pour la réserve. Ce sont des gris fumée, des gris souris, des marrons foncés [19]. » L'ampleur s'est amenuisée, on évolue vers la silhouette fuseau. Quant aux chapeaux, petits ou grands, de mois en mois, ils sont impressionnants de hardiesse, animés de fleurs, de plumes ou de rubans et restent le complément indispensable de la femme élégante, tout comme les accessoires : gants, parapluies, sacs.

Chez tous les artistes de la mode, l'accent est mis sur la création et sur l'effort en commun de tout l'atelier, qui fait de chaque modèle un véritable chef-d'œuvre de travail. Renouant avec la tradition, les couturiers s'efforcent de combler les désirs d'une clientèle qui reprend goût à la vie mondaine. Tout changement de saison voit naître comme par le passé de nouvelles tendances, répondant à l'attente d'une minorité de femmes et à la vie qu'elles mènent.

Mais Paris n'a pas l'exclusivité des mondanités. À Cannes, la Croisette est devenue le centre de l'élégance pour la zone libre. Quelques actrices de cinéma, des oisives fortunées, des Juifs riches, réfugiés dans cette ville, concourent à l'entretien d'une vie mondaine. Dans le cadre du casino, sur le plateau des *Ambassadeurs*, Worth et Jacques Heim choisissent de présenter leurs plus beaux modèles. Ils mettent à la mode des tenues sportives : de courtes jupes de toile accompagnées de longues jaquettes, mais terminent leurs défilés par le cortège traditionnel de robes du soir, en dentelle aérienne incrustée de paillettes de couleurs vives, en tulle ou en broderie.

Bientôt, sur la Côte d'Azur, l'été 1942 ramène son lot de réceptions. Un mariage a lieu à Cannes auquel se presse le Gotha mondain : celui de Mlle de La Force avec le fils du duc du Praslin. Un lunch frugal réunit les invités après la cérémonie. « La plupart des hommes généralement âgés portent la jaquette. Les femmes [...] elles sont extraordinaires. Les unes semblent descendues d'un tableau d'ancêtre, d'autres, comme Mme de Villeneuve-Bargemon, sont extrêmement élégantes. D'autres encore, malgré leurs perles ou leurs aigrettes, ont des allures de chasseresses. Un monde qu'on pouvait croire submergé par le temps vient de remonter à la surface tandis qu'à Stalingrad, à El-Alamein [...]. Je suis fasciné [20] », confie Philippe Erlanger, ex-chef du service d'action artistique aux Beaux-Arts, alors réfugié sur la Côte.

À Montredon, en juillet 1942, chez la comtesse Pastré [21], la représentation en plein air du *Songe d'une nuit d'été* est saluée comme un renouveau culturel et comme une manifestation d'élégance. Le spectacle est monté par des gens de métier plus quelques amateurs dont Mlles Borelli, de Barante, Edmonde Charles-Roux. La comtesse n'a pas lésiné sur les moyens et offre une fête inoubliable avec le concours de Christian Bérard [22]. Celui-ci improvise les costumes de scène directement sur les acteurs, qu'il drape de velours et de satins. « Lorsqu'un jour, on s'aperçoit que les réserves de ces étoffes, introuvables à Marseille, sont épuisées, la maîtresse de maison fait arracher les tentures des précieux tissus anciens qui recouvrent encore les murs du château abandonné [23] » pour terminer l'entreprise. Provocation ou griserie un peu folle, toujours est-il qu'à l'issue du bal clôturant la soirée, l'ordre est donné de détruire les costumes, pour qu'aucune trace ne demeure du spectacle et que l'on s'en souvienne comme d'un songe ! Parmi les spectatrices, on relève beaucoup de robes du soir, qui sont non seulement « un hommage à l'hôtesse mais aussi une victoire contre la facilité et le négligé ».

« Il n'y a plus de grands dîners, il n'y en a plus que de tout petits, mais cela n'empêche pas de s'y habiller, bien au contraire, et la robe est en proportion inverse de l'exiguïté du couvert [24]. » C'est vrai, en province, durant l'été 1942, quelques jeunes femmes continuent à porter de longues robes, soit pour recevoir, soit pour sortir le soir. Mousselines légères, robes de tulle blanc, jupes de taffetas n'ont d'autre but que de prouver l'existence d'une mode. Économes, certaines sortent des placards leurs tenues habillées d'avant-guerre, tandis que d'autres, débrouillardes, utilisent la cretonne de rideaux fleuris ou de dessus-de-lit pour faire faire de jolies toilettes, un peu voyantes. L'essentiel est de ne pas perdre la face lorsqu'une sortie se présente. C'est aussi dans les milieux mondains une certaine forme de dignité que beaucoup ne perdent pas de vue.

Le prestige de la mode parisienne est tel que des couturières de province saisissent l'occasion d'organiser des présentations privées de collections auxquelles sont conviés uniquement des gens de métier. À Aix-les-Bains, à l'automne 1942, l'*Hôtel de l'Europe*, converti en salon de couture, accueille une foule impatiente, venue de Nice, Marseille, Toulouse, voire de Madrid ou de Barcelone. On y admire les collections de Bruyère, Grès, Lanvin, Lelong, Maggy Rouff... Désormais, le pli est pris : en 1943, des expositions réservées aux professionnels ont lieu à Lyon et à Nice. Elles apportent à la province, qui s'en empare, les dernières nouveautés de la capitale.

À partir de février 1943, on décèle un changement, sans disparaître totalement des journaux, les échos de la haute couture se font plus rares, les modèles cessent d'être reproduits en photos [25]. À peine si la sortie des collections est commentée, l'accent est mis sur les difficultés d'approvisionnement, réelles comme on l'a vu, et sur la nécessité de s'adapter. Les distractions se raréfient, « par la faute du manque de lumière et aussi du couvre-feu, la vie du soir s'est arrêtée : plus de grandes réceptions, plus de premières réservées aux élégances ; les cabarets de nuit connaissent, avec les fortunes douteuses du temps actuel, une tout autre clientèle [26] ». On salue le courage, la volonté et l'art des couturiers qui réussissent à renouveler la création. La simplicité est le principe dominant, la silhouette est dépourvue de surcharges qui nuisent à l'harmonie d'ensemble ; Lucien Lelong lance un tailleur se composant d'une jupe courte et collante et d'une jaquette à longues basques, entièrement doublée de fourrure. En avril 1944, la collection de Carven s'inspire du Moyen Âge. Le printemps 1944 voit fleurir les robes claires. Malgré la tragédie de l'été 1944, malgré les difficultés, les collections sortent, ingénieuses dans leurs recherches de lignes et de matières. La couture-création tend davantage à ressembler à la mode de tous les jours !

Reste une question difficile à cerner : celle de la clientèle de la haute couture. Hormis les habituées, quelle catégorie vise-t-elle, à cette époque si caractéristique ? Sans prétendre apporter de solution définitive, il existe cependant quelques jalons qui permettent des repérages. Et tout d'abord le nombre de « cartes couture » en circulation, c'est-à-dire de femmes qui ont demandé au groupe couture-création, seul habilité à le délivrer, un titre d'achat spécial, moyennant l'abandon de la moitié des points de leur carte de vêtements, de leur droit à l'échange et surtout le paiement d'une surtaxe [27].

En 1941, il y en a près de 20 000, ce qui est un chiffre peu important à première vue, mais qui concerne un ensemble bien délimité, puisque la clientèle est essentiellement formée de femmes riches, Parisiennes ou habitant la banlieue huppée (Neuilly, Versailles...). Plus révélateur, le pourcentage des cartes couture que se réservent les Allemands est faible : seulement 200 cartes réclamées par les autorités du *Majestic* [28]. Cela étant dit, les occupants étant les maîtres, on peut penser que les 200 cartes réservées n'étaient qu'une couverture pour les épouses des dignitaires en poste à Paris. De fait, les Allemands se montrent très assidus à la présentation des collections y compris privées et il n'est pas inconcevable qu'ils aient exigé quelques modèles en dehors des cartes qui leur étaient octroyées. Suzanne Abetz, d'origine française, ex-secrétaire de Jean Luchaire, était une fervente cliente de Schiaparelli. Au 15 avril 1944, les bénéficiaires ne sont plus que 13 629 mais le nombre de cartes réservé aux Allemands demeure inchangé, il est toujours de 200. En outre, parmi les attributaires, la catégorie de très jeunes filles (seize/dix-huit ans) semble avoir été assez importante pour que les responsables prévoient une distinction supplémentaire les concernant. Si elles avaient été quelques dizaines, nul doute qu'elles auraient subi le lot commun !

Hétérogène dans sa composition sociologique, c'est l'impression première qui se dégage du bilan de cette clientèle.

Le monde du spectacle appartient presque toujours à cette élite privilégiée qui a la possibilité financière de s'habiller comme avant guerre. Le prix des robes connaît une envolée spectaculaire : de 3 000 à 5 000 francs. De Corinne Luchaire à Alice Cocéa, en passant par Mistinguett ou Cécile Sorel, la guerre ne met pas un frein brutal à l'aura d'élégance de ces femmes qui demeurent, au contraire, des points de mire dont tous les journaux se font l'écho. « Elles traversent l'Occupation avec un minimum de préoccupations et une certaine insouciance [29]. » De passage à Paris, la célèbre « Miss » défraie la chronique, elle est venue, avec seulement quelques robes, quatre chapeaux, et deux ou trois paires de bas. Comment faire alors que la capitale exige plus que jamais un chic irréprochable ? « Mistinguett a envoyé sa femme de chambre dans le Midi d'où elle reviendra cette semaine avec toutes les valises de sa garde-robe et une vingtaine de chapeaux empanachés [30]. » En attendant, l'artiste court les modistes et les salons de couture.

« À l'inauguration du théâtre qu'a décoré Touchagues pour le palais des Beaux-Arts de l'avenue de Tokyo, il y a foule (et de très belles toilettes), Suzy Solidor domine la situation du haut d'un tabouret de bar, très élégante dans une magnifique veste de vison aux manches mi-longues [31]. »

On apprend, au hasard des confidences, que la maison Jacques Heim ou Marcel Rochas sont les couturiers préférés de Corinne Luchaire, que Jeanne Boitel, l'une des actrices les plus élégantes de Paris, est habillée à la ville comme à la scène par Molyneux, qui crée pour elle de magnifiques toilettes, qu'Elvire Popesco ne jure que par Maggy Rouff. De même, Madeleine Sologne qui change de toilette trois fois par jour. C'est par dizaines que la charmante

Danielle Darrieux commande les robes qu'elle emporte pour ses tournées à l'étranger.

Quelques artistes masculins, connus pour incarner à l'écran des rôles populaires, ne dédaignent pas que leurs compagnes se fassent habiller chez de grands couturiers. Noël-Noël confie à une reporter que *sa* robe préférée vient de chez Nina Ricci, qu'il l'apprécie pour sa ligne sobre et son élégance discrète. Quant à Jean Tissier, il reconnaît à la mode de l'importance car elle permet aux femmes de dépenser l'argent de leur mari. Cela dit, il souhaite pour la sienne, jusque dans les tenues de sport, la griffe de Robert Piguet. Guerre ou non, Sacha Guitry ne désarme pas, la haute couture reste une arme indispensable de la séduction féminine et sa quatrième femme est une cliente fidèle de Jeanne Lanvin mais aussi de R. Piguet. La femme de Steve Passeur, journaliste et auteur dramatique apprécié à l'époque, ne manque aucune occasion de se montrer aux présentations de collections. Et comme sa situation lui permet une vie aisée (le couple occupe une suite au *Ritz*), elle ne regarde pas à la dépense [32].

Certaines épouses de collaborateurs et journalistes parisiens, Françoise Luchaire, Mme Steve Passeur, ou de personnalités politiques, Mme de Brinon, la fille de Pierre Laval, Josée de Chambrun, tenues à avoir un rang ou qui fréquentent les réceptions franco-allemandes, constituent, elles aussi, un cercle distinct et restreint, qui a ses entrées chez les grands couturiers. Il en va de même des femmes de quelques hauts fonctionnaires ou de grands industriels que l'on voit photographiées en tenue de représentation, au cours de vernissages ou de réceptions. Ainsi l'épouse de Georges Dubonnet est-elle réputée pour son chic légendaire. Comme les Steve Passeur, le couple loge en permanence au *Ritz*, ce qui éclaire sur leur train de vie.

Très révélateur également est un document provenant de la comptabilité du journal *Paris-Soir* et conservé dans les archives allemandes du *Majestic* : il s'agit d'un contrat conclu en juillet 1941, entre le quotidien et Lucien Lelong « portant sur un échange de services ». D'après cet accord, le couturier devait fournir des robes à quatre personnes, à concurrence de 12 600 francs, moyennant quoi *Paris-Soir* et *Paris-Midi* lui feraient de la publicité gratuite durant le second semestre 1941. Selon les Allemands qui finançaient le journal, les clauses furent scrupuleusement respectées. En tout cas, les noms des intéressées habillées chez Lelong figurent en toutes lettres sur le papier : il s'agit de Mme Brunet, présentée comme agent de publicité à *Paris-Soir* et comme fréquentant assidûment la « célèbre maison de couture » de l'avenue Matignon, de Mme Morin, la belle-sœur de l'administrateur provisoire du journal, d'une certaine Mme Fischer (qui n'est autre que la chanteuse Vina Bovy, la maîtresse de M. Gerber), fidèle cliente du couturier, et d'une quatrième femme, Mlle Peret, que l'on suppose protégée par un employé de *Paris-Soir*, assez haut placé. Toujours est-il que chacune de ces dames se voit dotée de tenues pour une valeur de 2 500 à 3 000 francs [33] !

Dans cette catégorie, on peut aussi ranger les compagnes ou maîtresses de ceux qui s'enrichissent avec les Allemands. Szokolnikoff, sous couvert d'une « Société commerciale de l'océan Indien », rue du Faubourg-Poissonnière, alimente l'occupant tout en empochant de gros bénéfices. Son amie, Elfrieda T. dite « Hélène », connue pour son élégance, possède jusqu'à vingt manteaux de fourrure. Son cas n'est pas unique.

À l'opposé, la maréchale Pétain ne se fait guère remarquer par ses tenues, au point que la censure a fort à faire, avant de délivrer les bons à tirer des clichés autorisés à paraître, tant certains portraits sont peu flatteurs. Vichy après avoir connu son heure de gloire s'enlise et la haute couture n'y fait pas fortune.

Une partie de la haute société et de l'aristocratie parisienne qui naguère fréquentait les salons de couture a elle aussi repris ses habitudes, renouant avec l'élégance classique des expositions, champs de courses, ou restaurants à la mode. En 1942, « les collections sont fort courues. Chez Lucien Lelong, qui règle toujours lui-même avec autorité le défilé de ses mannequins, Jean Larivière, la duchesse d'Harcourt. Chez Jeanne Lanvin s'assemble l'habituelle foule des mamans du faubourg Saint-Germain avec leur cortège de jeunes filles à marier. Chez Maggy Rouff, Mme Besançon de Wagner, très élégante dans une robe noire, reçoit Renée Saint-Cyr, Vina Bovy et Ginette Leclerc [34] ». Chez Jacques Fath se donne rendez-vous la jeunesse excentrique. En mars 1943, *Les Nouveaux Temps* n'hésitent pas à tracer le portrait type de la cliente de Jacques Fath. C'est une femme élégante qui veut avoir beaucoup d'allure. « Les femmes qu'il habille sont résolument d'une saison sans avoir besoin de s'accrocher à la tradition de leur passé, ni de s'avaliser dans l'espoir de leur présent. »

Dans les magazines de mode [35], courant 1941 et 1942, le Tout-Paris mondain s'étale en photos, avec mention de ses toilettes et quelquefois de ses couturiers (et ce, jusqu'en février 1943, date à laquelle les Allemands finissent par interdire la diffusion des photographies de la mode française). On peut donc en déduire raisonnablement que la plupart des élégantes qui s'affichent ainsi sont bel et bien titulaires de la carte couture. Pour autant, cela ne veut pas dire que toutes ces femmes appartiennent à la nouvelle élite franco-allemande. Sans doute, quelques-unes n'ont eu aucun scrupule à fréquenter les endroits à la mode dont parle Serge Lifar dans ses Mémoires, évoquant « *Maxim's*, le *Racing*, ces deux hauts lieux où se retrouvent jeunes conseillers d'ambassade, jeunes officiers allemands, jeunes filles et jeunes femmes de la société et du Paris artistique [36] ».

Mais il est parmi ces mondaines, on ne saurait l'oublier, une frange qui connut les affres de la déportation pour avoir manifesté un peu trop fort son antipathie envers l'occupant ou s'être engagée au service de la Résistance. C'est le cas d'Odette Fabius [37], qui travaille pour un réseau de renseignements : bien introduite dans les milieux de la haute bourgeoisie dont elle est issue, son élégance est irréprochable. Cela ne l'empêche pas de se voir confier toutes sortes de missions où elle utilise ses relations mondaines. On la voit négocier à Vichy, pour le compte de son chef direct, le colonel Alamichel, des pierres précieuses chez le bijoutier Van Cleef qu'elle connaît de longue date. Lors de l'une de ses arrestations, elle porte un tailleur de chez Lanvin. La même, dans ses souvenirs, cite un curieux exemple, le cas d'une relation haut placée, qu'elle a la surprise de retrouver au camp de Ravensbrück. Interrogeant la malheureuse, elle apprend avec étonnement que celle-ci, aryenne d'origine mais mariée à Philippe de Rothschild, a été arrêtée et déportée parce qu'elle a refusé de s'asseoir à côté de Mme Otto Abetz, lors d'une présentation de collection en 1944 chez Schiaparelli, changeant ostensiblement de place. Ce simple geste fut suffisant pour motiver sa déportation. Résistante, Antoinette Sasse, compagne de Jean Moulin, appartient au réseau Gilbert dirigé par son beau-frère le colonel Groussard. Elle est réputée pour son chic et se montre une cliente assidue des maisons de couture Jeanne Lanvin, Hermès, Lucien Lelong dont elle apprécie les tenues. Ses chapeaux et ses sacs sont signés des meilleurs artisans : Rose Valois, Rose Descat, Madame Agnès. Cela ne l'empêche pas de remplir les missions qu'on lui confie pour le compte de la Résistance [38].

Si toutes ces élégantes sont liées par le goût du beau, proches par la fortune et la vie dorée qui leur ouvrent les portes de la couture sur mesure, chacune a son destin personnel. Quelques têtes d'affiche reviennent souvent telles la princesse de Polignac, la comtesse de Chambure, la duchesse de Noailles... que l'on retrouve au vernissage de l'Exposition de la France européenne, mais aussi à Longchamp ou au gala des *Ambassadeurs*. À cet égard, les comptes rendus des courses que publie la page féminine des quotidiens sont très utiles, grâce à la liste des noms qui les accompagne. Ainsi, on peut lire au 11 juin 1941 dans *Le Figaro* : « Au cours des dernières réunions dont beaucoup ont été gâtées par le mauvais temps, on pouvait voir quelques très jolies robes et robes-manteaux en fin lainage. La note dominante était le gris clair. (On remarquait des modèles de chez Jeanne Lanvin ou Maggy Rouff...) Les chapeaux blancs étaient nombreux. La duchesse de Noailles, Mme Hubert Fabry, Mme Mirabeaud étaient coiffées d'un ruban de jersey tandis que la comtesse Françoise de Ganay avait un grand chapeau noir à calotte plate... »

Certains événements mondains servent de faire-valoir à la mode de Paris. Le mariage d'Anne-Marie Besançon de Wagner (la fille de Maggy Rouff) avec Jacques Bordreau, le 13 juin 1942, en est une excellente preuve. Outre les gens de la corporation, la presse est présente, assurant le reportage. On apprend que la mariée porte « une délicieuse robe de linon brodé et organdi » de chez Maggy Rouff, que six jeunes filles en rose coiffées de capeline forment le cortège. L'assistance est particulièrement élégante, telle la sœur de la mariée, la vicomtesse de Dancourt, en robe de crêpe fleuri multicolore. Il en va de même en province. Ainsi, à Lyon, lorsque Mlle Paulette Pigeot épouse, en janvier 1942, le fils de Jean Barioz, président du syndicat des fabricants de soieries et de tissus de Lyon.

Parfois, une femme accepte de poser pour la maison qui l'habille : si le cas est fréquent pour les modistes, il l'est un peu moins pour les couturiers. Néanmoins, on en trouve plusieurs exemples dans *L'Officiel de la couture et de la mode de Paris*, où à la page 37 du numéro de mars 1942, on relève : « Mme Bruyère a créé spécialement pour Mme Jeanne Héricard cette belle robe de crêpe mat outremer dont les poches sont brodées de fleurs de paillettes en relief. »

Parce qu'elles vivent dans un univers protégé, les riches étrangères, sud-américaines, espagnoles... qui sont à Paris pendant l'Occupation, sont des clientes assidues de la couture-création qu'elles défendent ardemment. Certaines considèrent qu'elles ont un devoir à remplir envers la France, d'autres que malgré la guerre la vie de luxe continue. Les soirées que donnent M. et Mme Ernesto Estrada, de vieille souche vénézuélienne, dans leur résidence de l'avenue Foch, sont très recherchées pour leur élégance. À plusieurs reprises, l'ambassadeur chilien ouvre grandes les portes de sa légation. L'assistance n'est pas uniquement composée de Sud-Américaines, on y remarque des grands noms parisiens du spectacle. Jean Hugo se souvient d'un dîner en compagnie d'Éluard, chez Don Manfredo Sanchez et son épouse Dona Bégonia. « L'hôtesse portait une longue robe de crêpe de Chine noir à draperies irrégulières, sa coiffure s'enroulait en volutes blondes comme des orchidées [39]. »

« Si la clientèle des grandes maisons est encore composée de ces aristocrates snobs, proustiennes, un peu décadentes ne jurant que par Salvador Dalí et

James Joyce qui sont pour le couturier ce qu'est le prototype pour l'aviateur, ou encore de ces grandes bourgeoises chez lesquelles la tradition, le cléricalisme et le nationalisme font bon ménage avec l'esprit cosmopolite, le snobisme et l'anarchie esthétique. Hélas si ces dernières affectent de ne plus s'habiller, les autres ont cherché refuge dans des châteaux perdus parmi les horizons de Touraine ou la montagne calcinée de Provence [40]. » Sauf de rares exceptions, il reste aux couturiers « l'arlequinesque troupeau de parvenues ». Elles sont de deux sortes ; les petites bourgeoises humbles et timides qui osent à peine frayer avec un monde jusque-là inconnu pour elles et les autres, « les reines du marché noir », sûres d'elles, furieusement « zazoues », folles de clinquant et avides avant tout de prouver « qu'elles ont les moyens ». On les appelle les BOF [41], ce sont les initiales des produits beurre-œufs-fromages, désormais si précieux, d'où elles tirent leur toute nouvelle fortune. « Elles arrivent avec en poche des liasses de billets de banque qu'elles posent sans complexe sur le bureau des vendeuses. Leurs manières, leurs langages ne sont pas exactement dans le ton de la couture [42]. » Mais qu'importe, puisque en y mettant le prix, elles ont désormais les mêmes droits que d'autres, pour elles et leurs filles. « Ces dames bien grasses et bien repues [...] s'essuyaient les pieds, gênées de marcher sur la moquette moelleuse des salons... Et quand la vendeuse timidement indiquait un prix qui lui semblait inquiétant, en insistant sur la qualité du tissu, elle avait la surprise d'entendre la cliente s'exclamer en toute innocence : “Oh ! ben c'est moins cher que j'pensais !” Puis on les vit prendre de l'assurance. Elles s'installaient carrément, elles amenaient des copines. La vie était belle pour elles [43]. » Le journaliste Edmond Dubois rapporte une scène étonnante et révélatrice de l'époque. Un couturier voit entrer dans ses salons « une femme venue choisir pour sa fille, quatre robes à 8 000 francs l'une. Ces acheteuses sont la femme et la fille du vendeur qui, par l'escalier de service, lui a proposé du beurre à 300 francs le kilo ». Et la scène se renouvelle maintes et maintes fois. Grâce à leur argent, les nouveaux riches se hissent jusqu'au sommet de la hiérarchie sociale et en revêtent les attributs extérieurs dont jusque-là ils étaient privés. En attendant, quelques femmes luttent comme elles peuvent contre les prix qui battent tous les records. Deux amies de même taille ont mis leurs ressources en commun pour acheter un tailleur pour deux. Elles le portent alternativement.

Malgré un contexte peu favorable, en raison des prix élevés pratiqués, la haute couture s'en tire plutôt bien. À partir de 1942, elle a remonté la pente et peut compter sur une clientèle fidèle. Parfois, l'assistance se presse si nombreuse à la présentation des collections que tout le monde ne peut y être admis. La direction de Maggy Rouff s'excuse, le 23 février 1942, auprès des clientes et amies de la maison qui n'ont pu être reçues à la première de la collection en raison de l'affluence. Que celles-ci se rassurent, la collection sera montrée tous les jours, précise-t-on dans les couloirs.

Mais la preuve que les beaux jours de la couture ne sont pas un vain mot, elle tient en plusieurs chiffres ; celui du chiffre d'affaires, et celui de la surtaxe versée par les clientes de 67 036 600 francs pour 1941, le chiffre d'affaires s'élève à 463 368 040 pour 1943. Il est encore de 202 739 000 pour le premier semestre 1944. (Soit en francs d'aujourd'hui 93 000 000 pour 1941, 431 000 000 pour 1943, 154 280 000 pour 1944.) Quant aux sommes versées pour le compte du Secours national, elles suivent une même progression : 3 351 830 en 1941, elles atteignent 23 168 402 en

1943 et 10 136 960 en 1944 (soit successivement 4 700 000, 21 500 000 et 7 710 000 en francs d'aujourd'hui).

Au fur et à mesure que des règlements draconiens réduisent la liberté de manœuvre de la haute couture, l'élégance se réfugie dans le théâtre et le cinéma, car les couturiers, non contents d'habiller les vedettes « en ville », contribuent à l'élaboration de leurs costumes de scène, une façon comme une autre d'être présents.

De Robert Piguet à Jacques Fath, de Jeanne Lanvin à Maggy Rouff, la liste est longue. Les couturiers n'ont pas chômé. La guerre a contribué à l'essor de certains ateliers qui ont profité du moment pour se lancer dans la confection de costumes de scène : Marcel Rochas par exemple. C'est grâce au théâtre que les employés de Chanel ont pu retrouver un nouvel emploi.

« Jamais autant qu'en ces dernières années, les couturiers parisiens n'ont mis tout leur talent au service de l'art dramatique. Ils ne se sont pas contentés d'habiller telle ou telle vedette pour son rôle mais ils ont collaboré avec le metteur en scène et l'auteur, assouplissant leur optique à celle du théâtre et apportant dans leur métier de costumier la fantaisie de leur imagination, le raffinement de leur goût, la virtuosité de leur technique [44]. »

Rochas est même allé plus loin. On le retrouve, en 1944, dans le film de Jacques Becker *Falbalas*. Il joue le rôle du couturier Barbe Bleue qui pend dans une vitrine des femmes qu'il a aimées, revêtues des robes qu'il a créées pour elle [45].

Pour les couturiers, le cinéma ou le théâtre sont un moyen concret de prouver ce qu'ils sont capables de faire malgré la pénurie et d'imposer leurs idées. Aussi donnent-ils libre cours à leur talent. Ils se surpassent. Nombre de pièces ou de films situent leur action dans le passé d'où une débauche de costumes somptueux – au moins pour les rôles principaux, les autres étant tenus de se débrouiller comme ils pouvaient. Avec *La main passe*, une pièce de Georges Feydeau, dont le cadre se situe en 1900, Robert Piguet n'a pas tenu compte des consignes de restrictions. Il lui a fallu au moins dix mètres de tissu pour confectionner chacune des robes que porte Jacqueline Delubac, vedette principale du spectacle. Ce ne sont que flots de dentelle et de ruban qu'accompagnent de volumineux chapeaux à voilettes ; c'est le règne de l'ombrelle à bec d'oiseau, du boa de plumes et de la voilette, bref de tout ce qui peut faire rêver le public.

Le XIXe siècle et l'époque 1900 sont fort à la mode au cinéma et au théâtre ; Alice Cocéa dans *Clotilde du Mesnil* incarne une jeune femme des années 1885. Elle porte une robe de pékiné satin et de velours noir spécialement créée pour elle. Indirectement, ces costumes contribuent à faire naître quelques lignes de la haute couture. Worth s'inspire de la mode 1900 pour créer, en 1941, une très jolie robe de mariée portée avec de longs gants brodés de chez Hermès. Il n'est pas le seul.

L'influence du cinéma historique est incontestable sur la façon de s'habiller. La sortie du film *Pontcarral* entraîne la création d'une mode Premier Empire avec une redingote à la Pontcarral au devant croisé ou un manteau raglan Colonel d'Aubières. Le Moyen Âge, tout au long de ces quatre années, a inspiré les créateurs, tandis que la sortie du film *Les Visiteurs du soir* réactive la période, inspirant à Jacques Fath de fort beaux costumes. Pour sa collection d'hiver 1941, Lucien Lelong fait revivre les hennins et les cours d'amour ; le temps d'un rêve, chacune peut s'identifier au modèle *Troubadour*, tout en noir, ou à la *Gente Dame*, une robe de velours grenat, brodée de petits losanges dorés.

Maggy Rouff et Jeanne Lanvin, les deux grandes animatrices du chic à la scène comme à l'écran, veulent « faire mieux que beau, mieux que brillant pour que l'effort de charme parvienne à la salle, passe la rampe [46] ». L'une de leurs vedettes préférées, Jeanne Aubert, qui incarne *La Veuve joyeuse*, est une championne de l'élégance : premier prix du chic à New York, en 1935 et à Londres en 1936 et 1937, celle-ci entend rester fidèle à son image, pour continuer à plaire à son public. « J'aime le tralala », explique-t-elle. D'autres artistes s'en remettent totalement à ces deux créatrices. Jeanne Lanvin signe les costumes d'Yvonne Printemps, également ceux que portent Arletty et Maria Casarès dans *Les Enfants du paradis*. Dans la pièce *La Ligne d'horizon*, Elvire Popesco change au moins neuf fois de toilette, ce qui constitue une véritable présentation de mode. Toutes les tenues sont signées Maggy Rouff. La même habille Danielle Darrieux dans *Premier rendez-vous*.

La scène, l'écran jouent le rôle d'éducateurs. Ils donnent la note, ils doivent laisser une empreinte car c'est à travers eux que se forme un genre et que naît la mode. La vedette a besoin d'élégance à la scène, mais aussi dans la vie de tous les jours. « Là encore le couturier tient un rôle primordial puisqu'il défend la grâce d'une femme qui ne peut faire moins que d'être toujours ravissante, servant d'exemple à toutes ses sœurs [47] » qui s'efforcent à leur tour de la copier. Il n'y a pas de meilleure propagande que celle faite par les comédiennes, lorsqu'elles emportent en tournée les modèles des meilleures griffes de Paris. Cécile Sorel, dans ses voyages en province, est la vivante affiche de Maggy Rouff.

La guerre et l'Occupation ont compliqué la tâche des couturiers en les obligeant à des efforts de recherche, en les contraignant à utiliser des tissus nouveaux ; pour autant, elles n'ont pas mis un point final à l'élégance traditionnelle d'une minorité. Les réceptions ont continué et avec elles le code de bonnes manières, sans lequel une femme du monde ne serait pas ce qu'elle est. À peine si pour certaines le train-train quotidien est changé. Celles-là commandent leur garde-robe comme par le passé, parfois avec une telle frénésie qu'un couturier n'hésite pas à dire : « Les femmes ont fait une telle débauche de couleurs que je vais les mettre en noir. » D'autres, plus touchées, ont fait contre mauvaise fortune bon cœur et se sont adaptées. Elles ont pris l'habitude du tailleur unique ou de la petite robe simple rehaussée par des compléments inattendus. Partout, le détail est roi qui permet d'être « habillée ». À partir de 1943, seules les comédiennes ont le droit de porter des robes longues, l'élégance au sens d'avant-guerre s'est réfugiée sur scène et fait rêver un public sevré de luxe.

CHAPITRE VIII

Vichy, mode et femmes

La mise en place de l'État français visait à une réorganisation totale du pays : les fondements de la société devaient être repensés selon des principes en accord avec les vraies valeurs qui jadis auraient fait la grandeur de la France, comme le respect du travail, de la patrie et de la famille. Valeurs bradées, selon le régime de Vichy, par la IIIe République. Dans l'œuvre de « redressement intellectuel et moral » auquel le Maréchal conviait le peuple français, la révolution nationale [1] s'attaquait aux racines du mal – l'esprit de jouissance –, et s'en prenait notamment à celles qu'elle accusait d'avoir négligé leur devoir de femme par coquetterie ou par égoïsme. Dès lors se dessinait un nouveau portrait de femme, mère et épouse [2]. Placé sous le signe du relèvement et du sacrifice, il exigeait un changement de comportement.

Alors que dans l'entre-deux-guerres, le discours misogyne courant faisait des femmes des capricieuses enfants, Vichy voudrait que la France se peuple de femmes raisonnables, sérieuses et prêtes à tous les sacrifices. D'où un nouvel idéal de beauté féminine que l'on perçoit aisément à travers les vecteurs privilégiés que sont les journaux et les chroniques de mode.

Les premiers temps, conformément à l'air ambiant, les auteurs cherchent à comprendre les causes de la déroute. Ils reviennent inlassablement sur le relâchement des mœurs et le laisser-aller moral, qu'accompagne le négligé vestimentaire. « Notre pays glissait vers toutes les décadences », tel est le constat général qui s'applique à l'ensemble de la société. Et on s'en prend à la mode, responsable de certains courants abusifs. La couturière Maggy Rouff – dont la clientèle élitiste n'est pas concernée par ces propos – fustige « le terrible laisser-aller de l'avant-guerre », mettant en avant tout à la fois « la décadence des mœurs » et « l'affranchissement de la femme ». D'autres censeurs moins connus lui emboîtent le pas. À cause d'une attitude jugée frivole, les femmes auraient contribué à la défaite. D'où l'idée que l'image d'une coquette sophistiquée n'est pas compatible avec la renaissance de la nation et qu'il faut en changer. Sensible au contexte, Lucien François écrit : « Nous traversons la période la plus profondément révolutionnaire que la France ait connue. La défaite de nos armes nous a ouvert les yeux sur la faiblesse où notre pays a été réduit par de longues années d'un régime dévoyé et de mœurs faciles. Si nous voulons survivre, il faut tout changer, tout nettoyer, tout épurer. La caractéristique de cette révolution est de n'être pas seulement politique et sociale mais aussi et surtout morale. Et c'est ici que votre rôle, à vous femmes, peut être immense [3]. » Il n'hésite pas à préfacer une revue féminine de luxe intitulée *La Plus Belle Femme du monde* [4] où la maternité est encensée à travers les stéréotypes les plus éculés. Ainsi, le rédacteur en chef de *Votre beauté* et « les grands experts parisiens en esthétique féminine » n'ont-ils de cesse « d'apporter leur voix au programme de la Révolution nationale ». Car tout ce qui relève d'un changement de mœurs est d'abord du

L'idéal féminin prôné par Vichy est celle d'une mère de famille, bonne ménagère qui doit en ces temps difficiles préserver ses vêtements. Faire durer sa garde-robe et celle de ses enfants est une nécessité et plus que jamais, savoir coudre s'impose. On en a un exemple ici avec ces patrons de tabliers.

domaine féminin. C'est donc aux mères et aux épouses qu'il appartient de montrer la voie et de faire un sérieux examen de conscience : « Comment dans une France coupée en deux, en présence d'un avenir que la prolongation de la guerre rend de plus en plus sombre, les Françaises auraient-elles à cœur de suivre une mode qui ne respecte ni la décence ni la correction [5] ? »

Ainsi dans les discours pétainistes, la femme qui veut suivre la mode est placée devant un dilemme jugé contraire à sa nature. Soit elle se prend pour une star de cinéma, s'affichant parfois de façon vulgaire, adoptant une mode clinquante ; soit, en véritable garçon manqué, « elle singe l'homme dans ses tics, même de la cigarette [6] », se coupe les cheveux, porte des robes trop courtes, sans taille, privées d'ornement.

Le Commissariat général à la famille s'en prend aux femmes qui font passer leur coquetterie avant leur rôle de mère et mobilise l'opinion à travers la presse féminine qui constitue là un relais privilégié. En novembre 1941, pas moins de 825 journaux sont atteints par la propagande gouvernementale, qui ne ménage pas ses recommandations. Tracts et affiches du style : « La femme coquette sans enfants, n'a pas sa place dans la cité, c'est une inutile » sont diffusés « dans les magasins de nouveautés, de chaussures, dans les secteurs de la mode et de la coiffure, parmi le personnel et la clientèle féminine [7] ».

Voilà en quels raccourcis la presse féminine pose le problème des femmes et de la mode avant de distiller en abondance des conseils de circonstance. « La France n'est plus cette idole parée qui exige des danses mais une grande blessée qui réclame des soins de tous les instants [8]. »

S'il faut croire les journaux de mode, ces appels lancés en faveur d'un changement ne restent pas totalement sans échos. Le naturel chasse peu à peu la futilité. On relève l'abandon progressif de certaines pratiques prisées par la jeunesse d'alors, et que récusent certains moralistes : « Nous ne verrons plus de jupes et de shorts tellement écourtés qu'ils frisaient le dénudé, plus de corsages outrageusement ouverts et tellement découpés qu'ils ne dissimulaient plus rien. La mode est cette fois bien française et ne cherche pas à prendre le genre outre-Atlantique. Et c'est tant mieux, car elle est extrêmement jolie et retrouve sa grâce totale, si séduisante et si fine. L'équivoque est exclue. Il n'est pas dans notre caractère. Restons nous-mêmes [9]. » Le seul conseil valable à donner est « d'inoculer à nos filles l'amour de la décence et de la mesure, qu'il s'agisse d'un décolletage, d'un dessous, d'une jupe ou d'une coiffure ».

Une fois encore, la question du port du pantalon par les femmes est l'objet de débats, car à travers cette mode, c'est une forme d'émancipation féminine qui en réalité est visée. Beaucoup la rendent responsable d'un possible glissement vers l'égalisation des sexes : la femme a tendance à se masculiniser et à copier l'homme dans bien des domaines quitte à en oublier son rôle « naturel ». Toléré pour la bicyclette ou les travaux des champs, ce vêtement est en revanche fortement déconseillé sur les lieux publics. Pour mieux faire comprendre aux intéressées ce que cette attitude a de déplacé, on compte sur l'avis éclairé d'une actrice en vogue, et sur celui d'une couturière, dont les conseils sont soigneusement répercutés. Toutes les deux tranchent dans le vif. Arletty la première : « Les femmes qui ont les moyens de s'offrir des bottes et des manteaux sont impardonnables de mettre des pantalons. Elles n'épatent personne et ce manque de dignité est simplement preuve de leur mauvais goût [10]. » « Je suis contre le pantalon qui n'a rien de féminin. Il ne laisse pas à la femme son charme naturel. Je l'admets comme pyjama. En tout cas, vous pouvez être persuadées que les couturiers ne présenteront jamais de pantalons. Nous avons trop le souci de l'élégance de la femme française [11] », renchérit Marcelle Dormoy.

Dans la pratique, on l'a vu, le pantalon continue à se répandre. Il arrive même assez souvent que les épouses des prisonniers de guerre puisent dans le vestiaire du mari absent de quoi les vêtir chaudement et ne se soucient guère du qu'en-dira-t-on, en portant la culotte. « Ces femmes promues chef de famille, explique l'historien de mode, Bruno Du Roselle, obéissent consciemment à un réflexe de simplicité et de débrouillardise mais inconsciemment à un réflexe d'émancipation. Puisque les circonstances leur imposent un rôle de responsabilité, elles expriment, en adoptant le pantalon, le nouveau rôle de chef de famille qui en fait l'égale de l'homme [12]. »

Pour autant, Vichy n'abandonne pas la partie contre cet emprunt à la garde-robe masculine et la mode n'échappe pas à son contrôle vigilant. Progressivement, de nouvelles normes apparaissent, la femme s'évade de cette « masculinisation des mœurs féminines », que l'adoption des cheveux courts ou de la cigarette avait mise à l'honneur avant la guerre. Échappant à ce « danger » par une attitude jugée plus saine, elle « retrouve, dans la société telle que le Maréchal veut la construire, sa place au foyer, son rôle de mère. Son corps s'adapte à cette fonction naturelle retrouvée [...]. Les seins, les hanches se “reportent”, la taille s'affine [13] ». Et la mode suit.

« C'est une joie réelle pour moi de ne plus habiller des garçons manqués. Aujourd'hui la vie intime ressuscite [...]. Le retour au foyer n'est plus seulement une consigne politique, déclare la couturière Germaine Lecomte, c'est une réalité » qui se traduit dans l'habillement. Le temps des excentricités est officiellement clos, l'heure est venue de se tourner vers plus de sobriété. Alors que quelques décennies plus tôt, les robes compliquées et ornées signaient la féminité, celle-ci devrait désormais s'exprimer dans le dépouillement. D'autant que les femmes désormais mères plus que séductrices ne doivent pas s'éloigner du foyer.

Car selon Vichy, la famille est « la cellule essentielle de la société », l'assise même de l'édifice social dans lequel chacun a sa fonction : la femme, gardienne du foyer, se doit d'abord à ses enfants. Il importe de ne pas la détourner de cette tâche et de proscrire en particulier les histoires irréalistes que l'on peut voir dans les films ou lire dans de mauvais journaux de mode qui donnent à la jeunesse le goût des toilettes et de leurs corps. Les jeunes filles sont invitées à réfléchir sur leur rôle futur de mère et à se préparer à la maternité, en évitant tout ce qui peut les en éloigner. Une campagne officielle de propagande est entreprise à partir de mai 1941, dont le thème principal est la natalité. On s'efforce de lutter, par des exemples, contre les arguments mis en avant pour ne pas avoir d'enfants, à savoir le travail des femmes, un désir de liberté, aussi la crainte des conséquences physiques des grossesses. Enfin, et c'est assez nouveau, les journaux féminins accordent une place plus importante à la mode destinée aux futures mamans.

La propagande insiste sur la mauvaise influence du cinéma américain accusé d'avoir dévoyé toute une partie de la jeunesse féminine. Avant guerre, constate-t-on, le comportement des stars américaines avait parfois déteint dans la coiffure ou le maquillage des femmes françaises, les détournant de leur mission première. Aujourd'hui, grâce à l'avènement de la révolution nationale, une réaction s'amorce. « Restez françaises ! Plus de maquillages excessifs, de cheveux platinés. Soyez simples », le mot d'ordre est lancé. Certains journaux s'en emparent. Exemple à l'appui : « Andrée B. évoquait je ne sais quelle esquisse malhabile qui prétendait évoquer une star américaine. Elle semblait si certaine de son effet, si persuadée de sa ressemblance que j'eus pitié d'elle et décidai de lui rendre sa véritable personnalité, de recréer ce qu'elle n'eût jamais cessé d'être : non plus la star à polycopie mais la simple et gracieuse jeune fille de France [14]. »

De tous côtés on s'attaque à la femme « objet d'art » que le couturier, le coiffeur, le visagiste se plaisaient jusque-là à créer. « Cette femme se maquillait trop, nous l'avons rendue à sa vraie nature », lance *Votre Beauté*, s'appuyant pour sa démonstration sur deux photographies. Dans la première, celle qui représente la Française de 1938, tout n'est qu'artifice. « Les lèvres épaisses, un trait de sourcil, le visage creusé par des ombres artificielles [15] », elle n'est qu'une caricature du cinéma américain. Cette mode violemment arbitraire a besoin d'être accompagnée pour prendre mieux son éclat, d'où des robes et des bijoux trop voyants. Sur l'autre cliché, le visagiste Fernand Aubry a dépouillé cette femme de son aspect trop sophistiqué. Elle apparaît avec ses caractères propres, le dessin des lèvres est naturel et le visage discrètement maquillé. À travers ces deux exemples, transparaît la rénovation de la France. « Un nouveau style est né de femmes fraîches, à peine maquillées et d'une coquetterie naturelle. De vraies femmes, quoi ! » s'exclame Marcel Rochas. Le maquillage respecte les dessins des sourcils. Il est minutieux mais si léger, si réellement transparent « que les multiples expressions de la vie de l'âme peuvent s'inscrire sur le visage ». « Nous commencions à en avoir assez de ces visages trop pareils, de ces fausses Garbo, de ces Marlene à la manque. Elles ont fait leur temps [16]. » Ni mannequin ni statue, la femme de France est redevenue vraie, elle est elle-même au maximum.

La jeune Française idéale, Vichy en trace le portrait. On la montre tournant le dos aux influences extérieures : ainsi, la toilette et les vêtements coûteux ne sont plus son unique objectif. « Nos filles doivent être comme de beaux fruits sains et appétissants : n'y laissons point entrer le plus petit ver, sous peine de dégâts [17]. » À bas les journaux de mode dangereusement séduisants avec leurs pages en couleurs, leur présentation moderne où la photographie est reine [18], ils tentent la femme et lui inspirent le goût du luxe. Trop souvent, la lectrice, imprégnée des « conseils » de son journal, glisse sur la pente des tentations. Les rubriques concernant les stars de cinéma, l'emploi du temps des artistes, le récit de leurs débuts, l'étalage de leur richesse, tout cela fausse le jugement. Nombreuses sont les jeunes filles qui ont ainsi rêvé de devenir une vedette de l'écran. Elles ont voulu suivre des régimes pour conserver leur ligne. Mais tout cela est heureusement terminé.

« Nous voyons aujourd'hui dans cet âge de la révolution nationale se lever un type nouveau à l'horizon féminin. Il n'est que de regarder à la sortie des lycées toute une jeunesse s'égayer dans les rues et les avenues pour se rendre compte de ce qui est, et ce qui est est totalement différent de ce qui était, il y a dix ans [...]. Le bas est supprimé au bénéfice de la socquette, des souliers solides, une robe simple, laissant au corps toute la liberté dont il a besoin. Les cheveux au vent, un visage ouvert, respirant la santé et donnant nettement l'impression d'une volonté souriante [19]. » Laissons à l'auteur de la chronique l'entière responsabilité de son enthousiasme en rappelant que « socquettes » et « souliers solides » relevaient le plus souvent d'une obligation et non du libre choix des intéressées !

En ville comme à la campagne, la tenue des femmes et des mères de famille reflète le bouleversement des conditions de vie. La simplicité vestimentaire devient aux yeux des chroniqueurs la traduction de la reconstruction du pays.

Car elles sont nombreuses à endosser de nouvelles responsabilités. Outre celle de chef de famille, elles remplacent le mari prisonnier à la tête du commerce ou de l'exploitation. Concrètement, on l'a vu avec le port du pantalon, leurs vêtements s'accordent avec ces fonctions : ils sont devenus plus sobres et plus pratiques. Le vestiaire de cette nouvelle Ève incarne le contraire de l'oisiveté et de la coquetterie. Aux champs, la silhouette sportive symbolisée par une jeune fermière est montrée en exemple : « bottes, courte jupe, tête ceinte d'un foulard vif, buste moulé dans un sweater » qui, avec cette tenue, a à cœur d'endosser une vie de travail, différente et bien remplie. En ville, le tailleur strict est l'indispensable compagnon de celles qui se partagent entre les enfants, les queues et le travail. « Leur rôle de "dévouement" s'accorde parfaitement à cette mise discrète qui est devenue une sorte d'uniforme. » C'est la base de la tenue féminine, il comporte plusieurs versions : sport à martingale, habillé, uni ou rayé avec des blouses ou chemisiers impeccables, fantaisie avec jupe noire et jaquette claire.

Cependant, certains journaux féminins, où les soins du visage et du corps et la mode occupent la plus grande place, ne pensent pas que la beauté ou la coquetterie doivent être totalement abandonnées. Ainsi *Votre beauté*, refusant énergiquement d'être « le journal des femmes frivoles », entend bien aider les « vraies Françaises » à ne pas se laisser aller. S'il est normal qu'elles soient graves et tristes, elles ne doivent pas, souligne-t-il, renoncer à la beauté authentique, celle qui consiste à être à son poids et à sa forme. Les soins esthétiques ont leur importance, à condition d'être raisonnables. La doctrine de *Votre beauté* équivaut à une doctrine de vie : la beauté « est morale au sens le plus élevé du mot, car elle tend à améliorer l'humanité par la perfection de la santé [...]. Tout être harmonieusement équilibré est plus apte à affronter les attaques sournoises d'un temps cruel [20] ». Et le rédacteur en chef d'expliquer que la vie actuelle impose aux femmes mille raisons de s'aguerrir qui peuvent être profitables à leur beauté si elles sont bien comprises.

« Être belle, c'est aussi être résistante : c'est se préparer à souffrir au minimum des privations, à supporter les files devant les boutiques d'alimentation, à se passer de bonne, à subir sans peine un hiver rigoureux dans des appartements insuffisamment chauffés [21]. » Mais cela ne peut s'obtenir sans effort ni renoncement à la paresse et au laisser-aller. Cette beauté-là ne s'achète pas, elle s'obtient par une lutte de chaque instant.

En d'autres termes, il existe une coquetterie permise qui consiste à se mettre en valeur sans artifice exagéré. Que les jeunes filles soignent leur coiffure, leur tenue et « tous les menus détails qui font le charme féminin, que tout en restant simples et distinguées, elles tâchent de se faire valoir, qu'elles attirent en un mot les regards et les sympathies masculines. C'est une loi de la nature [22] ». Les moralistes, même les mieux intentionnés, n'en sont pas à une contradiction près.

Finis les extravagances et le genre tape-à-l'œil. Les robes du soir sont sans emploi pour la plupart des femmes. Les bijoux n'étincellent qu'au fond des coffrets. Devant la gravité des événements, pour la majorité de la population, la vie mondaine brillante doit reculer pour faire place à une existence simple décrétée plus saine.

On découvre les joies du sport qu'avait naguère mises à l'honneur le Front populaire. La culture physique effectue un retour en force. Vichy, obsédé par l'idée d'une décadence physique de la société française, veut développer une véritable politique du sport. La plupart des journaux féminins sont d'accord sur un point. L'une des causes de la dégénérescence française vient de l'oubli et du mépris du corps. La « révolution » nationale doit être complétée par « la renaissance du corps des Français », celui de la culture physique et non de l'apprêt esthétique. L'effort doit être mis en avant.

Cette idée que le sport est le facteur indispensable d'une vie harmonieuse progresse, de juillet 1940 à avril 1942, Jean Borotra, haut commissaire aux Sports, ne cesse de le répéter : « Voici quel est mon désir, former, grâce à l'entraînement généralisé, des jeunes filles d'une beauté robuste et d'un caractère bien trempé. Préparer des femmes fortes, mais gracieuses qui deviendront le charme d'un foyer fécond. » Ainsi se répand un type de beauté féminine que la vie au grand air, l'exercice et le sport concourent à élaborer. Il est fondé avant tout sur le naturel, bien entendu jamais défini, et rien d'autre. Obéissant aux consignes largement répandues, *Votre beauté* reproduit dans chacun de ses numéros, à l'intention des lectrices, un choix d'exercices à pratiquer chez soi pour modeler le corps et forger le caractère.

Si les chroniqueurs de mode s'accordent sur l'importance d'un retour à la nature, certains insistent tout de même sur les traditions de chic dont sont dépositaires les Françaises, parce que cet héritage est inscrit dans leur race. Que l'on se souvienne ici de ce qu'a écrit, en février 1941, Lucie Hirigoyen, à propos de la haute couture qu'elle compare à un « patrimoine racial », à la fois pour celles qui la font et celles qui la portent. À cause de cela, la Française « est une femme comme les autres, apte à l'amour et à la maternité, mais elle ajoute à ces fonctions essentielles, ces qualités éternelles de grâce, d'esprit et d'élégance qui l'ont toujours distinguée entre les femmes ». La conclusion ? S'il n'est pas question de « se barioler le visage comme celui d'une divinité nègre ou de polir ses ongles comme l'ivoire d'une statue [23] », il n'en demeure pas moins qu'un brin de rouge n'a jamais fait de mal à personne.

« À saison nouvelle, jeune fille nouvelle », proclame Lucien François, en mai 1941, qui salue l'aurore d'un nouveau type féminin ; « sain, sans tares physiques, capable de résistance comme d'efforts [24] », il est le contraire « d'une beauté maniérée et tarabiscotée », car il allie tout à la fois santé et naturel mais ne manque pas de grâce. La conclusion que ce même chroniqueur tire des événements en 1944 est sans appel. « Il y a une certaine douceur à mal vivre et une paix qui naît au sein de la guerre. » La sombre époque que traversent les femmes leur a permis d'échapper aux « signes tentateurs de l'écran », au style vamp d'exportation américaine. « Plus de maquillages ocre qui leur donnaient l'air d'Alain Gerbault de contrebande. Place au naturel. » Elles sont redevenues ce qu'elles n'auraient jamais dû cesser d'être, des épouses, des mères de famille attentives. Ainsi, « le visage de la femme 44 sera le visage de la Française qui ne doit rien qu'aux traditions de sa race [25] ».

En « osmose » avec son époque, la mode agit comme un révélateur de la société dont elle traduit les nostalgies et les tendances. Aussi, les préoccupations sociales et politiques du moment ne sont-elles pas complètement absentes des collections de la haute couture et se retrouvent associées à l'élaboration d'une image de la femme.

Tout comme on assiste à l'éclosion éphémère d'un art-Maréchal, où le chef de l'État « est représenté par une icône, à la naïveté souvent rurale, dans les bibelots, médailles, vases et cendriers [...] [26] », la mode n'échappe pas à cette emprise. Durant le printemps et l'été 1941, on voit par exemple l'idéologie vichyssoise se manifester de façon éclatante dans certains tissus ou modèles proposés. Outre les carrés à l'effigie du Maréchal, créés par la maison Colcombet, qui offrent « le portrait du grand soldat sur fond de drapeaux » ou de « feuilles de chêne », les voyages du Maréchal donnent matière à illustration et sont présents tout au long de l'année 1940-1941. Les visites à Arles, Toulon ou Marseille avec des personnages ou des troupes rendant les honneurs forment la trame principale des foulards, vendus au prix de 165 francs, ce qui est relativement cher [27].

Les dessins imprimés suivent de près l'actualité où le bâton, la francisque et le képi donnent lieu à des adaptations fantaisistes. De même le « retour à la terre », exaltant les vertus d'une nation paysanne et abondamment prôné dans les discours du Maréchal, opère une entrée en force en 1941-1942 avec le style « Nouvelle France » présenté au Palais de Tokyo. Il provient d'une collaboration entre les modélistes parisiens qui ont fourni les dessins et la technique lyonnaise qui les a exécutés. Honneur, patrie et amour du pays forment une trilogie inséparable.

Chez Bianchini-Férier, sur un fond bleu marine se détachent la petite maison rustique et son jardinet qui traduisent le repliement vers les valeurs rurales traditionnelles. Les tissus regorgent de fleurs, comme dans les jardins ou les champs et les animaux de basse-cour s'y ébattent comme à la campagne. À noter également chez Colcombet, un des succès de la saison, ce « Vive la France » tapé à la machine en trois couleurs sur un voile léger. Également, le tissu dactylo. Il s'agit d'un crêpe de Chine tricolore où sont écrites à la machine des phrases du genre : « Vive la France », « Amour sacré de la patrie ». Schiaparelli utilise un crêpe imprimé de Jean Martin, où s'inscrit en filigrane *La Marseillaise* de Rude.

Un thème est abondamment exploité que l'on retrouve dans les écharpes et les carrés : les gloires françaises. Tous les gens illustres que vit naître la France sont là, présents, avec leurs exploits. Jeanne d'Arc, Jean Bart, Duguay-Trouin, Bayard, Louis XIV, Du Guesclin, Henri IV, François Ier, apparaissent avec leurs blasons et leurs devises, « unissant ces pensées de gloire à nos vies de chaque jour », précise une chronique de mode [28].

Pour les modèles, tout ce qui vient de la campagne est regardé comme sain et fort apprécié. « Il est de bon augure que la couture s'occupe de nouveau de la mode rurale si injustement délaissée depuis tant d'années », lit-on dans *Mode du Jour* [29] qui consacre un numéro entier à la vie à la campagne. Sous le titre « À la belle fermière », quatre tenues pratiques sont composées à l'intention de celles qui travaillent aux champs – ou de celles qui ont la chance d'être en vacances.

La première est facile à faire ; il suffit d'un grand chapeau de paille dont on relève les bords en arrière, pour donner la note campagnarde. Il accompagne un tricot genre loup de mer porté sur une jupe en rayonne. Aux pieds, des espadrilles.

Dans un carré de toile de 20 cm, rien de plus facile que de confectionner un chapeau imitant les coiffes d'antan. Une robe en cretonne fleurie avec une ceinture en toile de couleur, et des sabots complètent le deuxième ensemble.

La troisième tenue s'adresse plus volontiers à celles qui, en vacances, aident aux foins. Un grand mouchoir paysan sur la tête, une blouse assez large sur une jupe courte en rayonne, des espadrilles et les voilà parées contre le soleil.

Une robe-tablier en toile de Vichy forme l'essentiel du dernier modèle proposé aux lectrices. On conseille de la porter avec des sabots ou des chaussons en tricot. « Avec une petite nappe basque quadrillé bleu et jaune, vous vous ferez cette charmante robe de campagne. Le haut corselet en toile marron donnera l'effet taille de guêpe [30]. »

Les costumes régionaux des provinces françaises inspirent parfois certaines tenues estivales : aux vignerons de Bourgogne, on emprunte les chapeaux de paille, aux Alsaciennes, les tabliers plissés.

Pour l'autre public, celui qui s'habille sur mesure, des couturiers en renom n'ont aucun mal à se mettre au goût du jour. Au printemps 1941, tout ce qu'ils présentent a un charme bucolique, et les noms des modèles, essentiellement des robes de jardin, sont évocateurs. Taillées dans les tissus campagnards : *Zéphyr*, toile de Vichy, toile carrelée en bleu et blanc, ce sont des tenues simples. « Il y a *Jacote, Colinette* auprès de *Marion* et de *Babet*. Sous la tonnelle voisine *Zéphyr* et *Romarin*. *Jardinage* sourit à *Ratissage* tandis que *La Fête villageoise* se présente non loin de *Vendanges* [31]. » Jacques Fath dessine des robes inspirées des tenues paysannes.

Les colifichets s'offrent également dans un décor champêtre, des colliers de bleuets, de marguerites et de coquelicots, côtoient des blasons de villes ou les écussons des principales régions que les acheteuses peuvent coudre sur un manteau ou un tricot. Un mouchoir en linon blanc, brodé d'un cœur et d'une chaumière, est le dernier cri à la mode 1941. Quant aux bijoux, jamais ils ne se sont autant inspirés de l'actualité : d'élégantes paysannes aux arrosoirs d'émeraude sont un ornement cher, fort prisé des grands joailliers parisiens. Tandis qu'une broche, bon marché, se veut être un double symbole, celui du pays vaincu et du prisonnier retenu loin de son foyer : elle prend la forme d'une carte de France sur laquelle est dessiné un cœur où l'on peut lire : « Tout pour lui et pour Elle. » « Jeanne Toussaint crée chez Cartier le bijou symbole de l'Occupation, *L'oiseau en cage*, épinglé sur les revers de tailleur des patriotes, et dont la cage s'ouvrira à la Libération[32]. »

Dans quelle mesure cette mode, encouragée par le gouvernement, s'est-elle imposée auprès du public ? La remise à l'honneur d'une beauté qui se voulait le contraire de l'artificiel a-t-elle été réellement suivie d'effets ? Autant de questions posées auxquelles il n'est pas facile d'apporter une réponse sûre tant les éléments contradictoires s'entremêlent.

Ainsi, de 1940 à 1944, la vogue des tissus champêtres et des courtes jupes paysannes est une réalité. L'été, les femmes adoptent ce style pour des raisons utilitaires évidentes : la bicyclette leur dicte cette tenue pratique, le manque de tissus les oblige à raccourcir les ourlets comme à se tailler une robe dans un dessus-de-lit ou une paire de rideaux fleuris, etc.

Pour la majorité des Françaises, en ce temps de guerre, la mode n'est pas synonyme de mot d'ordre et s'apparente bien davantage à la réalité de la pénurie. Acheter deux foulards pour se confectionner une jupe paysanne n'implique pas obligatoirement que l'on souscrive au « retour à la terre », mais démontre plutôt que l'on saisit une occasion de s'habiller à moindre frais, puisque ces articles sont en vente libre. Aussi, avant de conclure à un engouement généralisé par conviction, convient-il de voir que ce goût s'est imposé par nécessité plus que par choix ! Encore une fois avait-on le moyen de faire autrement ? Le style qui s'impose est basé presque exclusivement sur l'aptitude personnelle de la femme à se constituer une garde-robe. En définitive, c'est bien là le seul impératif.

Dans la couture sur mesure, quelques grands couturiers ont eux aussi cédé à la mode de la vie aux champs et donné la priorité aux tissus fleuris. Lorsqu'ils s'efforcent, comme J. Lanvin, Schiaparelli ou Grès, de marier les trois couleurs nationales, est-ce le patriotisme, le désir de manifester français ou le retour à la terre voulu par Vichy qui l'emporte ? Si l'on en croit un entrefilet relevé dans le journal *France* [33] du 3 mai 1941, un quotidien qui paraissait à Londres, une certaine provocation ne serait pas absente d'une telle attitude. Certains adoptèrent sciemment cette mode tricolore au point de heurter les Allemands qui s'en indignent.

Provocation également le comportement de certains jeunes qui affichent ostensiblement leur ras-le-bol, au plus fort de la révolution nationale. À l'été 1941, une partie de la jeunesse citadine manifeste, à sa façon, sa révolte devant l'absurdité de la guerre et la chape de respectabilité qui s'abat sur le pays. Alors apparaissent les swings et les zazous [34] – « swing » ou « zazou », les deux mots d'origine américaine, liés au rythme jazz, auraient traversé l'Atlantique et on les retrouve étroitement associés, dans la chanson de Johnny Hess, *Je suis swing*, qui date de 1939 et se répand en France. Quoi qu'il en soit, les zazous se reconnaissent d'abord et surtout à leur allure vestimentaire excentrique [35]. Au masculin, cela donne le portrait suivant : « Cheveux en brosse haute, front bas, œil vague, petite moustache fine, lèvres débordantes et humides, jambes longues, démarche souple à grands pas, buste en avant. Voilà pour le physique. Chapeau mou, marron et minuscule, col de chemise à rayures [...]. Cravate voyante au nœud ultraserré [...]. Veste longue couvrant largement le postérieur, pantalon court, étroit du bas, flottant aux genoux, revers assez haut, chaussettes blanches, chaussures en daim à quadruples semelles, parapluie roulé avec un long manche, gants ajourés. Voilà pour le vestimentaire [36]. »

Curieusement, alors qu'à l'époque le phénomène de mode est surtout une affaire de femmes, c'est ici le contraire. Ce sont les jeunes gens qui donnent le ton, peut-être parce qu'ils se servent du vêtement en guise de protestation et qu'ils en font aussi un signe de ralliement pour défier le présent, une sorte d'enrôlement. Moins répandue, la zazou femelle existe et n'est pas en reste d'excentricité, comme le montre cette description relevée dans *L'Illustration* : « Elles cachent sous des peaux de bêtes un chandail à col roulé et une jupe plissée fort courte. Leurs épaules exagérément carrées contrastent avec celles des hommes qui les portent tombantes. De longs cheveux descendent en volutes sur leur cou. Leurs bas sont rayés, leurs chaussures plates et lourdes, elles sont armées d'un grand parapluie [37]. »

Dans le style qu'ils adoptent, garçons et filles sont en contradiction avec la règle imposée par l'époque, où dominent la pénurie et le retour au naturel. Les vestes sont presque toujours trop longues, les pantalons assez larges et les jupes plissées, les chaussures plates et épaisses. En apparence, les restrictions n'affectent pas les zazous, il n'y a pas de cuir, mais les semelles de leurs souliers sont triples et les filles se font remarquer par de grands sacs en bandoulière.

Ils se moquent également de la réglementation qui se met en place dès avril 1942 [38], touchant à la fabrication des vêtements masculins où des normes précises sont édictées et où sont interdits par exemple :

— les dos à soufflets, à plis creux, à empiècements, à martingales ;

— les poches à soufflets ou à plis creux sauf pour les vêtements militaires ;

— les pattes pour poches plaquées ;

— de même, le port de gilets croisés sauf pour les cérémonies.

Les zazous ne suivent aucun règlement en vigueur (carte de vêtements et de chaussures), mettant même un malin plaisir à le transgresser, quitte à recourir au marché parallèle pour compléter leur panoplie vestimentaire. Ils s'affichent résolument contre cette conception civique du vêtement destiné à économiser du tissu en rognant sur chaque centimètre.

La coiffure est également un des éléments essentiels de leur tenue. « Le zazou a les cheveux frisés et gonflés à l'avant, longs dans le cou. Sa compagne les porte longs sur les épaules – jamais attachés – et très souvent blond platine à la façon des stars hollywoodiennes [39]. »

Pour compléter leur habillement, beaucoup d'entre eux adoptent des lunettes noires. Les filles se fardent de façon très voyante, « les yeux cernés aux paupières bleuies, les lèvres trop rouges [40] », leur maquillage excessif s'apparentant à un défi. Cheveux décolorés, fards trop prononcés à la manière des starlettes américaines, et ce à un moment où la condamnation de telles pratiques est largement répandue.

Leur attitude peu conforme aux normes en vigueur est sévèrement critiquée par la presse d'Occupation mais aussi par une grande partie de l'opinion publique qui se montre volontiers agacée devant ces nouveaux « sauvages ». Leur aspect vestimentaire fait l'objet de moqueries car il traduit à leurs yeux un abaissement du sens moral et un laisser-aller. On le compare à certains débordements antérieurs. « Ce sont de pâles reflets des muscadins et des merveilleuses du Directoire », peut-on lire.

« Swing qui peut ! Dans une jungle née de la défaite, ces petits "fauves" sournois, ces boutefeux en pantalons courts et en vestes longues, ces "incroyables" en langage slang ne sont dangereux qu'à la manière des poux. Ils démangent, ils exaspèrent [41]. »

Mais il n'y a pas que leurs vêtements qui soient condamnés. Les distractions des zazous le sont aussi.

Le fait qu'ils dansent au son de la musique de jazz fait scandale car cela dénote un état d'esprit que le nouveau régime ne cesse de combattre : américanisme, laisser-aller, oisiveté. Enfin le jeune zazou a les moyens, puisque apparemment il s'habille sans regarder à la dépense et fréquente cafés et autres dancings. Par là même, il s'oppose à l'œuvre de rénovation entreprise par le gouvernement, fondée sur le travail de chacun. Voilà pourquoi la presse collaborationniste le présente comme un suppôt des gaullistes, un Juif et un adepte du marché noir. Cible privilégiée de la propagande gouvernementale, il arrive parfois que le zazou soit malmené. Quelques partis collaborationnistes, partisans des Allemands, organisent des poursuites à son encontre et quand par hasard ils tiennent l'un de ces jeunes, ils n'hésitent pas à lui couper les cheveux pour lui donner une leçon exemplaire, voire à le brutaliser.

Phénomène marginal – le zazou n'appartient pas à une classe sociale déterminée : il est essentiellement lié à une frange particulière de la population : les dix-sept/dix-huit ans –, il traduit un appétit de vivre envers et contre tout, qui fait appel à la débrouillardise et à toutes les ressources de l'imagination pour s'habiller. Rébellion contre l'ordre établi, c'est aussi un clin d'œil de la jeunesse à la société avec le refus d'être comme tout le monde et le désir de s'afficher. Comme le fait remarquer Farid Chenoune, la mode zazou a opéré une petite révolution dans la mode masculine sous l'influence de ceux que l'on appelle déjà « les jeunes », par-delà le cloisonnement des classes. « Les coordonnées classiques de l'élégance qui jusque-là uniformisaient et hiérarchisaient les apparences seront dorénavant concurrencées par des références propres à la jeunesse. » Existe-t-il une mode jeune ? s'interroge d'ailleurs *Adam* en septembre 1945[42].

PETIT DICTIONNAIRE DE L'HOMME SWING

Le mot vient du jazz qui commence à se répandre en France. En adoptant une mode excentrique, les jeunes gens manifestent à leur façon leur révolte devant la chape de plomb qui s'abat sur le pays. Une mode aussi en opposition aux prescriptions vichystes. (Tiré de *Toute la vie*, 11 décembre 1941.)

À sa façon, le vêtement a aussi symbolisé l'espérance d'une partie de la population tout comme le port d'insignes, croix de Lorraine ou autres. Le 14 juillet, jour de la fête nationale, aux dires des témoins, les trois couleurs interdites fleurissent spontanément. « Quelques femmes semblent roulées dans des drapeaux. Louisette dans sa robe à petits carreaux blancs et rouges et avec son foulard bleu est descendue de Belleville comme une République [...]. Chacune travaille à reconnaître les inventions de l'autre.

Que d'efforts dérisoires. Les souliers bleus, les bas blancs, la robe rouge de l'une. La veste rouge, le sac bleu, les gants blancs de l'autre [43]. » La police qui ce jour-là interpelle de nombreuses passantes et les conduit au poste pour les interroger ne s'y trompe guère. Les renseignements généraux sont formels, il s'agit bien d'une véritable fronde réalisée avec les moyens du bord dont le vêtement est la traduction.

Désir inconscient de provoquer l'occupant, c'est cela qui pousse certaines jeunes filles ou jeunes femmes, au lendemain de la défaite, à adopter l'écossais ; agir ainsi est pour quelques-unes une façon détournée d'afficher ses préférences pour l'Angleterre, le rappel indirect de la présence d'un pays en guerre contre les Allemands. Michèle Bood en a vaguement conscience lorsqu'elle emprunte à son frère sa chemise kaki de scout pour la porter sur un kilt. Jo Cardin en 1940 porte un calot écossais.

Quant à ceux et celles qui s'engagent plus à fond dans la Résistance, leur souci primordial est surtout de ne pas se faire remarquer. Une attitude trop excentrique peut leur attirer des ennuis, voire leur être fatale. La sagesse consiste à se fondre dans la masse et le vêtement ne doit comporter aucun signe distinctif, susceptible de faire repérer celui qui le porte. On s'habille, on se coiffe, on se maquille comme le recommandent les magazines en vogue.

Parfois, la séduction féminine devient une arme. Arrivant en gare de Lyon-Perrache, Monique A., une jolie fille, chargée du transport de journaux résistants, s'aperçoit que pour sortir elle doit franchir un barrage de police. Or, sa valise est pleine d'écrits compromettants. Comment faire sinon accepter les avances d'un officier allemand qui empoigne ladite valise, en échange d'un rendez-vous auquel la belle, est-il besoin de le préciser, n'ira jamais. Rencontrer de hauts responsables allemands fait partie de la mise en scène imaginée par Lucie Aubrac pour sauver son mari, Raymond, alors en prison ; l'enjeu est tel que la jeune femme imagine un scénario dans lequel sa tenue joue un rôle : pour rendre crédible son histoire de jeune fille de bonne famille séduite, puis délaissée par son « fiancé », elle s'habille avec un soin particulier, elle porte, en effet, « un joli tailleur en rayonne à larges carreaux, de grosses marguerites en porcelaine blanche en clips d'oreille, un petit bibi à voilette [44] », sans oublier le rouge à lèvres et la bague.

Quelques résistantes, dont le signalement, divulgué, leur permet d'être repérables, en arrivent, grâce à des artifices, à changer véritablement de personnalité. Pour elles, la teinture pour cheveux n'est pas un caprice de mode mais un camouflage indispensable. Quant aux hommes, ils laissent pousser leur moustache, portent des lunettes.

Une jeune agent de liaison lyonnaise, soumise comme tout le monde au système de la carte de vêtements, se souvient que faute de pouvoir renouveler sa garde-robe, elle échangeait son manteau avec celui de sa camarade, ce qui la rendait, pensait-elle, moins facilement vulnérable [45].

En ce temps de pénurie, toute chute de tissu ou assimilé était une aubaine. Lorsque Londres parachutait des armes ou des munitions à des groupements de résistance, la tentation était trop forte pour ceux qui réceptionnaient les envois de ne pas récupérer la toile de parachute. Malgré le danger que cela représentait, beaucoup de femmes n'hésitaient pas à en prendre un morceau pour s'en tailler un corsage. À la veille du Débarquement, cela devint même une mode assez répandue dans les milieux proches de la Résistance. La coquetterie l'emportait sur la prudence. Quant aux bas nylon que les résistants rapportaient de Londres, ils faisaient courir un risque à celles qui les portaient (au même titre que les cigarettes anglaises pour les fumeurs) car ils signaient de façon évidente les liens noués avec les Anglais ou les gaullistes.

Le style que Vichy a tenté d'imposer durant ces années noires a constitué plus une parenthèse dans l'histoire de la mode au XXe siècle qu'une véritable révolution. Certes, comme les cosmétiques étaient rares, que les restrictions dictaient leur loi, les femmes abandonnèrent l'artificiel que symbolisait la star américaine, pour se tourner vers davantage de naturel et de simplicité. Après la guerre, l'habitude prise de ne plus se maquiller de façon sophistiquée reste une solide référence. Le temps est proche où l'idéal de beauté féminine s'incarnera dans Ingrid Bergman, « la fille aux cheveux courts, compagne de Gary Cooper dans *Pour qui sonne le glas* dont on disait qu'elle n'avait pas besoin de fond de teint, puisqu'elle se débarbouillait avec la neige [46] ». Si la star américaine est dépassée, le cinéma conserve son pouvoir de séduction.

Certes, la classique petite robe noire égayée par des accessoires ou le tailleur font partie de la panoplie vestimentaire féminine, tout comme les tenues de sport. Mais le temps est proche où la jupe courte paysanne et les semelles compensées céderont la place à une robe rallongée et à des talons aiguilles, symbole d'une féminité retrouvée que Vichy a contribué à remettre en valeur. À la libération, l'ex-mannequin et photographe Lee Miller se montre subjuguée par les femmes qu'elle croise : « Partout dans les rues, on voit des filles superbes, à vélo ou grimpées sur des tanks. Leur silhouette m'a paru étrange et fascinante, à moi qui venais de l'Angleterre utilitaire et austère. Des jupes évasées et bouffantes, des tailles serrées.

L'allure de la Française a changé [47]. » Pour autant, l'excentricité ou la provocation manifestées par certains et certaines et tant décriées par les chantres du régime devaient faire école très largement. Même dans la mode, les années noires ont été un tournant plus qu'une rupture.

CONCLUSION

Jusqu'à la Seconde Guerre mondiale, les façons de s'habiller participent d'un code de distinction. C'est l'élite qui en détermine les courants auxquels hommes et femmes sont tenus de se plier. Si les principales tendances sont reproduites dans les magazines, elles n'en restent pas moins l'apanage d'une classe favorisée, nationale et internationale. On relève presque toujours les mêmes noms photographiés, assortis de tenues différentes, dans les chroniques de réceptions mondaines parisiennes. Les autres groupes sociaux « copient » tant bien que mal les modèles proposés avec l'aide de leurs couturières, ou à défaut confectionnent eux-mêmes leurs vêtements. Si on s'en tient au domaine féminin, riches ou moins riches, les femmes sont invitées à suivre un ensemble de prescriptions qui d'une certaine façon concourent à l'élaboration de la mode. Ainsi, toute femme, quelle que soit son appartenance sociale, doit porter des gants, un chapeau et des bas, sous peine de contrevenir aux règles de bonnes manières qui régissent les convenances féminines.

Si la mode s'inscrit d'abord comme fait de société, elle est aussi soumise aux règles de l'économie qui conditionnent la consommation et, partant, la création. La France, grosse consommatrice de textiles, est tributaire de ses importations de laine, de soie pour ses tissus ou de cuir pour son commerce de luxe. Que l'un des maillons de la chaîne vienne à se rompre et les difficultés commencent. Or, durant cinq ans, le pays connaît un bouleversement total du fait de l'Occupation ; la désorganisation des circuits économiques traditionnels, les prélèvements allemands, la rareté des matières premières, le marché noir, imposent de nouvelles normes qui, on l'a vu, rejaillissent sur les habitudes vestimentaires. Pour une majorité de femmes, rappelle en 1944 Germaine Beaumont dans un album du *Figaro*, « la mode usa de subterfuges, tricha avec les règlements, tressa le papier, creusa le bois… Elle le fit avec élégance, avec extravagance. Les femmes portèrent des chapeaux soufflés comme des ballons, des talons et des semelles qui claquaient au sol à croire qu'elles s'applaudissaient de leur indigence. »

Dans l'évolution de la mode, ces quelques années forment « un temps court ». Néanmoins, on peut s'interroger : ont-elles été une tempête sans lendemain ou l'amorce de changements durables ? En d'autres termes, qu'est-ce qui a bougé dans ce domaine particulier ? On voit s'instaurer une société de pénurie qui se traduit par le règne de la prouesse individuelle et de l'imagination. À l'heure où les diktats des couturiers interdisant tel coloris, telle coupe ou tel tissu ne font plus recette, une tendance prosaïque s'affiche qui va à contre-courant de la mode conçue comme « changement perpétuel » ou comme « autodestruction permanente ». En effet, l'équation « mode = rythme d'achat au rythme d'usure » ne se trouve plus vérifiée. Les vêtements sont portés jusqu'à l'extrême limite des possibilités. Les magazines qui jadis servaient quasi exclusivement de relais ou de faire-valoir aux modèles de luxe deviennent le support d'une mode quotidienne dont le mot d'ordre est « tirer parti des moyens du bord », y compris de ce qui est démodé. À côté des reproductions de robes du soir qui n'ont d'autre fonction que de faire rêver les lectrices et de les faire s'évader de la réalité quotidienne, les journaux féminins multiplient les conseils et les exemples pratiques.

La haute couture, menacée parce que les Allemands voient en elle une rivale possible à l'hégémonie culturelle nationale-socialiste qu'ils souhaitent instaurer partout, se maintient envers et contre tout. Une législation particulière – obtenue du vainqueur et sans cesse remise en cause – lui permet de contourner le système de cartes de vêtements et de continuer à vendre à sa clientèle habituelle, à l'exception de l'étranger. Certains couturiers, dans l'espoir de lendemains meilleurs, ont à cœur de défendre une tradition artisanale, une main-d'œuvre d'élite et de préserver un patrimoine culturel en prouvant que la haute couture est toujours vivante. Pendant toute la durée de l'Occupation, la couture-création, grâce au savoir-faire de ses ouvrières, a maintenu les tours de main qui la rendaient inimitable, la préservant ainsi des copies.

Maintien ou survie, pour les maisons de couture cela s'est traduit concrètement par l'établissement de relations plus ou moins suivies avec les Allemands. La gamme en est variée. Tantôt les vainqueurs assistent aux collections, achètent des modèles, tantôt ils fréquentent les mêmes cercles mondains que certains des grands couturiers, les mêmes tables, etc.

À la Libération, à l'heure du règlement de comptes, on peut s'étonner que l'épuration ait épargné la haute couture et ses activités annexes. Pourtant, la question a été sérieusement posée, et de façon paradoxale, par Lucien Lelong, lui-même passible de la Cour de justice pour avoir assisté aux déjeuners de la Table ronde. À l'issue du déjeuner de février 1942, Lucien Lelong remercie le Prince de

Beauvau-Craon en ces termes : « Grâce à vous, je crois que la couture française est sauvée. » Quelque temps plus tard, il déclare devant la Cour de justice : « Je pus m'apercevoir que certaines de ces difficultés avaient été aplanies pour le plus grand bien de la profession qui était ainsi sauvegardée momentanément comme patrimoine français [1]. » En février 1945, au moment de la mise en examen du président de la Chambre syndicale, Worth devant ses pairs prononce un discours important au cours duquel il défend Lucien Lelong et Daniel Gorin, arguant du fait qu'avec « un cœur de lion et une énergie inlassable, ils ont remporté cette "Marne de la couture" ». Dans un courrier du 25 octobre 1944 [2], le Conseil de direction de la Chambre syndicale de la couture parisienne demande par la voix de son président (Lelong) au ministre de la Production industrielle la création d'une Commission d'épuration de la couture. La réponse du ministre, en novembre 1944, renvoie à l'ordonnance du 16 octobre 1944, « créant des Comités régionaux interprofessionnels d'épuration, des sections professionnelles et une commission nationale interprofessionnelle d'épuration », ces organismes étant chargés « d'assurer l'épuration de toutes les personnes participant à quelque titre que ce soit à la vie d'une entreprise et qui auraient favorisé de quelque manière les desseins de l'ennemi ». D'après cette ordonnance, plusieurs motifs d'inculpation sont énumérés : outre « favoriser les desseins de l'ennemi », on note « entraver l'effort de guerre de la France et de ses alliés » ou bien encore « l'effort de résistance des Français ».

Après consultation juridique auprès des avocats de la Chambre syndicale de la haute couture, il apparaît que le CRIE est bien l'organisme qualifié pour recevoir les dossiers des couturiers, et en particulier, la 4e section, celle des textiles. Or, sur les cinquante-cinq affaires examinées, entre le 11 mai 1945 et le 21 janvier 1947, aucune ne concerne la haute couture, et une seule, une entreprise de confection. Pourquoi un tel vide ou une telle absence ? Là comme ailleurs, il semble que les sans-grade aient payé pour les autres et qu'il valait mieux être couturier de renom qu'employé de commerce. Mme X., vendeuse aux Galeries Lafayette, l'apprend à ses dépens ; accusée par une collègue de s'être montrée trop aimable avec les Allemands et de leur avoir trop bien vendu en 1940, elle se voit infliger une peine de suspension de deux mois de travail. Mais avoir confectionné des gilets de fourrure destinés aux combattants allemands du front de l'Est n'est apparemment pas un motif suffisant pour passer devant les tribunaux ! Dans le même temps, un grand bottier parisien est cité en justice par le syndicat des ouvriers de la chaussure ; « accusé d'avoir favorisé les desseins de l'ennemi en fournissant des capitaux à une entreprise travaillant pour les Allemands », il est condamné par le CRIE, section cuirs, à ne pas exercer d'activité de direction pendant quelque temps. Le directeur d'une célèbre maison d'articles de Paris passe en jugement pour être allé faire un voyage outre-Rhin, le tribunal se déclarant incompétent, il est finalement relaxé.

D'un domaine à l'autre, l'épuration a été variable. Pour des motifs inhérents à la renaissance du pays, la collaboration économique a été peu sanctionnée. Dans une France dévastée, il était par exemple difficile de suspendre les entreprises de travaux publics – dont la plupart avaient participé à la construction du Mur de l'Atlantique – alors qu'on avait tant besoin de leur concours pour la reconstruction. Empêcher les grandes marques de cognac ou de champagne de reprendre leurs activités, sous prétexte que leurs affaires avaient été florissantes pendant la guerre, était impensable, puisque les caisses de l'État étaient vides et que seules des exportations pouvaient contribuer à les remplir.

Dans ce contexte, on comprend mieux la ligne de conduite adoptée : économiquement et socialement, un art comme la couture pèse lourd dans la balance. Alors que le pays ruiné ne peut se remettre au travail du jour au lendemain, tout ce qui relève du domaine de la création, du goût, apparaît comme directement exploitable et rentable. Jacques Deligny – qui, depuis 1942, préside aux destinées du vêtement – le pressent quand, invité à s'exprimer devant des banquiers, le 25 mai 1944 [3], il insiste sur la nécessité d'améliorer les relations commerciales avec l'étranger après la guerre. Or, parmi les industries textiles, que met-il en avant ? Essentiellement les industries de luxe, tout ce qui a trait aux tissus exclusifs, aux robes, en un mot la mode, « parce qu'elle représente une vaste possibilité d'exportation ». « Pour que ces industries prospèrent, puissent créer, réaliser et vendre, explique-t-il, il leur faut un climat général favorable, un climat d'ordre et aussi dans une large mesure une attention bienveillante de la part des pouvoirs publics. » Son opinion devance celle que vont adopter les responsables du pays.

Les États-Unis, l'Amérique du Sud, longtemps privés de la « griffe » ou de la « signature » française, attendent avec impatience la reprise des relations avec la France. Il y a là un marché à reprendre, des devises à gagner. À la haute couture de faire ses preuves et de montrer qu'elle n'a rien perdu de son talent. Comment dans ces conditions évincer les « brebis galeuses », ceux qui se sont « compromis » avec l'ennemi mais dont la qualité professionnelle est indéniable parce qu'ils sont des créateurs au sens plein du terme ? Par ailleurs, la main-d'œuvre est intacte, des écoles professionnelles ont même été créées pour former des jeunes filles à ce métier. Tout peut donc redémarrer comme avant.

Si les pays amis étaient prêts à renouer avec la mode française, Lucien Lelong dut en décembre 1944 justifier la position de la haute couture parisienne devant ce que les Alliés qualifiaient de « violation flagrante des règles vestimentaires imposées par la guerre ». « Je viens de recevoir des copies des règlements qui limitent les dépenses en vêtements en Angleterre et aux États-Unis. Et je comprends maintenant pourquoi certains journalistes ont trouvé que les collections parisiennes passaient les bornes [4]. » Cette « débauche » incompréhensible aux yeux des Alliés, le président de la Chambre syndicale de la haute couture en démonte les mécanismes, démontrant l'importance de ce secteur pour la France et le monde entier. Pendant quatre ans, explique-t-il, nous nous sommes battus pour que « la couture création conserve la place qu'elle a toujours occupée aux yeux du monde ».

La meilleure preuve que la parenthèse délicate de la guerre est refermée, on la trouve dans une réalisation commune à laquelle participent tous les grands noms de la couture : le théâtre de la Mode. Dans un décor d'ensemble réalisé par Christian Bérard, une exposition est organisée au pavillon de Marsan en mars 1945. On a repris l'idée fort ancienne de poupées de mode qui jadis portaient au monde entier les créations françaises. Une quinzaine de théâtres miniatures, réalisés par de prestigieux artistes, servent de cadre à 170 petites figurines habillées et coiffées par 35 couturiers, 25 modistes et 20 coiffeurs. Hautes de 70 centimètres, ces poupées de fil de fer, au masque de plâtre, ont été exécutées par Jean Saint-Martin, l'inventeur des mannequins en treillage, d'après des dessins d'Éliane Bonabel ; elles évoluent dans des situations fort différentes.

Touchagues a par exemple reconstitué la place Vendôme, Douking, le pont des Arts, Grau Sala a placé dans un sous-bois « la belle cycliste 1945 », habillée par Mad Carpentier. L'une des compositions les plus originales est due à Jean Cocteau qui fait évoluer ses poupées, en grand apparat, dans le décor surréaliste d'une maison dévastée par un incendie. Enfin Christian Bérard ressuscite un théâtre. À chaque loge se penchent de fins visages auréolés de tout et de rien : plumes, feuilles.

Cette relance de la mode fait l'objet d'une « véritable mobilisation nationale qui fera écrire à Lucien Lelong : c'est Paris tout entier : ce théâtre de la Mode ! son sourire, son cran, son esprit, son charme [5] ». Après avoir été exposées à Paris, ces poupées sillonnent le monde. On les trouve en mars 1945 à Londres, et au cours de l'hivers 1945-1946 à Copenhague, Stockholm, Vienne, Zurich, Rio de Janeiro et pour finir à New York où l'ensemble des mannequins porte des toilettes renouvelées, où s'amorce la tendance new look. Tout au long de leur parcours, ces gracieuses ambassadrices de la mode suscitent des murmures admiratifs, apportant la preuve que la guerre n'a pas freiné le talent des couturiers. Ceux qui avaient escompté que la guerre mettrait un point final aux créations françaises en furent pour leurs frais. La mode de Paris retrouvait sa place.

Lorsque s'achève le conflit, le phénomène de mode n'a plus tout à fait la même signification qu'en 1939. Il n'est plus la propriété exclusive d'une classe fortunée qui peut s'habiller sur mesure. D'autres courants se sont créés, en particulier « une mode de guerre » où le quotidien rejoint parfois l'excentrique. Par ailleurs, on voit apparaître dans le Midi des ateliers de confection, à Nice en particulier, annonciateurs du prêt-à-porter.

Quelques années encore et le « tout-fait » supplantera le « cousu-main ».

À la Libération, inconsciemment, les femmes aspirent à un renouvellement de style. Elles veulent autre chose qu'une veste cintrée et des semelles compensées, leur uniforme du temps de guerre. Le 12 février 1947 scelle définitivement le changement. Ce jour-là, devant les états-majors de la mode au grand complet, Michel de Brunhoff et l'équipe de *Vogue*, Carmel Snow, la directrice de *Harper's Bazaar*, Christian Dior présente sa collection. Le secret en a été bien gardé. Au fur et à mesure que défilent les mannequins, la stupeur se lit devant les robes rallongées, les jupons. Les applaudissements crépitent, on félicite le couturier pour sa révolution baptisée *new look* par Carmel Snow. C'est le triomphe d'une autre féminité que traduisent les jupes larges comme des corolles et des corsages bustiers. Cette fois, la page est tournée, la guerre est bien finie ; le style *new look* se lance à la conquête du monde, en même temps qu'il se prête à des adaptations multiples, où le prêt-à-porter aura une place sans cesse grandissante.

NOTES

CHAPITRE PREMIER
Les derniers beaux jours

1. Corinne Luchaire (fille du journaliste Jean Luchaire), *Ma drôle de vie*, Paris, Sun, 1949, p. 104.

2. D'après *Le Jour-Écho de Paris*, juin 1939. (Quotidien national né, peu de temps avant 1939, de la conjonction de deux titres : *Le Jour*, fondé en 1933 par Léon Bailby, et l'ancien journal conservateur *L'Écho de Paris*. En 1940, *Le Jour-Écho de Paris* se replie en zone Sud, entre autres à Marseille et Clermont-Ferrand, avant de disparaître en mars 1942.)

3. L'entreprise possède trois succursales en province, à Vichy, Marseille et Nice, et emploie une centaine d'employés au lieu de plus de un millier en 1936. En juin 1940, Isidore Berthet se réfugie à Marseille. Dossier 340511, 28 novembre 1941, Archives de la Préfecture de Police.

4. Anny Latour, *Les Magiciens de la mode*, Paris, Julliard, 1962, p. 258.

5. *Le Jour-Écho de Paris*, 16 septembre 1939.

6. *Cf.* Dossier 83166, BA 1990, p. 1, Archives de la Préfecture de Police. Voir aussi Hal Vaughan, *Dans le lit de l'ennemi, Coco Chanel sous l'Occupation*, Paris, Albin Michel, 2012, p. 16-17.

7. *Cf.* Dossier Chanel, Union française des arts du costume, musée des Arts décoratifs, également dossier Archives de la Préfecture de Police.

8. *La Semaine, l'hebdomadaire de l'actualité mondiale*, « Modèles de France », nº 38, 3 avril 1941.

9. *Mode du Jour*, nº 938, 13 avril 1939, « On présente la mode chez les grands couturiers. » (Fondée en avril 1921, c'est l'une des plus anciennes publications féminines de présentation soignée et de prix modique, reproduisant des modèles de robes, lingerie et tricot, faciles à réaliser. Après un arrêt en juin 1940, le journal reparaît en décembre de la même année. Son tirage avoisine les 100 000 exemplaires et l'on compte plus de 20 000 abonnés en 1944.)

10. *Mode du Jour*, nº 880, mars 1938.

11. Edna Woolman Chase (1887-1957) est entrée à *Vogue* à l'âge de dix-huit ans, en 1895. En 1914, elle devient rédactrice en chef, poste qu'elle occupa jusqu'en 1952, date de sa retraite.

12. *Votre Beauté*, interview de Lucien Lelong, septembre 1939. (Luxueux magazine de mode ; créé en 1909 par Eugène Schueller. Mensuel de conception moderne, il est consacré à la culture physique, aux soins de beauté et à la présentation des collections. À l'automne 1943, il prend le nom de *Françaises d'aujourd'hui* puis *Service de consultations de Votre Beauté*. Pendant la guerre son tirage fluctue de manière importante : 63 500 exemplaires en janvier 1941, de 36 500 en janvier 1941 à 18 000 en juillet 1941, 25 000 en janvier 1944. La diffusion se fait par vente au numéro et abonnement en zone occupée, seulement par abonnement en zone libre. Le rédacteur en chef en est Lucien François, et au nombre des collaborateurs occasionnels on retrouve : René Rambaud, Fernand Aubry pour le maquillage, Antonio pour la coiffure et Lucien Lelong pour la mode.) *Cf.* Jacques Marseille, *L'Oréal, 1909-2009*, Paris, Perrin, 2009, p. 351.

13. *Marianne*, août 1939, Henriette Vermond. (Hebdomadaire politique et littéraire de gauche fondé en 1936, dont le directeur est Emmanuel Berl. H. Vermond signe la chronique féminine qui tient une place importante. Le journal disparaît après juin 1940.)

14. *Mode du Jour*, nº 938, 13 avril 1939.

15. D'après *Vogue, Marianne, Marie-Claire, Une semaine à Paris*, août 1939, où la présentation en

avant-première de la collection d'automne-hiver suscite ces réactions. La mode de tous les jours réserve également une large place à ce courant (*Cf. Nouveauté*, ou *Le Petit Écho de la Mode*).

16. *Cf.* Le témoignage de Boris Kochno : « [...] ces militaires improvisés n'avaient rien de guerrier et leurs uniformes élégants, souvent peu réglementaires, ressemblaient à un déguisement fait pour n'être porté qu'un court instant », *Christian Bérard*, Paris, Herscher, 1987, p. 56.

17. *Le Jour-Écho de Paris*, 7 novembre 1939.

18. Corinne Luchaire, *Ma drôle de vie*, *op. cit.*, p. 105.

19. Cité dans *Les Années 1940, La vie continue*, p. 16-25, mai 1940, publication *Historia*, n° 98, Librairie Tallandier, 1971.

20. Edmond Dubois, *Paris sans lumière*, Lausanne, Payot, 1946, p. 29.

21. L'expression est relevée dans *Vogue*, édition française, septembre 1939. De nombreux journaux féminins soulignent la nécessité d'une mode pratique dictée par les allées et venues continuelles. Le journal cesse de paraître en 1940. Il reparaîtra en 1945.

22. *Fourrures Magazine*, février-mars 1940, p. 29. De nombreuses publicités vantant canadiennes et autres font leur apparition dans tous les journaux professionnels. Par exemple celle-ci, relevée dans *La Revue de la Fourrure*, février 1940 : « Fourrures et Pelleteries en gros, Établissements Élie Ramage 10, rue de Dijon Chalon-sur-Saône, Spécialité de canadiennes et de gilets pour soldats. »

23. Hal Vaughan, *Dans le lit de l'ennemi*, *op. cit.*, p. 126.

24. *Ibid.*, p. 141-142.

25. Témoignage oral d'Alice Le Bris-Lehmans, automne 1999.

26. Compte rendu de l'Assemblée générale sur la situation de la couture, 27 mai 1940, Archives de la Chambre syndicale de la couture.

27. *Marianne*, « La mode pendant la guerre vue par Maggy Rouff », 20 décembre 1939.

28. « Nous bâtîmes en trois mois une collection. Elle se nomma "Cash and Carry" et comportait d'énormes poches partout ; une femme obligée de partir en hâte ou de se

rendre à son service sans son sac pouvait emporter tout ce qui lui était nécessaire ; ainsi, pouvait-elle avoir les mains libres et cependant garder une allure féminine. » *Cf.* Elsa Schiaparelli, *Shocking. Souvenirs d'Elsa Schiaparelli*, Paris, Denoël, 1954, p. 133.

29. *Fourrures Magazine*, novembre 1939.

30. Rapport de Lucien Lelong, *La Couture française de juillet 1940 à août 1944*, Archives nationales Z/6NL/626, dossier n° 15352. (Cette comparaison est reprise par de nombreux journaux de l'époque.)

31. *Votre Beauté*, éditorial de Lucien François, Noël 1939. *Cf.* également : « À l'heure où le pays a un important besoin de devises, nous devons porter tous nos efforts pour augmenter notre chiffre d'exportation. La clientèle étrangère a repris ses habitudes… Nous avons un autre devoir. La couture parisienne fait vivre 20 000 ouvrières et 500 employés. Elle a une influence directe sur la vie d'autres industries : textile, soierie, fourrure, dentelle, etc. » *Fourrures Magazine*, Hélène Simart, conférence de Lucien Lelong, p. 7, novembre 1939.

32. *Fourrures Magazine*, conférence de Lucien François, avril 1940, mai 1940.

33. *Fourrures Magazine*, novembre 1939.

34. *Marianne*, « La mode et la guerre », 6 décembre 1939.

35. *Marianne*, « Infirmière des hommes », 18 octobre 1939 ; également, « C'est pour eux », *ibid.*, 27 décembre 1939.

36. *La Revue de la fourrure*, n° 12, décembre 1939.

37. En honneur aux alliés anglais (et plus précisément aux aviateurs de la Royal Air Force) qui font la guerre aux côtés des Français. Il en va de même de l'écossais, à la gloire des régiments de Grande-Bretagne, qui est très utilisé.

38. Cette couverture est due au dessinateur Pagès pour le numéro de mars 1940 ; *cf.* William Packer, *Dessins de mode, Vogue, 1923-1983*, Paris, Herscher, 1983, p. 105.

39. Cité par Henri Amouroux, *Le Peuple du désastre*, Paris, Laffont, 1976, p. 189.

40. *L'Œuvre*, 16 mai 1940. (Quotidien national qui, avant la guerre, est le porte-parole des milieux radicaux.

Replié à Clermont-Ferrand en août 1940, le journal revient à Paris en septembre 1940 où il paraît dès le 21 sous la direction de Marcel Déat, anti-vichyssois, proallemand et fondateur du mouvement RNP [Rassemblement national populaire]. La page féminine hebdomadaire est signée par des pseudonymes : Elyane ou Gisèle, ou des initiales : PC. Le tirage tourne autour de 195 000 exemplaires.)

41. *Paris-Midi*, antenne de *Paris-Soir* qui paraît durant toute l'Occupation.

42. *L'Action française*, quotidien d'inspiration royaliste, dirigé par Charles Maurras. À la débâcle, il se réfugie à Poitiers, Limoges et Lyon où il se rallie au maréchal Pétain, tout en restant hostile aux Allemands.

43. *Paris-Soir*, 24 juin 1940. (*Paris-Soir*, quotidien du soir paraissant avant la guerre. L'un des premiers titres à être publié à Paris, dès le 22 juin 1940, sous la direction d'un ancien employé du journal, Schliesse, puis d'Eugène Gerber ; 970 000 exemplaires en novembre 1940, se stabilise autour de 300 000 en juillet 1942. Étroitement inféodé aux Allemands qui le subventionnent, la feuille compte de nombreux rédacteurs. On y trouve une chronique féminine régulière à laquelle participe Andrée Morane.)

CHAPITRE II

À temps nouveaux, formules nouvelles

1. *Le Matin*, 19 juin 1940. (Quotidien destiné à un public populaire. Il est dirigé par Maurice Bunau-Varilla. Sa publication est suspendue au début de juin 1940, pour reparaître à Paris dès le 17 juin. Jean Luchaire en est le rédacteur en chef, jusqu'à ce qu'il fonde *Les Nouveaux Temps*. Après le départ de Luchaire, Jacques Ménard en prend la direction. Le journal compte de nombreux rédacteurs occasionnels, dont Robert de Beauplan, André Du Bief, Camille Mauclair. Lucie Hirigoyen collabore à la page féminine hebdomadaire. Le tirage de 532 000 exemplaires en novembre 1940 n'est plus que de 200 000 en juillet 1942.)

2. Berthe Auroy, *Journal d'une institutrice pendant la guerre*, Paris, septembre 1940-février 1942, notes

manuscrites, cahier n° 1, *Réinstallation à Paris*, np, Archives IHTP.

3. Berthe Auroy, *Jours de guerre. Ma vie sous l'Occupation*, Paris, Bayard Éditions, 2008, p. 95.

4. Jacques-Henri Lartigue, *Instants de ma vie*, Paris, Arène, 1970, n.p.

5. *Pour Elle*, « Paris se refait », 21 août 1940, un grand reportage de Violette Leduc, journaliste débutante que l'écrivain Maurice Sachs recommande à la direction. (*Pour Elle*, journal de mode hebdomadaire, fondé en août 1940 avec l'accord des Allemands et paraissant jusqu'en mars 1942. Il contient de nombreuses rubriques de mode et de beauté, des conseils de couture et la reproduction de modèles courants. 404 000 exemplaires au lancement, 330 000 en 1941. Parmi les collaborateurs réguliers de la revue : Fanny Clair, André Thérive et, surtout, Violette Leduc, qui publie régulièrement des reportages sur la mode.)

6. *L'Officiel de la couture et de la mode*, n° 234, février 1941, p. 13.

7. Archives privées Tassinari, Paris

8. Commande n° 10118, archives privées Tassinari, avec l'aimable autorisation de Bernard Tassinari.

9. *Le Figaro*, « La page féminine », décembre 1940. (Quotidien national avant la guerre, se replie à Lyon où il paraît jusqu'en novembre 1942, date à laquelle le journal se saborde.) À cette date, alors que son tirage n'a cessé de décroître, *Le Figaro* compte, selon Pierre Brisson, 8 000 abonnés. Le journal reparaît à la Libération.

10. *Le Mot d'ordre*, 21 août 1940. (Quotidien de gauche paraissant à Marseille en 1941-1944, dont le directeur est Ludovic-Oscar Frossard.)

11. Jacques-Henri Lartigue, *L'Œil de la mémoire – 1932-1985*, Paris, Carrère, Éditions 13, 1986, p. 179.

12. Le 27 septembre 1940, en zone occupée, une première ordonnance allemande sur les juifs est promulguée. Elle définit leur identité et ordonne la pose obligatoire de l'affichette jaune « Entreprise juive » sur les magasins juifs. En outre, elle interdit aux juifs de la zone libre de retourner en zone occupée. Le 3 octobre 1940,

un premier statut des juifs, élaboré par Vichy, est promulgué (il s'agit alors d'une initiative purement française) : il définit les juifs et les exclut d'un certain nombre de professions. Le 18 octobre 1940, une mesure allemande prescrit le recensement des entreprises juives. Il en découle l'aryanisation avec la nomination d'administrateurs provisoires. *Cf.* Philippe Verheyde, *L'Aryanisation des grandes entreprises juives sous l'Occupation. Contraintes, enjeux, pouvoirs*, Thèse de doctorat d'histoire, Université de Paris VIII, décembre 1997, tome I, chapitre I, p. 21-44 ; voir aussi tome III, annexes, table chronologique des lois. Parmi les corporations visées par ces mesures, les entreprises de confection et de cuir sont particulièrement touchées.

13. Raymond Corot, *Trente ans de chiffons*, Paris, La Table Ronde, 1964.

14. D'après AJ 3862, Archives nationales, dossier des relations du Commissariat général aux questions juives avec ministères, lettre du 30 janvier 1941 du président de la Chambre de commerce au sous-préfet. *Cf.* Philippe Verheyde, *L'Aryanisation des grandes entreprises juives sous l'Occupation*, *op. cit.*, p. 46.

15. Lucien Rebatet, *Les Décombres*, Paris, Denoël, 1942, p. 481.

16. *Ibid.*, p. 499.

17. *Cf.* Myriam Chimènes (dir.), *La Vie musicale pendant la guerre*, Bruxelles, Complexe, 2001. Voir la contribution de Josette Alviset, « La programmation musicale à Vichy : les apparences de la continuité ».

18. Jean Débordes, *Vichy, capitale à l'heure allemande*, Paris, Godefroy de Bouillon, 1988, p. 77.

19. Le 10 juillet 1940, l'Assemblée nationale réunie à Vichy décide à la quasi-unanimité qu'il y a lieu de réviser la Constitution. Les pleins pouvoirs sont votés à Philippe Pétain qui fonde l'État français, mettant fin à la République française. Seuls quatre-vingts parlementaires, députés et sénateurs se sont opposés et ont dit non à Pétain. On trouve parmi eux Vincent Auriol, Léon Blum, Max Dormoy, Louis Noguères, André Philip, etc.

20. D'après Jean Débordes, *Vichy, capitale à l'heure allemande*, *op. cit.*, p. 22.

21. Léon-Paul Fargue, « Paris 1941 », *Patrie*, première année, 1941, n° 3.

22. Edmond Dubois, *Paris sans lumière*, Lausanne, Payot, 1971, p. 124-125.

23. Jacques-Henri Lartigue, *L'Œil de la mémoire*, *op. cit.*, p. 199.

24. Alfred Fabre-Luce, *Journal de la France, août 1940-avril 1942*, Paris, Imprimerie JEP, 1942, p. 139-140.

25. *Les Nouveaux Temps*, 22 octobre 1941. (Quotidien du soir collaborateur, fondé et dirigé par Jean Luchaire à l'automne 1940. [Premier numéro le 1er novembre 1940.] Parmi ses rédacteurs, le journal compte Guy Crouzet, Guy Zucharelli,… Lucien François y signe les présentations des collections. C'est le journal le mieux informé du Tout-Paris, aux yeux de ses fondateurs. Il passe pour l'organe officieux d'Otto Abetz. 40 000 exemplaires en juillet 1942.)

26. Le n° 165 de *Silhouettes*, en septembre 1942, vante « les modèles simples et confortables pour le sport, dont une combinaison culotte » (p. 18-19).

27. *Marie-Claire*, n° 246, juin 1942. (Magazine féminin lancé par Jean Prouvost en 1937 qui remporte les suffrages de la clientèle à cause de son aspect américanisé. Durant la Seconde Guerre mondiale, *Marie-Claire* se replie à Clermont-Ferrand en juin 1940 puis à Bordeaux et enfin Lyon où il s'installe le 20 juillet 1940, 65, cours de la Liberté et paraît durant toute la guerre. Son tirage avoisine 800 000 exemplaires en 1940. Marcelle Auclair fait partie des rédacteurs.)

28. Jacques-Henri Lartigue, *L'Œil de la mémoire, op. cit.*, p. 203.

29. *Ibid.*, p. 204.

30. *L'Œuvre*, 18 novembre 1940.

31. Edmond Dubois, *op. cit.*, p. 110.

32. Alfred Fabre-Luce, *op. cit.*, p. 139-140.

33. *Le Matin*, 23 février 1942.

34. Née Caroline-Edwige Cunati. *Cf. Les Feux de la mémoire*, Paris, Albin Michel, 1977, où l'actrice évoque quelques souvenirs de guerre.

35. *Marie-Claire*, 27 décembre 1941.

36. Compagne de Jean-Paul Sartre, jeune professeur de philosophie lorsque la guerre éclate, « mettant fin à dix années de vie merveilleusement libre ». Durant l'Occupation, Simone de Beauvoir est à Paris où elle enseigne dans un lycée. Elle apprend à monter à bicyclette, porte des galoches à semelles de bois et des pantalons de ski. À l'époque, son aspect extérieur lui importe peu. « J'avais pris plaisir à m'occuper de ma toilette au temps où c'était un divertissement, mais je ne voulais pas me compliquer futilement l'existence et je m'en désintéressais. » Simone de Beauvoir, *La Force de l'âge*, Paris, Gallimard, 1960, p. 577.

37. Michèle Bood, *Les Années doubles, journal d'une lycéenne sous l'Occupation*, Paris, Laffont, 1974 [5 janvier 1941].

38. Cité par Gérard Walter, *La Vie à Paris sous l'Occupation*, Paris, A. Colin, 1960, p. 110.

39. Berthe Auroy, *Jours de guerre*, *op. cit.*, p. 136-137.

40. *Le Figaro*, 15 janvier 1941.

41. Elsa Schiaparelli, *Shocking, op. cit.*, p. 134-135.

42. *La Semaine*, n° 35, 13 mars 1941.

43. Alfred Fabre-Luce, *Vingt-cinq années de liberté. 2 : L'épreuve, 1939-1946*, Paris, Julliard, 1963, p. 64-65.

44. *L'Œuvre*, 4 novembre 1940.

45. *L'Œuvre*, 18 novembre 1940.

46. *La Femme chic*, n° 354, octobre 1940. (*La Femme chic* fait partie des publications A. Louchel. Cette revue mensuelle s'adresse essentiellement aux couturiers de province à qui elle propose des modèles en vue de la reproduction. La rubrique de mode est tenue par Lucie Hirigoyen. Le journal tire à 30 000 exemplaires et est diffusé seulement en zone occupée.)

47. *L'Œuvre*, 18 novembre 1940.

48. *Le Matin*, 9 novembre 1940, page féminine de Lucie Hirigoyen.

49. *Ibid.*

50. Alfred Fabre-Luce, *Journal de la France*, *op. cit.*, p. 144-145.

51. Juliette Clarens, « L'élégance sous toutes ses coutures », *L'Illustration*, 5 octobre 1940. (Hebdomadaire

illustré et dirigé par René Baschet. Reprend sa publication en août 1940. Robert de Beauplan, Jacques de Lesdain, Léon-Paul Fargue, Juliette Clarens sont parmi les principaux rédacteurs.)

CHAPITRE III
Le temps de la pénurie

1. Dès septembre 1940, le pain et les pâtes sont soumis au rationnement, à l'automne 1941, presque toutes les denrées sont contingentées. Les Français se répartissent entre les E (moins de 3 ans) et les V (plus de 70 ans), en passant par les J (enfants, adolescents) et les A (21 à 70 ans). *Cf.* Dominique Veillon, *Vivre et survivre en France, 1939-1947*, Paris, Payot, 1995.

2. *Le Journal de la chaussure française. Revue professionnelle du commerce et de l'industrie*, septembre 1940, JO-65877, BNF-Tolbiac. (Journal destiné aux professionnels.)

3. Hans Kehrl, responsable du plan textile pour le Reich, souhaite « une répartition des matières premières entre les besoins militaires allemands et les besoins civils français », d'où la mise au point d'une convention. Pour l'année 1941, la France se voit dessaisir de la presque totalité de ses stocks, elle doit livrer 25 000 tonnes de laine brute, 5 000 tonnes de laine peignée, 10 000 tonnes de coton. « Fin 1941, les Allemands exigent la livraison du tiers de la tonte française. Les négociateurs français réclament des contreparties allemandes (pâtes à bois, ficelles-lieuses, chanvre). » Désormais, seule une politique de contrat prévaut. Une convention semblable est établie pour le cuir, le plan Grunberg, du nom du responsable allemand pour le cuir. *Cf.* aussi Michel Margairaz, *L'État, les finances et l'économie. Histoire d'une conversion, 1932-1952*, Comité pour l'histoire économique et financière de la France, tome I, 1991, p. 609 et 612-613.

4. Il s'agit de la loi du 16 août 1940 sur l'organisation professionnelle.

5. *Journal officiel de la République française*, 30 octobre 1940, Comité général d'organisation de l'industrie textile.

6. Ou OCRPI. L'OCRPI a été créé le 10 septembre 1940.

7. Fanny Berger est arrêtée en septembre 1942, internée, puis envoyée à Auschwitz en juillet 1943 où elle meurt gazée dès son arrivée. Elle a 42 ans. *Cf.* l'exposition *Accessoires et objets, témoignages de vies de femmes à Paris, 1940-1944*, 20 mai-15 novembre 2009, à Paris au Musée du Général-Leclerc-de-Hauteclocque et de la Libération de Paris – musée Jean-Moulin.

8. Cité par Michel Margairaz, préface à Philippe Verheyde, *Les Mauvais Comptes de Vichy. L'organisation des entreprises juives*, Paris, Perrin, 1999, p. 9-10.

9. *Pour vous Mesdames ! La mode en temps de guerre*, Exposition, Centre d'histoire de la Résistance et de la Déportation, 27 novembre 2013-13 avril 2014.

10. Georges Ravon, « Où va l'industrie de la chaussure ? », *Le Figaro*, 25 septembre 1940.

11. Témoignage de M. Vialatte, artisan cordonnier, *in L'Œuvre*, 25 novembre 1940.

12. *Le Petit Parisien*, 16 janvier 1941. (Quotidien parisien replié en zone libre, regagne la capitale où il reparaît le 8 octobre 1940. Il compte une large clientèle populaire. Il tire à 680 000 exemplaires en novembre 1940.)

13. *Cf. Le Journal de la chaussure*, 22 octobre 1940.

14. Les estimations des professionnels varient de 60 à 80 millions. *Cf. Le Journal de la chaussure*, 28 janvier 1941, 12 septembre 1942 ; également *Le Cuir*, 13 décembre 1941.

15. Jean Bichelonne, polytechnicien, secrétaire général pour l'industrie et le commerce du 18 juillet 1940 au 25 avril 1942, puis secrétaire à la production industrielle dans le gouvernement Laval jusqu'en novembre 1942.

16. Archives nationales, AJ 4179, AJ 41 171.

17. AN F 3733, Plan du cuir *in* Michel Margairaz, *L'État, les finances et l'économie, op. cit.* AN F12 10640, « une statistique provisoire établissant le bilan de l'Occupation depuis deux ans stipule que plus de 45 % des établissements industriels du secteur Cuir travaillent pour les Allemands ». D'après Philippe Verheyde, tome I, p. 128. *Les Mauvais Comptes de Vichy, op. cit.*

18. *Journal officiel*, 3 janvier 1941.

19. *Les Nouveaux Temps*, 11 février 1941.

20. *L'Œuvre*, « Chaussures pour premières communiantes », 22 mars 1941.

21. *Marie-Claire*, 8 mars 1941.

22. Michèle Bood, *Les Années doubles, journal d'une lycéenne sous l'Occupation*, Paris, Laffont, 1974, p. 203.

23. Colette, *Paris de ma fenêtre*, Paris, Éditions de Milieu du Monde, 1944, p. 217.

24. Plus connue sous le nom de Madame Grès.

25. *L'Œuvre, Images de France, 30 mars 1941. (Images de France*, périodique mensuel édité par *L'Illustration*. Ce n'est pas une revue de mode, on y traite d'art, de décoration, de tourisme mais quelques pages sont consacrées à la mode. Son tirage est de 33 000 exemplaires.)

26. *La Gerbe*, 24 juillet 1941. (Hebdomadaire collaborationniste dont le premier numéro sort le 10 juillet 1940. Il est dirigé par Alphonse de Chateaubriant. Jeanne Fernandez est la signature la plus fréquente de la page féminine.)

27. *Le Journal de la chaussure*, *op. cit.*, août 1941.

28. Archives nationales, AJ 41 171, F 12 10296.

29. *Cf.* Archives nationales, F 3733, F 3720, Plan du cuir, *in* Michel Margairaz, *L'État, les finances et l'économie*, *op. cit.*, p. 613.

30. Archives nationales, AJ 41 171, F 12 10296.

31. « En 1943, la ville de Nancy reçoit pour six mois un contingent de 3 650 paires d'usage ville (chaussures basses à semelle de caoutchouc), 507 d'usage fatigue (brodequins à semelle de caoutchouc), et 22 425 fantaisie (toutes chaussures à semelle bois). » Le mécontentement est général. *Cf.* Bertrand Heyraud, *5 000 ans de chaussures*, Bournemouth, Éditions Parkstone, 1994, p. 126.

32. Notes manuscrites rapides et datées de novembre 1942, Claudine Prat, Aubervilliers, archives privées...

33. Edmée Renaudin, *Sans fleur au fusil*, Paris, Stock, 1979.

34. *Tout et Tout*, 22 mars 1941.

35. « Les ventes sont payées au comptant ou donnent lieu à un échange avec d'autres marchandises, réputées

rares. Ce système permet d'acheter des matières premières hors contingent et d'améliorer ses propres ressources. Les transactions au noir ne doivent pas laisser de trace comptable. L'on peut vendre jusqu'à 50 % de la production sans trop risquer d'attirer les contrôles du fisc et de la police économique qui sont fréquents. Ce qu'il faut craindre le plus, ce sont les dénonciations d'un client ou d'un commerçant mécontent car hélas, la délation règne partout. » Maurice Arnoult, *Moi Maurice, bottier à Belleville. Histoire d'une vie* (recueillie par Michel Bloit), Paris, L'Harmattan, 1993, p. 122.

36. Archives nationales, F 12 10192.

37. *Les Nouveaux Temps*, À la tribune, 7 mai 1941.

38. *L'Œuvre*, 15 avril 1941.

39. Dominique Veillon, « 1940-1944 : Le Front de la mode », *L'Histoire*, n° 345, 2009, p. 79.

40. Témoignage oral de Jo Cardin-Massé, 1987, et rapport du commissaire de police du quartier de la Sorbonne, Télégramme 34, carton PJ 33, Archives de la préfecture de Police.

41. G. et G. Picot, *Le Sac à main*, Paris, Éd. du May, 1993, p. 118.

42. D'après *L'Œuvre*, le 27 janvier 1941.

43. Maurice Arnoult, *Moi Maurice, bottier à Belleville*, *op. cit.*, p. 118.

44. « Le 200 fin, la lotion qui donne l'apparence du bas, ne tache pas les robes et résiste à l'eau. » 33 francs le flacon.

45. *L'Œuvre*, 20 mai 1941.

46. *Les Nouveaux Temps*, 26 juin 1941.

47. *Silhouettes*, n° 176, août 1943.

48. *Mode du jour*, 1er août 1943.

49. *Au Pilori*, cité par D. Veillon, *La Collaboration*, Paris, Hachette, 1984, coll. « Textes et Débats », p. 235-236. (Le journal s'intitule *Hebdomadaire de combat contre la judéo-maçonnerie*. Son premier numéro sort le 12 juillet 1940.)

50. Dominique Veillon, 1940-1944 : « Le Front de la mode », art. cité.

CHAPITRE IV

Débrouillardise et coquetterie

1. Dossier « Carte de vêtements », Archives nationales, F 12 10499.
2. *Ibid.*
3. *Le Matin*, 14 février 1941.
4. D'après *Marie-Claire*, n° 215, 6 septembre 1941.
5. *Le Figaro*, 7 mai 1942.
6. D'après *Le Figaro*, 5 février 1942.
7. Colette, *Paris de ma fenêtre*, *op. cit.*, p. 104.
8. Voir Marie-Laure Gutton, Fabienne Falluel, les collections du Palais Galliera *in* catalogue de l'exposition *Pour vous Mesdames ! La mode en temps de guerre*, Lyon, Libel, 2013, p. 53.
9. Isabelle Doré-Rivé, « Vivre à Lyon pendant la guerre », in *ibid.*
10. *Le Petit Écho de la mode*, Archives nationales, F41 1247. Son président-directeur général Jacques Moy a été volontaire des FFL, le journal paraît à la Libération avec un tirage de 350 000 exemplaires. Voir Sophie Kurdjian, *Lucien Vogel et Michel de Brunhoff, parcours croisés de deux éditeurs de presse illustrée au XXe siècle*, thèse d'histoire obtenue à l'Université Paris I-Panthéon Sorbonne (dir. Patrick Eveno), 2013, p. 1023 ; voir aussi *Le Petit Écho de la mode, 100 ans de presse familiale*, Châtelaudren, Culture et patrimoine, 2008, p. 72, p. 110.
11. Le magazine se saborde en août 1944 et ne reparaît pas avant 1954. De 1940 à 1944 son tirage avoisine les 800 000 exemplaires..
12. *Pour Elle*, n° 10, 16 octobre 1940.
13. *L'Œuvre*, 12 août 1941.
14. *Marie-Claire*, 25 janvier 1941.
15. Paris, Éditions de Montsouris, 1942, 47 p., 8-Z-29104, BNF-Tolbiac.
16. Correspondance, Archives nationales, F 12 10804.
17. *Ibid.*
18. Service du rationnement, Archives nationales, F 12 10205.

19. *La Revue de la fourrure*, mai-juin 1942, p. 277, où sont exposées ces doléances.
20. Service du rationnement, Archives nationales, F 12 10205.
21. Simone Signoret, *La nostalgie n'est plus ce qu'elle était*, Paris, Seuil, 1976, p. 75.
22. *Bulletin du Comité d'organisation générale de l'industrie textile*, juillet 1941, 4° V 14080, BNF-Tolbiac.
23. « Interdictions », Archives nationales F 12 10503.
24. Archives nationales, F 12 10503.
25. Marie-Laure Gutton, Fabienne Falluel, « Les collections du Palais Galliera », in *Pour vous Mesdames !*, *op. cit.*
26. Maggy Rouff (Anne-Marie Besançon de Wagner), *La Philosophie de l'élégance*, Paris, Éditions littéraires de France, 1942, p. 141-142.
27. Colette, « De ma fenêtre », in *Œuvres complètes*, Paris, Éditions du Centenaire, Club de l'Honnête Homme, 1973, p. 48.
28. « Dans le moindre bibi qu'elles posaient sur leur tête, il y avait la promesse de ce sublime orage d'août au cours duquel Paris allait rejeter à la fois ses ennemis, ses chaînes et ses mauvais prophètes », *Silhouette*, 1945.
29. Témoignage oral de Jacques Delamare, fabricant de fleurs en tissu, juin 1989.
30. Violette Leduc, « Un chapeau qui n'est pas un chapeau », *Pour Elle*, 4 septembre 1940.
31. « Faute d'électricité, les coiffeurs travaillent irrégulièrement, une mise en plis devenant toute une affaire, aussi les turbans étaient-ils à la mode. Ils tenaient lieu de chapeau et de coiffure », Simone de Beauvoir, *La Force de l'âge*, *op. cit.*, p. 577.
32. Ernst Jünger, *Premier journal parisien*, 1941-1943, Paris, Livre de Poche, 1980, p. 52. Ernst Jünger, écrivain allemand. De 1939 à 1945, il tient un journal de guerre. Affecté à l'état-major allemand de Paris, Jünger fréquente les hauts lieux de la capitale. On le rencontre chez *Prunier*, à *La Tour d'argent*, au *Ritz*, etc. Il déjeune avec Cocteau, Jouhandeau, Arletty, Sacha Guitry,...
33. *Le Figaro*, 3 juin 1941.

34. Violette Leduc, *Tout et Tout*, reportage du 19 avril 1941.
35. Colette, *Paris de ma fenêtre, op. cit.*, p. 89.
36. Elsa Schiaparelli, *Shocking, op. cit.*, p. 182.
37. *Images de France*, février 1941.
38. *Les Nouveaux Temps*, « L'agressivité des "couteaux" », 12 juin 1941.
39. Gérard d'Houville, « La Parisienne et la mode », in *Paris 1943*, Paris, PUF, n.d., p. 46.
40. Limitation de l'emploi de tissus rentrant dans la confection de chapeaux de dames, Archives nationales, F 12 10503.
41. Jacques-Henri Lartigue, *L'Œil de la mémoire, op. cit.*, p. 202.
42. *La Couture française, op. cit.*, Archives nationales.
43. Elsa Schiaparelli, *Shocking, op. cit.*, p. 150.

CHAPITRE V

Fibranne, rayonne et ersatz

1. Par fibres artificielles, on entend tous produits utilisables dans l'industrie textile et obtenus par un processus chimique : Fibres continues de rayonne, lanital…
2. *J.O. de la République française*, 7 août 1940. Déjà le décret du 9 juillet 1940 avait rendu obligatoire la déclaration des stocks de certaines matières textiles. La mesure est étendue aux fibres artificielles, chiffons, fils à coudre.
3. Compte rendu d'entretien, 14 août 1940, avec M. Hartman, chargé des textiles à l'administration allemande des territoires occupés, Archives nationales, F 12 10297.
4. Note au sujet du plan de collaboration économique franco-allemande sur l'industrie textile, ministère de la Production industrielle et du Travail, Archives nationales, F 12 10297.
5. Le Majestic, du nom de l'hôtel affecté aux services de la censure et de la propagande allemande.
6. Archives nationales, F 12 10297.

7. L'entretien se situe en août 1940, avant que ne soit prise la décision d'instituer des bons de vêtements (voir *supra).*

8. Archives nationales, F 12 10297.

9. Note sur le plan textile franco-allemand, Archives nationales, AJ 41 171.

10. Note du 21 novembre 1940, Archives nationales, F 12 10297. Y. Bouthillier, partisan de l'armistice et de la révolution nationale, est l'un des théoriciens les plus écoutés du maréchal Pétain. Ministre des Finances du 12 juillet 1940 au 6 septembre 1940, puis secrétaire d'État pour l'Économie et les Finances jusqu'au 18 avril 1942.

11. Enquête sur l'industrie textile à Lyon, l'inspecteur en chef Galmier, inspecteur général adjoint de l'économie, à M. le secrétaire d'État à la Production industrielle, 14 juin 1941, Archives nationales, F 12 10548. Pierre Vernus : « L'organisation de la soierie : un comité national d'implantation provincial », *in* H. Joly, *Les Comités d'organisation et l'économie dirigée du régime de Vichy*, Actes du colloque international, 3-4 avril 2003, Caen, p. 165.

12. Avant la guerre, la consommation est autour de 2 000 tonnes, elle atteint dorénavant 180 tonnes (Pierre Vernus, *ibid.*).

13. Groupe Tissus « Flesa Albène », 8 août 1941, Archives nationales, F 12 10548.

14. Pierre Vernus, *Art, luxe et industrie, Bianchini-Férier, un siècle de soieries lyonnaises*, Grenoble, PUG, 2006 ; également Dominique Veillon, Pierre Vernus, Martine Villelongue, « La soierie lyonnaise », in *Pour vous Mesdames !*, *op. cit.*, p. 20-24.

15. Groupe Tissus « Flesa Albène », art. cité.

16. France-Rayonne, Archives nationales, AJ 41 171, F 12 10296-10297.

17. Archives nationales, 7 février 1941, AJ 41 171.

18. *Ibid.*

19. *Le Figaro*, 9 octobre 1941.

20. *Pour Elle*, interview de M. Guénin, 10 décembre 1941.

21. *Ibid.*

22. Enquête de Georges Ravon, *Le Figaro*, mars 1941.

23. *L'Œuvre*, 15 mars 1941.

24. « Un terme est à bannir pour désigner les textiles nouveaux, "ersatz", ou sa traduction à la mode, "produits de remplacement". Quand on porte une robe de lin ou de coton, on ne se dit pas habillée d'une plante ou d'un arbuste. Or ces végétaux ont pour élément fondamental la cellulose tout comme les pins de Norvège d'où proviennent après maintes transformations rayonne et fibranne », *Silhouettes*, n° 239, juillet 1941.

25. *L'Illustration*, « L'effort textile français », 20 septembre 1941 (supplément). Voir aussi *La France européenne* (revue mensuelle de l'Exposition du Grand Palais), n° 1, juin 1941, et n° 4, septembre 1941.

26. André Du Bief, « Leipzig, plaque tournante de l'Europe nouvelle », *La Semaine*, n° 37, 27 mars 1941, p. 7 et suiv. Journaliste à *L'Illustration*, André Du Bief effectue de nombreux reportages pour la revue *La Semaine.*

27. *Ganterie* (revue technique de la ganterie française), novembre-décembre 1941, Foire de Lyon, 27 septembre-5 octobre 1941.

28. Archives nationales, F 12 10804.

29. *Ibid.*

30. *Images de France*, septembre 1941. *Ganterie, op. cit.*

31. *Le Matin*, « Les nouveaux tissus », août 1942.

32. « Les pénuries d'approvisionnement textiles pendant la Seconde Guerre mondiale entachent l'image de modernité des fibres artificielles, particulièrement appréciable pendant les années 1930. De substitut, la fibre artificielle devient ersatz. » Valérie Guillaume, « Industries, techniques et politiques industrielles en mutation », in *Mutations/mode 1960-2000*, catalogue exposition printemps 2000, musée Galliera, Paris Musées, 2000, p. 19.

33. « Tissus de laine ? Non, madame, du bois ! », *Paris-Soir*, 13 avril 1941.

34. « Économie vestimentaire », *La France européenne*, n° 4, septembre 1941.

35. *Le Matin*, 4 mai 1943.

36. *Cf. Notes manuscrites*, *op. cit.*, Claudine Prat, archives privées.

37. *Le Matin*, 22 février 1943.
38. Archives nationales, F 12 10804.
39. Exposé de Robert Le Vaux, Rapport sur la fibre de genêt d'Espagne, Archives nationales, F 12 10596.
40. *Le Matin*, 18 juin 1942.
41. Les SS ont également « récupéré », pour la fabrication du tissu, les cheveux des détenu(e)s qu'ils rasaient à leur arrivée au camp de concentration, en particulier à Auschwitz.
42. *Le Matin*, 14 octobre 1942.
43. Ce qui, à la Libération, vaudra quelques ennuis à la directrice du journal, jugée trop complaisante envers l'occupant. Il est cependant significatif de voir que dans les articles imposés par les Allemands, les positions pouvaient être différentes. *L'Officiel de la couture et de la mode de Paris* se montre plus réservé, dans les mêmes circonstances, et modifie des phrases trop criantes, Archives nationales, F 41 1464.
44. Marcel Carné, *La Vie à belles dents*, Éd. J. Vuarnet, 1979, p. 192-202.
45. *Le Journal de la chaussure française*, 4 avril 1942.
46. Au printemps et à l'automne 1941, *Pour Elle* vante le rouge à lèvres Gemey, vendu rue de la Paix ou par correspondance. Cinq nuances sont offertes : vénitien, cardinal, pourpre de Tyr, rose nacré, vermillon de Chine. La publicité disparaît assez vite.

CHAPITRE VI
La haute couture à l'heure allemande

1. Rita Thalmann (dir.), *Femmes et fascismes*, Paris, Tierce, 1986, p. 79.
2. Mme Besançon de Wagner, dite Maggy Rouff, est la présidente de l'Association de protection des industries artistiques saisonnières (PAIS). Voir Didier Grumbach, *Histoires de la mode*, Paris, Éditions du Regard, 2008, p. 34.
3. *La Couture française*, *op. cit.*, non-lieu n° 15352.
4. *Signal*, n° 9, mars 1941, p. 17.

5. *La Couture française*, *op. cit.*

6. Compte rendu de la réunion du 24 octobre 1940, Chambre syndicale de la couture.

« M. Lucien Lelong est chargé (par le ministère de la Production industrielle et du Travail) d'une mission d'étude en Allemagne pour se renseigner sur les activités allemandes de la mode et rechercher sur quelles bases un accord permettant la reprise de l'activité de la couture et de la main-d'œuvre française pourrait être envisagé. »

Ses collègues lui apportent leur soutien : « Le comité de la Chambre syndicale de la couture approuve le voyage de Lucien Lelong et lui fait pleine et entière confiance pour défendre les intérêts de la couture française. »

7. Procès-verbal de l'inspecteur de police Bernard Taris à la sous-direction de la police économique, n° 80/12, AN.

8. Ils viennent de subir un premier revers avec l'échec de la bataille d'Angleterre (automne 1940).

9. Archives de la chambre syndicale de la couture parisienne, cité par Didier Grumbach, *Histoires de la mode, op. cit.*, p. 35.

10. Plan de propagande collective, printemps 1941, C.O.V, Groupe 1, Archives nationales, F 12 10503.

11. *Les Nouveaux Temps*, 6 mars 1941, on relève la même teneur dans *Le Matin*, 30 mars 1941.

12. Conférence du 29 janvier 1941 par Lucien Lelong, Comité d'organisation du vêtement, 8ᵉ V, pièce 26.888, BNF.

13. Haute couture, plan de propagande collective, *op. cit.*, Archives nationales.

14. *Votre beauté*, « Sourires de Paris », avril 1941.

15. *La Femme chic* et *Les Nouveaux Temps*, 22 mai 1941, qui expriment la même idée.

16. *Les Nouveaux Temps*, « La mode et l'Amérique », 8 mai 1941. Reportage effectué sur l'antenne de Radio mondial.

17. *Le Matin*, 1ᵉʳ février 1941, chronique de Lucie Hirigoyen.

18. « L'Amérique avait dit que la France était morte et que le chic ne viendrait plus de Paris. Mais avec les beaux jours de printemps, couturiers et modistes ont présenté de

nombreux modèles qui gardent toute l'élégance parisienne. Rappelons que, pour défendre la mode française, trente-quatre maisons de luxe peuvent fournir des robes sans bons d'achat. » *La Semaine*, nº 40, 17 avril 1941.

19. *L'Officiel de la couture et de la mode*, nº 235, mars 1941.

20. Lucien François, *Cent conseils d'élégance, précédés d'un éloge de Paris*, Paris, Société d'édition moderne, 1942, 64 p.

21. Maggy Rouff, *op. cit.*, p. 224-227.

22. Germaine Beaumont, « Le poids des choses légères », in *Album de la Mode Figaro*, hiver 1942.

23. Dérogation haute couture, décision 1007 – 11 juillet 1941, création d'une carte haute couture, Archives nationales F 12 10205, F 12 10503. Voir aussi *La Couture française*, *op. cit.*

24. *Le Matin*, 30 mars 1941.

25. *La Semaine*, nº 38, 3 avril 1941.

26. Malgré l'intervention de Jean Jardin, chef de cabinet de Y. Bouthillier, la Direction des textiles et des cuirs, en vertu de la décision nº 1007, refuse toute nouvelle dérogation. Archives nationales, F 12 10205

27. Secrétariat d'État de la Production industrielle, dérogation haute couture, Archives nationales, F 12 10205.

28. Décision V1 A12, 19 juin 1942, Archives nationales, F 12 10503 (voir extrait en Annexes).

29. *Ibid.*

30. Note adressée à M. Jacques Deligny, Archives nationales F 12 10503.

31. D'origine russe, premier danseur et chorégraphe français à l'Opéra de Paris, habitué des réceptions franco-allemandes parisiennes.

32. « Déjeuners de la Table ronde », Affaire Lucien Lelong, Procès-verbaux, cour de justice, Z/6/626, non-lieu dossier nº 15352, Archives nationales.

33. Sous le titre « La haute couture passe la ligne », *Marche, le magazine français* consacre sa couverture à l'événement (17 mars 1942) et réserve deux pages entières à la présentation de la collection que commente Renée Massip (p. 10 et 11).

34. *Le Progrès de Lyon*, 7 mars 1942, qui précise que « si, des fenêtres largement ouvertes, nous n'avions point vu couler le Rhône, nous nous serions crus dans l'un des salons d'une grande maison de couture de Paris ».

35. *Marie-Claire*, 1er avril 1942.

36. Témoignage oral, Jacques Delamare, juin 1989.

37. Note sur « La mode artistique », Archives nationales, F 41 1696.

38. Louis Joseph se réfugie en France, puis en Suisse après la défaite de 1940.

39. Premier journaliste à avoir recueilli une interview de Hitler en 1933. Il se montre enthousiaste envers le régime nazi. Après la défaite de 1940, il assume, au titre d'ambassadeur, les fonctions de délégué général du gouvernement français dans les territoires occupés. Marié à une juive proclamée « Aryenne d'honneur », c'est un instrument docile envers l'occupant.

40. *Manteaux et costumes de promenade*, n° 68, été 1944, Archives nationales.

41. « La mode dans son rôle de concilier l'utile et la grâce », *La Mode idéale*, été 1944.

42. *L'Art et la Mode*, le journal tire entre 15 000 et 20 000 exemplaires, Archives nationales F 41 1043.

43. *L'Officiel de la couture et de la mode*, Archives nationales F 41 1464.

44. *Votre beauté* (225 000 exemplaires, 200 000 abonnés), Archives nationales F 41 1692, *Le Petit Écho de la mode* F 41 1247 ; *Modes et Travaux*, F 41 1429.

45. Le 20 juillet 1942, le Groupe 1 devient « Branche des industries de création et de vêtements sur mesure ». Le Comité du vêtement deviendra « Comité général d'organisation de l'habillement et du travail des étoffes » dirigé par Jacques Deligny. Désormais, c'est lui qui assure les relations avec les autorités allemandes.

Le 18 mars 1943, une décision de Jean Bichelonne, publiée au *Journal officiel* de l'État français, vient judicieusement compléter l'arrêté du 20 juillet 1942 en réglementant les appellations « couture » et « couturière », d'une part, et « haute couture » et « couturier » d'autre part. C'est donc sous le régime de Vichy qu'a eu lieu la réglementation des appellations couture, couture-création et haute couture.

46. Entretiens du *Majestic* entre Jacques Deligny et le Dr Schilling, Archives nationales, F 12 10503 (voir extrait en Annexes).

47. *La Couture française*, *op. cit.*

48. Archives nationales, F 12 10643, protection de la main-d'œuvre, industrie du cuir.

49. AJ 38-1563, AJ 38-1576, Archives nationales, Paris. *Cf.* aussi Claire Marchand, *Les Fourreurs juifs sous l'Occupation*, DEA sous la direction d'Annette Wieviorka, Gérard Baal, Paul Lévy, Université de Poitiers, 1999, p. 60-61, d'où ces exemples sont tirés.

50. Sur 58 000 entreprises recensées, 51 200 répondent à la définition des entreprises artisanales. Note à Jacques Deligny, 26 juin 1942, à propos de la concentration des entreprises, Archives nationales, F 12 10497.

51. Une note datée du 25 février 1943 sur la concentration des entreprises de confection précise que dans la confection masculine, 350 entreprises furent fermées sur 1 624, dans la confection féminine, 200 sur 1 927 et dans la chemiserie, lingerie, 501 sur 4 289 ; Archives nationales.

52. D'après Catherine Ormen-Corpet, *Modes, XIXe-XXe siècles*, Paris, Hazan, 2000, p. 299-300.

53. Pendant la guerre, son salon de couture fusionne avec celui de Marcelle Tizeau.

54. Dossier G. Krebs, 218115, Archives de la préfecture de police. Voir aussi *La Couture française*, *op. cit.*

55. En vertu d'« une pétition signée par Cocteau, Derain, Guitry et Sauguet qui a fini par lever l'interdiction », *in* Olivier Barrot et Raymond Chirat, *La Vie culturelle dans la France occupée*, Paris, Gallimard, coll. « Découvertes », 2009, p. 40.

56. *Ibid.*

57. Madeleine Chapsal, *La Chair de la robe*, Paris, Fayard, 1989, p. 21 et suiv. Madeleine Chapsal est la fille de Marcelle Chaumont.

58. Témoignage oral d'Alice Le Bris-Lehmans, automne 1999. Voir aussi *L'Officiel de la couture et de la mode*, nº 234, février 1941 : « Dans un Paris retrouvé après

des heures tragiques, ils [les couturiers] ont prévenu le désir des femmes de ne s'habiller qu'avec sagesse et dignité, ils ont aussi adapté aux circonstances de leur vie nouvelle des modèles utilitaires, sans jamais les priver de ce qui peut donner à leur élégance, même discrète, un charme inattendu. »

59. Confidentiel, dossier 200263-10, 18 janvier 1941. Le préfet de police au ministre secrétaire d'État à l'intérieur, Direction générale de la Sûreté nationale au sujet de 21 personnes ayant quitté la France pour les États-Unis.

60. « Lettre de Lucien Vogel à Nadine Allégret », 28 janvier 1941, *in* Sophie Kurkdjian, *Lucien Vogel et Michel de Brunhoff, op. cit.*, p. 750.

61. Elsa Schiaparelli, *Shocking, op. cit.*, p. 150 et aussi le catalogue consacré à la couturière, Pavillon des Arts, 1984, dont sont tirés les exemples cités.

62. Archives de la préfecture de police, dossier 28767, p. 3. Néanmoins, la maison a continué à fonctionner, comptant parmi sa clientèle des élégantes de tout bord.

63. AJ/40/871, Instructions relatives à l'hôtel Ritz, liste des personnalités autorisées à y résider, Archives nationales.

64. Fiche des renseignements généraux indiquant le numéro de Chanel au sein de l'*Abwehr*, dossier 83166, sous-chemise 17, Archives de la préfecture de police de Paris.

65. Elle espère ainsi obtenir la libération de son neveu qu'elle sait malade de la tuberculose, ce qu'elle obtient. *Cf.* Hal Vaughan, *Dans le lit de l'ennemi, Coco Chanel sous l'Occupation*, Albin Michel, 2012, p. 168.

66. Dossier 83166, BA 1990, Archives de la préfecture de police. Voir aussi Isabelle Fiemeyer, *Coco Chanel, un parfum de mystère*, Paris Payot, 2004.

67. Arrêtée en septembre 1944, elle est conduite devant un comité d'épuration où elle ne reste que quelques heures. Il semblerait que sa libération soit due à un haut personnage anglais. Sa maison ferme en 1954.

68. Pour davantage de détails, voir Philippe Verheyde, *op. cit.*, p. 354-355.

69. Dossier 312659, Archives de la préfecture de police.

70. Renseignements transmis par Valérie Guillaume, auteur du catalogue de l'exposition « Jacques Fath, les années 50 », 21 juin-7 novembre 1993, musée Galliera, publié aux Éditions Paris-Musées.

71. Dossier 312659 déjà cité.

72. Dans une note des Renseignements généraux en date du 15 juin 1943, il est indiqué : « M. Besançon ne figure pas sur les listes de recensement des israélites du département de la Seine et est inconnu au service des Associations dissoutes », RG 2, N° 1311, n° du dossier 239655, n° de la note : 5873 D, archives de la préfecture de police.

73. Cabinet du préfet de la Seine au préfet de police, 17 janvier 1951, dossier n° 239655, archives de la préfecture de police.

74. Témoignage oral de Mme Odette Fabius, mai 1989.

75. Une note du cabinet du préfet du 17 juillet 1943 souligne le montant du capital de la société et indique que son nom ne figure pas sur les listes de recensement des israélites de la Seine ainsi qu'au fichier des associations dissoutes, archives de la PP.

76. Archives nationales, AJ 40 1006-4, J. Heim. En butte à une surveillance accrue, Jacques Heim s'est réfugié en zone libre ; bien que la maison de Biarritz soit signalée dans l'enquête, il semble que le couturier ait surtout vécu à Cannes.

77. « En vue d'éliminer définitivement l'influence juive dans l'économie française, les biens des juifs, dans leur ensemble, sont confiés à des administrateurs provisoires dont la mission consiste à conserver aux dits biens leur valeur et à les transférer du patrimoine juif dans un patrimoine aryen, par voie d'aryanisation complète et effective. » *Mémento-guide à l'usage des administrateurs provisoires*, cité par Philippe Verheyde, *op. cit.*, tome III, p. 15 (document paru en 1942, Commissariat général aux questions juives, bibliothèque de droit et de sciences économiques de Paris).

78. *La Gerbe*, 26 décembre 1940.

79. *Une semaine à Paris*, n° 937, novembre 1940, p. 20-27.

80. Compte rendu de M. Cazenave, commissaire provisoire aux Pelleteries et Fourrures, 15 mars 1945, Archives nationales, F 12 10691.

81. Contrats Maerz, F 12 10691, voir aussi Archives nationales, AJ 40774-1, Commerce des fourrures.

82. « La direction de cette entreprise "juive" a été confiée à M. Albert Fleury, nommé administrateur provisoire. Un consortium doit être formé avec à sa tête M. Luchaire, frère du journaliste qui doit devenir propriétaire. » Direction des RG, 28 novembre 1941, dossier 340511, archives de la préfecture de police. C'est donc l'entreprise aryanisée qui agit de cette façon.

83. « Les pelleteries et fourrures sont une matière ayant une valeur internationale en grande partie exploitée par des commerçants israélites [...]. » C'est ainsi que le commissaire provisoire aux pelleteries et fourrures débute son rapport sur le rôle et l'activité du Comité d'organisation pendant la guerre.

84. En 1939, on compte « 708 affaires juives de fourrure installées à Paris ». En 1940, les entreprises placées sous la compétence du Comité d'organisation des pelleteries et fourrures sont au nombre de « 6 250, et s'élèvent encore à 6 045 en 1944. 93 % ont un chiffre d'affaires inférieur au million de francs, et plus de 96 % ont moins de 10 salariés. Seules 17 firmes emploient 100 salariés hors travailleurs à domicile ». Renseignements transmis par Claire Marchand, *op. cit.*, p. 41 et Philippe Verheyde, *op. cit.*

85. *La Revue de la fourrure*, décembre 1940, p. 180.

86. *Rapport sur certaines particularités de la gestion du président-directeur général du Comité d'organisation des pelleteries et fourrures*, Archives nationales, F 12 10691.

87. Dans la plaquette consacrée au bicentenaire de la maison Révillon, la période 1939-1945 n'est même pas mentionnée. Quant au nom de Jean-Marie Révillon, il est totalement inexistant. *Cf. Rester soi-même en s'inventant un nouveau destin. Révillon, 1923-1973*, texte de G. Gentilhomme, Imprimerie Tournon, 1973, np. Après recherche, il n'y a pas de dossier sur la maison Révillon aux archives de la préfecture de police.

88. *Journal officiel*, 28 janvier 1941.

89. *Rapport de M. Albert-Louis Fleury, commissaire-gérant, 10-25 août 1941*, AJ 38 1337, Archives nationales. *Cf.* également, dossier 582 remis au juge d'instruction, 12 février 1946.

90. Affaire des « Fantaisies textiles », Archives nationales, F 12 10464.

91. Ce qui est vrai. Ils ont fait baisser les chiffres des prélèvements. *Cf.* Compte rendu de l'activité de R. Ribes par M. Cazenave, commissaire provisoire, déjà cité, Archives nationales, F 12 10643.

92. « Ainsi, entre les modes de collaboration volontaire et forcée, les conduites d'accommodation, les diverses formes de dissidence et les expressions de résistance proprement dite, on peut discerner toute une gamme de comportements des occupés envers les occupants » (Jacques Sémelin, *Sans armes face à Hitler*, Paris, Payot, 1989, p. 60. Philippe Burrin, *La France à l'heure allemande*, Paris, Seuil, 1995).

CHAPITRE VII
Le Tout-Paris s'habille

1. « À d'aucuns, le souci de prestige pouvait sembler bien vain à un tel moment, mais il m'apparaissait à moi comme une évidence que l'abandon de notre réputation de bon goût et d'élégance ne faisait aucunement partie des sacrifices nécessaires, et qu'un semblable renoncement eût au contraire privé la France d'une des richesses les plus sûres de son patrimoine », André de Fouquières, *Cinquante ans de panache*, Paris, Horay, 1951, p. 360.

2. *La Femme chic*, par Lucie Hirigoyen, décembre 1940.

3. Lucien François, « Vive la classe », *Les Nouveaux Temps*, 30 octobre 1941.

4. *L'Œuvre*, 9 décembre 1940. *Cf.* également « Lumières à l'Opéra », *La Semaine*, n° 24, 26 décembre 1940.

5. La comtesse Tchernycheff-Besobrasoff figure également comme acheteuse pour les bureaux d'achats allemands. On retrouve la même personne comme étant arrêtée deux fois par l'occupant et envoyée en déportation.

Elle avait caché une famille juive, ce qui lui vaut son transfert à Ravensbrück. Voir dossier n° 28767 – Schiaparelli, archives de la préfecture de police.

6. 100ᵉ numéro des *Nouveaux Temps*, 11 février 1941.
7. Corinne Luchaire, *op. cit.*
8. Jeanne Fernandez, *La Gerbe*, 10 juillet 1941.
9. Gilles et Jean-Robert Ragache, *La Vie quotidienne des écrivains et artistes sous l'Occupation*, Paris, Hachette, 1988, p. 139.
10. *Ibid.*, p. 133.
11. *Journal de la ganterie française*, septembre-octobre 1941.
12. *Marie-Claire*, 6 avril 1941. « Aux Parisiennes – Paris – Avons reçu message printemps, comprenons symbole mode nouvelle – stop – Vous remercions leçon courage, dignité et sourire. Vous embrassons de tout cœur – Signé Femmes du monde entier – 6 avril 1941. »
13. *Le Figaro*, « Vu et retenu à Paris », novembre 1941.
14. Gilles et Jean-Robert Ragache, *op. cit.*
15. Gilles Perrault, *Paris sous l'Occupation*, Paris, Belfond, 1987, p. 27.
16. *Toute la vie*, 25 septembre 1941.
17. « La femme française », *La Gerbe*, 27 novembre 1941.
18. Elle moule le buste, marque la taille et élargit les hanches par un montage de la jupe à fronces ou à plis.
19. « La mode d'hiver 1943 », *Marie-Claire*, septembre 1942.
20. Philippe Erlanger, *La France sans étoile*, Paris, Plon, 1974, p. 241.
21. Lily Pastré appartenait à la haute bourgeoisie marseillaise. Mondaine et raffinée, la comtesse s'intéresse aux Lettres et aux Arts. Dans son château de Montredon, elle héberge de nombreux intellectuels en difficulté, des Juifs pourchassés et se comporte comme un véritable mécène.
22. Christian Bérard, peintre, dessinateur et décorateur de théâtre très apprécié pour ses idées originales.
23. Boris Kochno, *op. cit.*, p. 61.
24. *Le Figaro*, 28 mai 1942.

25. Seeberger et Schall sont les noms des photographes qui reviennent le plus souvent, ainsi que les studios Harcourt.

26. *Journal de la ganterie française*, mars-avril 1943.

27. Mesures proposées par le Groupe 1 en faveur de la couture-création, Archives nationales, F 12 10503.

28. *Ibid.*

29. J.-P. Bertin-Maghit, *Le Cinéma sous l'Occupation, le monde du cinéma français, 1940-1946*, Paris, Olivier Orban, 1989, p. 169.

30. *Toute la vie*, nº 36, 16 avril 1942.

31. *Marie-Claire*, 1er février 1942. Suzy Solidor est une cliente assidue de Jacques Fath, tout comme Michèle Alfa.

32. Liste des appartements privés au *Ritz*. Archives nationales, AJ 40 871. Parmi les bénéficiaires, Chanel qui occupe une suite (12.2.1941).

33. Archives nationales, AJ 40 608, Comptabilité *Paris-Soir.*

34. *Marie-Claire*, 1er février 1942.

35. Ainsi, dans *l'Officiel de la couture et de la mode*, une rubrique « Vu aux Courses » revient à chaque numéro courant 1941-1942. On y constate que la baronne de Beaufort, Mme Gilbert Orcel, la comtesse d'Oncieux de Chaffardon sont les modèles préférés des photographes Seeberger.

36. Serge Lifar, *Ma vie*, Paris, Julliard, 1965, p. 254.

37. Témoignage oral d'Odette Fabius, juin 1989. Odette Fabius, résistante et déportée à Ravensbrüch. Après avoir fait partie à Marseille du réseau Alliance, dirigé par le commandant Loustaunau-Lacau et Marie-Madeleine Fourcade, elle travaille, toujours à Marseille, pour le réseau de renseignements OCM-Centurie. *Cf.* également Odette Fabius, *Un lever de soleil sur le Mecklembourg : Mémoires*, Paris, Albin Michel, 1986, p. 249.

38. Antoinette Sasse a légué à la Ville de Paris l'ensemble de ses biens, dont sa garde-robe que détient le musée Galliera.

39. Jean Hugo, *Le Regard de la mémoire*, Arles, Actes Sud, 1984.

40. *Silhouettes*, n° 185, mai 1944, Lucien François, « Celles qui transnovent ». Pour le chroniqueur, celles qui transnovent sont celles qui portent la mode sans discernement. Et de citer les femmes qui portent des « bibis monumentaux », des « pailletages agressifs, des semelles qui leur donnent une démarche d'oies épouvantées ».

41. Chez Jacques Fath, la directrice du salon, Maud, a confié : « Nous voyions beaucoup de femmes qui tiraient leurs substantiels revenus des produits alimentaires, celles que l'on appelait les BOF. »

42. Madeleine Chapsal, *La Chair de la robe*, Paris, Fayard, 1989, p. 116.

43. Suzanne Fournier, *Cousu main*, s.1., Éditions SSP, 1953, p. 158.

44. *Votre beauté*, février 1942.

45. D'après Anny Latour, *op. cit.*, p. 262 *sq*.

46. « La vedette et sa robe », *Le Matin*, 2 janvier 1943.

47. « Vedettes de la scène », *ibid.*, 16 février 1942.

CHAPITRE VIII

Vichy, mode et femmes

1. Ce terme couvre à la fois « une doctrine qui s'inspire des idéologies réactionnaires du XIXe siècle et une série de réformes institutionnelles, économiques, sociales et culturelles ». *Cf.* Henry Rousso, « Qu'est-ce que la révolution nationale ? », *L'Histoire*, numéro spécial. *L'année 1940*, n° 129, janvier 1990.

2. Sur cette question, voir l'ouvrage fondamental de Francine Muel-Dreyfus, *Vichy et l'éternel féminin*, Paris, Seuil, 1996.

3. *Votre Beauté*, avril 1941.

4. Édité par l'Office de propagande générale avec le concours de *Votre Beauté*, s.d., BDIC, réserve GR. fol. 126-3, *cf.* Francine Muel-Dreyfus, *op. cit.*, p. 131.

5. *Petit Écho de la ligue féminine d'action catholique*, septembre 1940, cité par Clorinda Costantini, « La presse féminine des années d'Occupation, juin 1940-août 1944 »,

thèse de troisième cycle, Université de droit et de sciences politiques de Paris-II, 1980.

6. *Cf.* Lucien François, *op. cit.*

7. Francine Muel-Dreyfus, *op. cit.*, p. 132.

8. H. Roudaud, « Le village des célibataires », *Mode du Jour*, 26 juin 1941.

9. *La Femme chic*, juillet 1941.

10. « Pour ou contre les pantalonnées », *L'Œuvre*, 7 février 1942.

11. *Ibid.*

12. Bruno du Roselle, *La Mode*, Paris, Imprimerie nationale, 1981, p. 203.

13. Lucien François, *Image de la femme et de la révolution nationale*, 1942.

14. Suzanne Panne, « Jeunes filles… restez françaises », *Pour elle*, 2 octobre 1940.

15. *Votre beauté*, « Cette femme se maquillait trop, nous l'avons rendue à sa vraie nature », avril 1941.

16. *Ibid.*

17. Georgette Varenne, *La Femme dans la France nouvelle*, Clermont-Ferrand, Imprimerie Mont-Louis, 1940, p. 24.

18. L'allusion concerne le magazine *Marie-Claire* dont la présentation d'avant-guerre s'inspirait nettement des journaux américains.

19. « Mode impérative mode », *La Gerbe*, 24 juillet 1941.

20. *Votre beauté, « Votre beauté* vous parle », novembre 1940.

21. *Ibid.*

22. Georgette Varenne, *op. cit.*

23. « Un brin de rouge ? Mais pourquoi pas », *Pour elle*, avril 1941, n° 36.

24. *Votre beauté*, mai 1941.

25. Cité dans *Silhouettes*, n° 183, mars 1944.

26. Laurence Bertrand-Dorléac, « La question artistique et le régime de Vichy », *Politiques et pratiques culturelles dans la France de Vichy, Cahier de l'IHTP*, n° 8, juin 1988, p. 16.

27. *La Femme chic*, n° 360, mai 1941.

28. D'après *Images de France, Le Figaro, La Femme chic*, 1941, 1942.
29. *Mode du Jour*, nº 1019, 29 mai 1941.
30. *Paris-Soir*, 28 juillet 1942.
31. « Pastorales », *Le Matin*, printemps 1941.
32. D'après Sylvie Raulet, *in* Anne Bony, *Les Années 40*, Éd. du Regard, Paris, 1985, p. 694.
33. Journal de résistance non gaulliste.
34. Emmanuelle Rioux, *Les Zazous, un phénomène socioculturel pendant l'Occupation*, mémoire de maîtrise, Université de Paris-X-Nanterre, 1987.
35. Sur le phénomène zazou, voir Farid Chenoune, *Des modes et des hommes. Deux Siècles d'élégance masculine*, Paris, Flammarion, 1993, p. 210.
36. Yves Ranc, « Swing ou pas swing », *L'Œuvre*, 4 mars 1942.
37. *L'Illustration*, 28 mars 1942.
38. *Cf.* décisions U1-All et U2-A3, Comité général d'organisation de l'industrie textile.
39. E. Rioux, *op. cit.*, p. 25.
40. *Ibid.*, p. 20.
41. P. Ducrocq, « Swing qui peut », *La Gerbe*, 11 juin 1942.
42. Farid Chenoune, *op. cit.*, p. 210.
43. Jean Guéhenno, *op. cit.*, p. 132.
44. Lucie Aubrac, *Ils partirent dans l'ivresse, Lyon : mai 1943, Londres : février 1944*, Paris, Le Seuil, 1984, p. 85.
45. Témoignage oral de Denise Vernay.
46. Marylène Delbourg-Delphis, *Le Chic et le Look. Histoire de la mode féminine et des mœurs de 1850 à nos jours*, Paris, Hachette, 1981, p. 178.
47. Linda Watson, *Vogue, la mode du siècle*, Paris, Hors Collection, 2000, p. 43

CONCLUSION

1. Déclaration de M. Lucien Lelong, 9 avril 1946 à G. Thirion, Déjeuners de la Table ronde, AN.

2. Comité régional interprofessionnel de l'épuration de la région parisienne (CRIE), Dossiers de la quatrième section, textiles, et de la cinquième, cuirs, versement 901/64/1, 323 ; archives de Paris.

3. Intervention de Jacques Deligny sur le problème des exportations après la guerre, CO de l'industrie textile, F 12 10802.

4. Déclaration de Lucien Lelong à *Vogue* américain (décembre 1944), cité par Valérie Steele, *Se vêtir au XXe siècle*, Paris, Adam Biro, 1998, p. 13.

5. Lucien Lelong, « Défense de la mode », *Revue de Paris*, mars 1946.

Annexes

REPÈRES CHRONOLOGIQUES

1939

1er septembre : Les troupes allemandes envahissent la Pologne.

Mobilisation générale.

3 septembre : La Grande-Bretagne puis la France déclarent la guerre au Reich.

1940

10 mai : Début de l'offensive allemande à l'ouest.

La Belgique et les Pays-Bas sont envahis.

18 mai : Remaniement ministériel, Philippe Pétain est nommé vice-président du Conseil.

10 juin : Le gouvernement quitte Paris.

14 juin : Les Allemands occupent Paris.

16 juin : Démission de Paul Reynaud. Pétain le remplace.

17 juin : Pétain demande les conditions de l'armistice.

18 juin : Premier appel du général de Gaulle à la radio de Londres.

22 juin : Signature à Rethondes de la convention d'armistice.

29 juin : Le gouvernement quitte Bordeaux pour s'installer à Vichy *via* Clermont-Ferrand.

6 juillet : Réouverture du Casino de Paris.

10 juillet : À Vichy, l'Assemblée nationale accorde les pleins pouvoirs au gouvernement du Maréchal (569 voix contre 80).

16 juillet : Laval, dauphin du Maréchal.

26 juillet : Réouverture du Théâtre des Ambassadeurs.

5 août : Otto Abetz est nommé ambassadeur du Reich à Paris.

8 août : Début de la bataille d'Angleterre.

16 août : Publication d'une loi portant création provisoire des Comités d'organisation.

23 août : Création de la Légion française des combattants.

24 août : Réouverture de l'Opéra.

10 septembre : Création de l'Office central de répartition des produits industriels.

17 septembre : Rationnement instauré pour les principaux produits alimentaires.

27 septembre : En zone occupée, l'Occupant promulgue une ordonnance sur les Juifs.

3 octobre : À Vichy, le Conseil des ministres met en place un statut des Juifs.

12 octobre : Réouverture des champs de courses parisiens.

18 octobre : Définition et recensement des entreprises juives.

20 octobre : Généralisation des cartes d'alimentation.

24 octobre : Rencontre à Montoire de Pétain et Hitler.

Courant octobre : Les maisons de couture présentent leurs collections.

1er novembre : Jean Luchaire fait paraître *Les Nouveaux Temps*.

11 novembre : Manifestation des lycéens et des étudiants à Paris.

13 décembre : Renvoi de Laval.

15 décembre : Retour des cendres de l'Aiglon à Paris.

1941

5 janvier : Entrée en vigueur des bons de chaussures.

23 janvier : Décret interdisant de jeter, détruire ou brûler les vieux métaux, vieux papiers, plumes, caoutchouc, os, peaux, cuirs.

Février : *Le Juif Süss* dans les cinémas parisiens.

9-10 février : Démission de Pierre-Étienne Flandin. Darlan est nommé vice-président du Conseil et ministre des Affaires étrangères.

10 février : Réception donnée par Jean Luchaire à l'occasion de la sortie du 100e numéro des *Nouveaux Temps*.

21 mars : Gala de l'Union des artistes à Bagatelle.

8 mai : Publication d'une ordonnance du Militärbefelshaber in Frankreich : l'ordonnance énonce la liste des professions interdites aux Juifs.

30 mai : Inauguration de l'Exposition « La France Européenne ».

2 juin : 2e statut des Juifs au *Journal officiel* de Vichy.

22 juin : Les troupes allemandes envahissent l'Union soviétique.

24 juin : Inauguration par le Dr Michel et M. de Brinon de la section de la couture et de la mode à l'Exposition de la France européenne, en présence de L. Lelong, J. Fath, J. Lanvin, G. Lecomte.

Juillet 1941 : Exposition franco-allemande au Petit Palais sur les textiles nouveaux.

1er juillet : Entrée en vigueur de la carte provisoire de vêtements.

6 juillet : Journée des Drags.

7 juillet : Constitution de la légion des volontaires français contre le bolchevisme.

3-14 juillet : Exposition de la chaussure 1941.

14 juillet : Manifestation dans le quartier de la République ; arrestations.

23 juillet : Concours de l'Élégance à bicyclette au pavillon d'Armenonville.

13 août : Manifestation à la Porte-Saint-Denis ; arrestations.

21 août : Un officier allemand est assassiné sur le quai du métro Barbès.

23 août : Création des cours spéciales pour juger les communistes.

27 août : Attentat de Paul Colette à Versailles contre P. Laval et M. Déat.

5 septembre : Ouverture au palais Berlitz de l'Exposition : « Le Juif et la France ».

11 septembre : Soirée parisienne aux *Ambassadeurs*.

11 septembre : Ramassage obligatoire du genêt.

4 octobre : Promulgation de la Charte du Travail.

5 octobre. Prix de l'Arc de Triomphe.

25 octobre : La presse parisienne fête le premier anniversaire du groupement corporatif et donne une soirée à *Tabarin*.

23 novembre : Salon d'hiver à Tokio.

Courant décembre : Réouverture des courses à Vincennes.

8 décembre : Entrée des États-Unis dans la guerre.

1942

1er mars : Inauguration à Paris de l'Exposition « Le bolchevisme contre l'Europe ».

3 mars : Bombardement allié sur Boulogne-Billancourt.

6 mars : Une vingtaine de maisons de couture parisiennes présentent leur collection à Lyon.

15 mars : Loi réglementant le marché noir.

27 mars : Décret ordonnant la récupération des cheveux des salons de coiffure.

17 avril. Démission de Darlan.

18 avril : Laval devient le chef du gouvernement.

Mai : Gala de la publicité à *Tabarin*, en présence du Tout-Paris.

15 mai : Inauguration de l'exposition Arno Breker à l'Orangerie.

29 mai : Obligation du port de l'étoile jaune pour les Juifs résidant en zone occupée.

22 juin : Laval lance à la radio le premier appel en faveur de la Relève et déclare souhaiter la victoire de l'Allemagne.

27 juin : Grand Prix de Paris.

14 juillet : Manifestations patriotiques à Paris et en province.

16-17 juillet : Rafle du Vél'd'Hiv à Paris.

27 juillet : Représentation chez la comtesse Pastré, au château de Montredon, du *Songe d'une nuit d'été*.

4 septembre : Publication de la loi relative à l'utilisation et à l'orientation de la main-d'œuvre.

Début de la bataille de Stalingrad.

26 octobre : Début de la présentation des collections de haute couture.

8 novembre : Débarquement anglo-américain en AFN.

11 novembre : Occupation de la zone Sud par les Allemands.

Décembre : Sortie sur les écrans parisiens des *Visiteurs du soir*.

1943

11 janvier : Fermeture de trente stations de métro.

26 janvier : Fusion des trois principaux mouvements de zone Sud, naissance des MUR (Mouvements unis de résistance).

30 janvier : Création de la Milice.

2 février : Capitulation à Stalingrad du corps d'armée de von Paulus.

16 février : Promulgation d'une loi créant le Service du travail obligatoire.

27 février : La nuit du cinéma a lieu au Gaumont-Palace. Arletty, Charles Trénet, Maurice Chevalier, Gaby Morlay, Marie Déa, Edwige Feuillère prêtent leur concours.

4 avril : Bombardement de la banlieue parisienne.

14 avril : Entretiens entre le Dr Schilling et Jacques Deligny, au *Majestic*.

27 mai : Première réunion du Conseil de la Résistance.

3 juin : Création du Comité français de Libération nationale sous la direction de De Gaulle-Giraud.

21 juin : Arrestations de Caluire.

17 août : Accord Speer-Bichelonne sur la création de Speer-Betriebe.

Septembre : Défilé d'automne dans les maisons de haute couture.

Octobre : Exposition à Paris sur les produits de remplacement.

27 novembre : Première à Paris du *Soulier de satin*.

1944

6 janvier : Philippe Henriot secrétaire d'État à l'information et à la propagande.

17 février : Procès des « terroristes » dits de l'Affiche rouge.

5 mars : Réouverture d'Auteuil.

26 avril : Pétain à Paris.

26-27 mai : Violents bombardements alliés sur la France.

6 juin : Débarquement anglo-allié en Normandie.

21 juin : 76e Grand Prix de Paris à Auteuil.

18 août : Les journaux de la presse collaborationniste ne paraissent plus.

19 juin 1942

RÉGLEMENTATION DES PRÉSENTATIONS DES COLLECTIONS DE HAUTE COUTURE, AUTOMNE-HIVER 1942

DÉCISION VI – A – 12

Du chef responsable du Groupe de la couture et de la mode et de la parure, des vêtements sur mesure, du Comité du vêtement de l'industrie textile.

1°) *Composition et présentation des collections « automne-hiver » et « plein hiver » de modèles de couture.*

2°) *Limitation des métrages pour les modèles et les répétitions en tissu contenant de la laine.*

Le chef responsable du groupe de la couture, de la mode et de la parure, des vêtements sur mesure.

DÉCIDE :

ART. Ier. – *Objet*

La présente décision est applicable aux entreprises ou parties d'entreprises bénéficiaires du régime spécial en dérogation à la réglementation générale de la vente des articles textiles à usage domestique et vestimentaire.

Elle a pour objet de réglementer la composition et la présentation des collections ainsi que de limiter l'emploi des tissus contenant de la laine.

ART. 2. – *Définition et composition des modèles et de leurs répétitions.*

Par modèle et répétition de modèle il faut entendre :
— 1 robe (1 pièce)
— 1 manteau (1 pièce)
— 1 cape (1 pièce)
— 1 tailleur { jupe et jaquette (1 pièce) ou jupe jaquette & blouse (2 pièces)
— 1 ensemble { robe et manteau (2 pièces) {ou robe et cape (2 pièces)

ART. 3. – *Limitation du nombre des modèles*

Pour la période saisonnière comprise entre l'ouverture de la saison d'automne et le 31 décembre 1942 les collections d'automne-hiver et de plein hiver de chaque maison ne devront pas comporter un nombre total de modèles supérieur à 100 et répartis de la façon suivante :
— collection d'automne-hiver : 75 modèles
— collection de plein hiver : 25 modèles
Pour la même période et pour les maisons spécialisées uniquement dans le tailleur pour dames et le sport le nombre maximum de modèles est réduit à 30.

ART. 4. – *Période de présentation des collections*

La première présentation soit en privé soit en public soit à la presse soit aux dessinateurs de mode, des modèles de la collection d'automne-hiver (maximum 75 modèles) ne pourra avoir lieu :

avant le 24 août 1942
et
après le 24 septembre 1942

Ces dates limites sont applicables de la première présentation de modèles des maisons spécialisées uniquement dans le tailleur pour dames et de sport.

La première présentation des modèles de la collection de plein hiver ne pourra avoir lieu :

avant le 26 octobre 1942

Les 100 modèles composant les collections d'automne-hiver et de plein hiver pourront être présentés simultanément à partir du :

26 octobre 1942

ART. 5

Les entreprises définies à l'article Ier devront faire connaître dans les 8 jours de la notification qui leur sera faite de la présente décision ou à défaut d'une telle notification, dans les 8 jours de sa publication dans la presse la date qu'elles ont choisie pour la présentation de leur collection d'automne-hiver.

Elles devront faire connaître avant le 5 octobre 1942 la date choisie pour la présentation de leur collection de plein hiver.

Un calendrier des présentations sera établi par les soins du Groupe 1 et communiqué à la presse.

[...]

ART. 7. – *Limitation des métrages pour les modèles et les répétitions réalisées en tissus contenant de la laine.*

Les références définitives des modèles exécutés en tissus contenant de la laine et de leurs répétitions ne devront pas dépasser les métrages suivants :

— robe : 3,25 m (tissu en 140 de large)

— tailleur : (jaquette et jupe) 3,75 m (tissu en 140 de large)

— manteau : 4,25 m (tissu en 140 de large)

— robe d'intérieur ou pyjama : 4,50 m (tissu en 140 de large)

— blouse : 2,25 m (tissu en 0,90 m de large) manches courtes 2,65 m (tissu en 0,50 m de large) manches longues

Pour être justifié, tout dépassement de références devra s'appliquer à la répétition d'un modèle sur une taille particulièrement anormale. Cette justification devra apparaître sur le registre mis à la disposition du contrôle.

Ces métrages comprennent tous détails et accessoires (poches parementures, ceintures), à moins que ceux-ci n'utilisent pas de tissu contenant de la laine.

[...]

ART. 9. – *Registre de Modèles*

Les prescriptions de l'article 7 de la décision A.5 du chef responsable du Groupe 1 du Comité du Vêtement, en date du 22 juillet 1941, demeurent en vigueur.

ART. 10. – *Sanctions*

Toute infraction à la présente décision exposera son auteur aux sanctions prévues à l'article 7 de la loi du 16 août 1940. En outre, le chef responsable du Groupe 1 pourra demander au répartiteur chef de la Section Textile de l'Office central de répartition des produits industriels, le retrait de la réparation dont bénéficie l'auteur de l'infraction.

ART. 11

La présente décision est immédiatement exécutoire.

PARIS le 19 JUIN 1942

Vu pour accord
LE DIRECTEUR RESPONSABLE
du COMITÉ DU VÊTEMENT
signé : DELIGNY

LE CHEF
RESPONSABLE
DU GROUPE 1
signé : L. LELONG.

Vu
LE DIRECTEUR DES TEXTILES
ET DES CUIRS
COMMISSAIRE DU GOUVERNEMENT
(signé JARILLOT)

Paris, le 14 avril 1943

ENTRETIEN MAJESTIC/MONSIEUR DELIGNY

14 AVRIL 1943

M. le Dr Thomas assistait à cet entretien qui s'est tenu dans le bureau de M. Deligny (8, rue de Richelieu).

Statut de la HAUTE COUTURE dans l'AVENIR :

M. le Dr Schilling fait remarquer, et M. Deligny s'associe à ses paroles, combien il est souhaitable que le statut des maisons de haute couture dérogées ne soit pas perpétuellement remis en cause.

Sans revenir sur les motifs qui ont rendu nécessaire un régime particulier pour ces maisons de couture, maisons qui existent toujours à l'heure actuelle, M. le Dr Schilling désirerait qu'elles apportent une contribution utile à l'économie. Il estime, en conséquence, que ces maisons devraient développer leurs activités exportatrices, notamment vers la Suède, l'Espagne, l'Italie, le Portugal, etc.

Étant donné que les maisons de couture de Berlin ont été, dans l'ensemble, fermées, il paraît difficile à M. le Dr Schilling de faire admettre à ces entreprises que les maisons de couture parisiennes demeurent ouvertes.

Compte tenu de cette nécessité de développer ces exportations et d'éviter des reproches de la part d'industriels allemands, M. le Dr Schilling envisagerait de faire proposer à Berlin par le Président Michel, plus particulièrement chargé à l'hôtel *Majestic* de la question d'exportation, la constitution d'un « consortium continental », véritable entreprise de négoce prenant en compte les articles de haute couture fabriquée en France, afin de les revendre à l'étranger.

Dans l'esprit de M. le Dr Schilling, ce consortium devrait être un organisme franco-allemand, de telle sorte que les industriels allemands ne puissent lui adresser les reproches dont il est question ci-dessus.

On leur ferait remarquer en effet que l'activité de ces maisons de couture parisiennes ferait partie d'un plan d'ensemble, permettant d'obtenir en échange des matières premières ou des articles intéressants.

M. le Dr Schilling, qui a du reste parlé de cette question au Président Michel, estimerait, en conséquence, qu'un « contingent luxe » (pour la haute couture, la haute mode et les tissus haute nouveauté), serait fixé annuellement. Il serait entendu qu'un pourcentage de ce contingent devrait être exporté sous forme d'article fini.

LISTE DES COUTURIERS AYANT PARTICIPÉ AU THÉÂTRE DE LA MODE

Printemps 1945

Agnès Drecoll
Anny Blatt
Balenciaga
Bruyère
Carven
Charles Montaigne
Gabrielle
Gaston
Germaine Lecomte
Georgette Rénal
Grès
Heim
Hermès
Jacques Fath
Jean Dessès
Jean Patou
Jeanne Lafaurie
Jeanne Lanvin
Lucien Lelong
Lucile Manguin
Mad Carpentier
Madeleine de Rauch
Madeleine Vramant
Maggy Rouff
Marcel Dhorme
Marcel Rochas
Marcelle Alix
Marcelle Chaumont
Marrelle Dormoy
Martial et Armand
Molyneux
Nina Rcci
O'Rossen
Paquin
Raphaël
Schiaparelli
Vera Boréa
Worth

SOURCES ET BIBLIOGRAPHIE

ARCHIVES

Archives nationales

F7
Police générale : F7 15299. Couture, catalogues de luxe.

F12
Commerce et industrie :
F12 10192. Service du rationnement. Correspondance.
F12 10205. Divers : fil à coudre (1941-1944), haute couture (1941-1942).
F12 10296. Conventions d'armistice. Accords franco-allemands.
F12 10297. Plan Kehrl, 1940.
F12 10298. Entretiens franco-allemands.
F12 10464. « Fantaisies textiles », 1941.
F12 10497. Comité d'organisation de l'habillement et du travail des étoffes.
F12 10499. Rationnement.
F12 10503. Haute couture : dossier général, correspondance, entretiens, décisions.
F12 10548. Comité d'organisation de la soie, 1941-1945.
F12 10596. Genêt.
F12 10607. Fibranne, 1942-1945.
F12 10643. Comité d'organisation de l'industrie du cuir, 1940-1944.
F12 10691 et 10692. Comité d'organisation des Pelleteries et Fourrures, 1941-1944.

F12 10697. Chaussures.
F12 10702 et 10703. Galoches et semelles de bois.
F12 10801 à 10807. Textiles et cuirs (échelon de vichy), 1940-1944.

ARCHIVES ALLEMANDES

AJ 40 608, dossier 2 : rapports adressés au *Militärbefelshaber*, à propos de la comptabilité de Lucien Lelong.
AJ 40 774, dossier 1 : commerce des fourrures, exportations vers l'Allemagne.
AJ 40 777. Plan de textiles.
AJ 40 871, dossier 1 : liste de personnes logeant au *Ritz*.
AJ 40 1006, dossier 4 : questions juives, rapports divers, dénonciations.
AJ 41. Service de l'armistice :
AJ 41 102. Échanges commerciaux avec l'Allemagne.
AJ 41 171. Section économique. Affaires diverses notamment France-Rayonne.
AJ 41 199. Échanges commerciaux, 1940-1941.
AJ 38 62. Correspondance avec le ministère de l'Intérieur.
AJ 38 1337. Établissement Toutmain.
AJ 38 1563, AJ 38 1576. Dossiers des biens revendiqués.

ARCHIVES DES COURS DE JUSTICE

Z/6 NL/626/dossier 15352, Association des Déjeuners de la Table ronde, Affaire Lucien Lelong.

Archives de Paris

Registre de commerce des principales maisons de couture, dates de création, adresses concernant pour l'essentiel l'avant-guerre.
901/ 64/ 1. Versement de la direction des services de la guerre, sous-direction de la mobilisation civile et militaire, treize dossiers du Comité régional interprofessionnel d'épuration dont la section textiles et cuirs, carton 323.

Archives de la préfecture de police

Dossiers des maisons de couture suivantes :
— dossier 83 166, Gabrielle Chanel,
— dossier 218 115, Germaine Krebs (alias Mme Grès),
— 77W 1008, dossier 312 659, Jacques Fath,
— 1 W0190, dossier 239 655, Mme Besançon de Wagner (alias Maggy Rouff),
— dossier 340 511, Isidore Berthet (Ets Toutmain)
— dossier 303 341, Société Worth,
— 1W0343, dossier 283, Jeanne Melet, Société Jeanne Lanvin,
— dossier 329 230, Jean Patou,
— dossier 28 762, Elsa Schiaparelli

Archives privées

Archives Tassinari et Chatel

Archives de la Chambre syndicale de la couture :

PV des Assemblées 1940-1045

Musée des arts décoratifs, Collection UFAC (*Union française des arts du costume*)

Dossier de presse concernant les maisons de couture :
J. Fath, J. Lanvin, Chanel, E. Schiaparelli, J. Lanvin, M. Rochas, L. Lelong, R. Piguet ;
Vogue (1939-1940)
Harper's Bazaar (1939-1940)
Archives Lucien François, en particulier, « Au balcon de la mode », recueil d'articles.

BIBLIOGRAPHIE

Ouvrages sur la mode

BARTHES Roland, *Système de la mode*, Seuil, 1967.

CHAPSAL Madeleine, *La Chair de la robe*, Paris, Librairie générale française, 1989, réédition 1991.

DELBOURG-DELPHIS Marylène, *Le Chic et le Look, Histoire de la mode féminine et des mœurs de 1850 à nos jours*, Paris, Hachette, 1981.

DESLANDRES Yvonne, « *Mode* » Anne Bony, *Les Années 40*, Paris, Regard, 1985, p. 577-689.

DESLANDRES Yvonne et MÜLLER Florence, *Histoire de la mode au XXe siècle*, Paris, Somogy, 1986.

DU ROSELLE Bruno, *La Mode*, Paris, Imprimerie nationale, coll. « Notre Siècle », 1980.

GREEN Nancy, *Du Sentier à la 7e Avenue : la confection et les immigrés, Paris-New York 1880-1980*, Paris, Seuil, 1998.

GRUMBACH Didier, *Histoires de la mode*, Paris, Seuil, 1993, réédition Paris, Éd. du Regard, 2008.

LATOUR Anny, *Les Magiciens de la mode, de Rose Bertin à Christian Dior*, Paris, Julliard, 1961.

PACKER William, *Dessins de la mode, « Vogue » 1923-1983*, Paris, Herscher, 1983, réédition Paris, Thames&Hudson, 2010.

REMAURY Bruno, *Dictionnaire de la mode du XXe siècle*, Paris, Éd. du Regard, 1996. Réédition : *Dictionnaire international de la mode*, Paris, Éd. du Regard, 2004.

VINCENT-RICARD Françoise, *Raison et Passion. Langages de société : la mode 1940-1990*, Colombes, Textile/Art/Langage, 1983.

Sur la période

AMOUROUX Henri, *La Vie des Français sous l'Occupation*, Paris, Fayard, 1963, réédition Paris, Les Éd. Retrouvées, 2012.

—, *La Grande Histoire des Français sous l'Occupation*, Paris, R. Laffont, 10 volumes, 1976-1993.

AZÉMA Jean-Pierre, *De Munich à la Libération 1938-1944*, Paris, Seuil, 1979.

AZÉMA Jean-Pierre, BÉDARIDA François, *La France des années noires*, tome I, *De la défaite à Vichy*, Paris, Seuil 1993, réédition, 2000.

AZÉMA Jean-Pierre, BÉDARIDA François, *La France des années noires*, tome 2, *De l'Occupation à la Libération*, Paris, Seuil 1993, rééd. 2000.

AZÉMA Jean-Pierre, WIEVIORKA Olivier, *Vichy, 1940-1944*, Paris, Perrin, 1997, réédition, 2004.

BARUCH Marc-Olivier, *Servir l'État français, l'administration en France de 1940 à 1944*, Paris, Fayard, 1997.

BURRIN Philippe, *La France à l'heure allemande*, 1940-1944, Paris, Seuil, 1995, réédition, 1997.

DELARUE Jacques, *Trafics et crimes sous l'Occupation*, Paris, Fayard, 1968.

JÄCKEL Eberhard, *La France dans l'Europe de Hitler*, Paris, Fayard, 1968.

LABORIE Pierre, *L'Opinion française sous Vichy*, Paris, Seuil, 1990, réédition, 2001.

MICHEL Henri, *Paris allemand*, Paris, Albin Michel, 1981, réédition, Paris, France Loisirs, 1982.

MUEL-DREYFUS Francine, *Vichy et l'éternel féminin*, Paris, Seuil, 1996, réédition, 2006.

NOVICK Peter, *The Resistance Versus Vichy : The Purge of Collaborators in Liberated France*, Londres, Chatto and Windus, 1968 ; trad. fr. *L'Épuration française : 1944-1949*, Paris, Balland, 1985. Réédition, Paris, Seuil, 1991.

ORY Pascal, *La France allemande (1933-1945)*, Paris, Gallimard, 1995.

PAXTON Robert, *La France de Vichy : 1940-1944*, Paris, Seuil, 1973, réédition, 1999.

PERRAULT Gilles, *Paris sous l'Occupation*, Paris, Belfond, 1987. (Commentaires Jean-Pierre Azéma.)

ROUSSO Henry, *Les Années noires : vivre sous l'Occupation*, Paris, Gallimard, 1992, réédition, 2009.

SEMELIN Jacques, *Sans armes face à Hitler*, Paris, Payot, 1989. Réédition *Sans armes face à Hitler 1939-1945, la résistance civile en Europe*, Paris, Les Arènes, 2013.

THIEBOT Emmanuel, *Chroniques de la vie des Français sous l'occupation*, Paris, Larousse, 2011.

VEILLON Dominique, *Vivre et survivre en France, 1939-1947*, Paris, Payot, 1995.

WALTER Gérard, *La Vie à Paris sous l'Occupation (1940-1944)*, Paris, Armand Colin, coll. « Kiosque », 1960.

Sur la vie économique

Annuaire général textile. Le livre bleu, véritable guide du textile 1942-1943, Lyon, 1942.

BELTRAN Alain, FRANK Robert, Rousso Henry, éds, *La Vie des entreprises sous l'Occupation. Une enquête à l'échelle locale*, Paris, Belin, 1994.

CALLU Agnès, ÉVENO Patrick, JOLY Hervé (dir.), *Culture et médias sous l'Occupation : des entreprises dans la France de Vichy*, actes du VIIIe Colloque du GDR 2539 du CNRS « Les entreprises françaises sous l'Occupation », Paris, éd. du CTHS, 2009.

Commission consultative des dommages et réparations. *Dommages subis par la France et l'Union française du fait de la guerre et de l'occupation ennemie (1939-1945)*, Paris, Imprimerie nationale, 1951, tome VI MP15, Textiles ; MP16, Cuirs et pelleteries ; tome VIII PF1, Presse.

DIOUDONNAT Pierre-Marie, *L'Argent nazi à la conquête de la presse française (1940-1944)*, Paris, Picollec, 1981.

DOUZOU Laurent : *Voler les juifs, Lyon 1940-1945*, Paris, Hachette Littératures, 2003.

GRENARD Fabrice, *La France du marché noir*, Paris, Payot, coll. « Petite Bibliothèque Payot », 2012.

MARCHAND Claire, *Les Fourreurs juifs de Paris sous l'Occupation*, Mémoire de DEA, Université de Poitiers, 1999.

« Le marché noir allemand en France », *in* « Aspects de l'économie française sous l'Occupation », *Cahiers d'histoire de la guerre*, n° 4, mai 1950, p. 46-71.

ROBERT Léon, *L'Industrie de la rayonne en France*, Paris, Éd. de l'industrie textile, 1944.

ROUSSELIER-FRABOULET Danièle, *Les Entreprises sous l'Occupation*, Paris, CNRS, 1998.

ROUSSO Henry, *L'Activité industrielle en France de 1940 à 1944, Économie « nouvelle » et occupation allemande*, orientation bibliographique, *Bulletin de l'IHTP, n° 38*, décembre 1989, p. 25-68.

—, *Les Comités d'organisation. Aspects structurels et économiques*. Mémoire de maîtrise, Université de Paris-I, 1976.

—, « L'organisation industrielle de Vichy », *Revue d'histoire de la Seconde Guerre mondiale*, n° 116, 1979, p. 27-44.

—, « L'aryanisation économique : Vichy, l'occupant et la spoliation des juifs », *YOD Revue des études modernes et contemporaines hébraïques et juives*, numéro spécial « les Juifs de France et d'Algérie pendant la Seconde Guerre mondiale », 15-16, 1982, p. 51-79.

VEILLON Dominique et FLONNEAU Jean-Marie (dir.), *Le Temps des restrictions en France : 1939-1945*, Cahiers de l'IHTP n° 32-33, mai 1996, Paris, CNRS.

VERHEYDE Philippe, *Les Mauvais Comptes de Vichy : l'aryanisation des entreprises*, Paris, Perrin, 1999.

VERNUS Pierre, *Art, luxe et industrie : Bianchini-Férier, un siècle de soieries lyonnaises : 1888-1992*, Grenoble, PUG, 2006.

Sur les maisons de couture 1940-1945 et la mode

ARBAUD Michel, AUBRY Fernand, FRANÇOIS Lucien *et al., Paris et la beauté féminine*, Paris, Société d'Éditions Modernes Parisienne, 1945.

CANINO Patricia, POCHNA Marie-France, BONY Anne, *Nina Ricci*, Paris, Éd du Regard, 1992.

CAZAUX Fanny, *La Relation au vêtement des femmes sous Vichy et l'Occupation, Le cas des jeunes Lyonnaises*, mémoire de DUERM, septembre 2011.

CHARLES-ROUX Edmonde, *L'Irrégulière ou Mon itinéraire Chanel*, Paris, Grasset, 2009.

DELPIERRE Madeleine, BOY Billy, GARNIER Guillaume, WHITE Palmer, *Hommage à Elsa Schiaparelli*, Paris, musée de la Mode et du Costume, Palais Galliera, 1984. (Catalogue de l'exposition au Pavillon des arts du 21 juin au 30 août 1984).

DEMORLEX Jacqueline, *Lucien Lelong, l'intemporel*, Paris, Le Promeneur, 2007.

DIOR Christian, *Christian Dior et moi*, Paris, Vuibert, 2011.

DORÉ-RIVÉ Isabelle (dir.), *Pour vous, mesdames ! La mode en temps de guerre*, catalogue d'exposition, Centre d'histoire de la Résistance et de la Déportation, Lyon, Libel, 2013.

Exposition sur « Les accessoires de mode sous l'Occupation », 1940-1944, musée du Général-Leclerc et de la Libération de Paris, musée Galliera, 20 mai-15 novembre 2009, Christine Lévisse-Touzé (dir.)

DROST Julia, *Mode unter dem Vichy – Regime. Frauenbild und Frauenmode in Frankreich zur Zeit der deutschen Besatzung (1940-1944)*, Pfaffenweiler, Centaurus-Verlagsgesellschaft, 1998.

FALLUEL Fabienne, GUTTON Marie-Laure, *Élégance et système D : accessoires de mode sous l'Occupation*, Paris Musées, 2009.

FIEMEYER Isabelle, *Coco Chanel : un parfum de mystère*, Paris, Payot, 1999, réédition, 2004.

FRANÇOIS Lucien, *Les Élégances de Paris*, Commissariat général au tourisme, 1946.

GARNIER Philippe, *Paris couture, années trente*, Paris, Paris-Musées, Société d'histoire du costume, 1987.

GUENTHER Irène, *Nazi chic ? Fashioning Women in the Third Reich*, Oxford, Berg, 2004.

GUILLAUME Valérie, *Jacques Fath*, Paris, Paris-Musées, Adam Biro, 1993. (Catalogue de l'exposition, *Jacques Fath, les années 50*, 21 juin-7 novembre 1993).

Images de mode, 1940-1960, Granville, musée Christian-Dior, 1996. (Catalogue de l'exposition : *Le Style des années 40, de la paix à la paix*).

GUILLAUME Valérie, VEILLON Dominique, *La Mode, un demi-siècle conquérant*, Paris, Gallimard, coll. « Découvertes », 2007.

HAEDRICH Marcel, *Coco Chanel*, Paris, Belfond, 1987, réédition Paris, Gutenberg, 2008.

HOWELL Géraldine, *Wartime fashion, from Haute Couture to Homemade*, 1939-1945, Oxford, Berg, 2012.

JOUVE Marie-Andrée, *Balenciaga*, Paris, Assouline, 1997.

KAMITSIS Lydia, PATOUNAS Jean, DUFRESNE Jean-Luc, *Styles des années 40, « De la paix à la paix »*, Saint-Lô, Éd. Création 44, Mémorial de Saint-Lô, 1994.

LE MAGUET Jean-Paul, *La Mode sous l'Occupation : du neuf avec du vieux*, Mémorial de Caen, 2003.

LOISEAU Jean-Claude, *Les Zazous*, Paris, Éd. du Sagittaire, 1977.

MANSIET-BERTHAUD Madeleine, GIDEL Henry, *Mademoiselle dite Coco*, Sayat, Éd. De Borée, 2013.

MCDOWELL Colin, *Forties Fashion and the New Look*, Londres, Bloomsburry, 1997.

MOHRT Françoise, *Marcel Rochas : 30 ans d'élégance et de création*, Paris, Jacques Damase, 1983.

PAULVÉ Dominique, *Carven, un demi-siècle d'élégance*, Paris, Gründ, 1995.

PICON Jérôme, *Jeanne Lanvin*, Paris, Flammarion, 2002.

POCHNA Marie-France, *Christian Dior*, Paris, Flammarion, 2004.

POLLE Emmanuel, *Jean Patou*, Paris, Flammarion, 2013.

ROBINSON Julian, *Fashion in the 40's*, Londres, New York, Academy Editions, St. Martins Press, 1980.

SLADEN Christopher, *The Conscription of Fashion : Utility Cloth*, Hants, Scolar Press, 1995.

STEELE Valérie, *Se vêtir au XXe siècle, de 1945 à nos jours*, Paris, Adam Biro, 1998.

TAYLOR Lou, « Paris couture, 1940-1944 », *in* E. WILSON, J. ASH, *Chic Thrills : A Dresse History Reader*, Londres, Pandora, 1993.

Trois quarts de siècle de fourrures à Paris, Jungmann, 1949, np.

Un siècle de couture parisienne, Paris, Léonard, 1976. (Catalogue de l'exposition réalisée avec le concours de l'Union française des arts du costume du 19 juin au 1er août 1976, Palais des Congrès, Porte Maillot, Paris).

Vingt-cinq ans d'élégance à Paris, 1925-1950, Paris, Pierre Tisné, 1951.

VAUGHAN Hal, *Dans le lit de l'ennemi, Coco Chanel sous l'Occupation*, Paris, Albin Michel, 2012.

VEILLON Dominique, « 1940-1944 : Le Front de La mode », *L'Histoire*, nº 345, septembre 2009, p. 78-82.

WALFORD Jonathan, *La Mode des années 40. De la tenue d'alerte au new look*, Lausanne, La bibliothèque des Arts, 2008.

Sur la vie culturelle

ADDED Serge, *Le Théâtre dans les années Vichy, 1940-1944*, Paris, Ramsay, 1992.

—, *La Vie littéraire, intellectuelle et artistique en France de 1940 à 1944*, orientation bibliographique, *Bulletin de l'IHTP n° 35*, mars 1989, p. 37-58.

ASSOULINE Pierre, *L'Épuration des intellectuels*, Paris, Complexe, 1985, réédition, 1996.

BARROT Olivier, CHIRAT Raymond, *La Vie culturelle dans la France occupée*, Paris, Gallimard, coll. « Découvertes », 2009.

BERTIN-MAGHIT Jean-Pierre, *Le Cinéma français sous l'Occupation : le monde du cinéma français de 1940 à 1946*, Paris, Olivier Orban, 1989, réédition Paris, Perrin, 2002.

BERTRAND-DORLÉAC Laurence, *Histoire de l'art, Paris 1940-1944*, Paris, Publications de la Sorbonne, 1986.

BERTRAND-DORLÉAC Laurence, *L'Art de la défaite*, Paris, Seuil, 1993.

CHENOUNE Farid, *Des modes et des hommes, deux siècles d'élégance masculine*, Paris, Flammarion, 1993.

CHIMENES Myriam (dir.), *La Vie musicale sous Vichy*, Bruxelles, Complexe, 2001.

CORCY Stéphanie, *La Vie culturelle sous l'Occupation*, Paris, Perrin, 2005.

COSTANTINI Clorinda, *La Presse féminine des années d'Occupation, juin 1940-août 1944*, thèse de doctorat de troisième cycle, Université de droit et de sciences politiques de Paris-II, 1980, f.

FOUCHÉ Pascal, *L'Édition française sous l'Occupation (1940-1944)*, Paris, Bibliothèque de littérature française contemporaine de l'Université Paris-VII, 1987, 2001.

LE BOTERF Hervé, *La Vie parisienne sous l'Occupation*, 2 vol., Paris, France-Empire, 1974, 1975, réédition, 1997.

LOISEAU Jean-Claude, *Les Zazous*, Paris, Sagittaire, 1977.

LOTTMAN Herbert R, *La Rive gauche : du Front populaire à la Guerre froide*, Paris, Seuil, 1981, réédition, 1984.

RAGACHE Gilles, RAGACHE Jean-Robert, *La Vie quotidienne des écrivains et des artistes sous l'Occupation : 1940-1944*, Paris, Hachette, 1988, réédition, 1992.

RIOUX Emmanuelle, *Les Zazous, un phénomène socioculturel pendant l'Occupation*, Mémoire de maîtrise, Université de Paris-I Nanterre, 1987.

RIOUX Jean-Pierre (dir.), *La Vie culturelle sous Vichy*, Bruxelles, Complexe, 1990, réédition, 1992.

Essais, souvenirs, témoignages

ARNOULT Maurice, *Moi Maurice, bottier à Belleville, histoire d'une vie*, Paris, L'Harmattan, 1993.

AUDIAT Pierre, *Paris pendant la guerre*, Paris, Hachette, 1946.

AUROY Berthe, *Jours de guerre, Ma vie sous l'Occupation*, Paris, Bayard, 2008.

BEAUVOIR Simone de, *La Force de l'âge*, Paris, Gallimard, 1960, réédition, 1986.

CARNÉ Marcel, *La Vie à belles dents : souvenirs*, Paris, J.P. Ollivier, 1975, réédition Paris, Belfond, 1989.

COLETTE, *Paris de ma fenêtre*, Paris, Éd. du Milieu du Monde, 1944, réédition Fayard, 2004.

CORNUT-GENTILLE Gilles, MICHEL-THIRIET Philippe, *Florence Gould, une Américaine à Paris*, Paris, Mercure de France, 1989.

DOMENACH-LALLICH Denise, *Demain il fera beau*, Lyon, Éd BGA Pernezel, 2011.

DOMENACH-LALLICH Denise, *Une jeune fille libre*, présenté par Christine MIDAL, Paris, Éd. Les Arènes, 2005.

DUBOIS Edmond, *Paris sans lumière 1939-1945*, Lausanne, Payot, 1946.

FEUILLÈRE Edwige, *Les Feux de la mémoire*, Paris, Albin Michel, 1977.

GUÉHENNO Jean, *Journal des années noires (1940-1944)*, Paris, Gallimard, 1947, réédition, 1973.

GUITRY Sacha, *Quatre ans d'Occupation*, Paris, L'Élan, 1947.

HELLER Gerhard, *Un Allemand à Paris, 1940-1944*, Paris, Seuil, 1981.

HUGO Jean, *Le Regard de la mémoire*, Arles, Actes Sud, 1983, réédition, 1989.

JOUHANDEAU Marcel, *Journal sous l'Occupation*, Paris, Gallimard, 1980.

JÜNGER Ernst, *Journaux de guerre*, Paris, Julliard, 1990, réédition : *Journaux de guerre. II, 1939-1948*, Paris, Gallimard, 2008.

LARTIGUE Jacques-Henri, *L'Œil de la mémoire, 1932-1985*, Paris, Carrère, 1986.

LEDUC Violette, *La Bâtarde*, Paris, Gallimard, 1972, réédition, 1996.

LIFAR Serge, *Ma vie*, Paris, Julliard, 1965.

LUCHAIRE Corinne, *Ma drôle de vie*, Paris, Sun, 1949, réédition, Paris, Dualpha, 2002.

MARAIS Jean, *Histoires de ma vie*, Paris, Albin Michel, 1975, réédition, Paris, Ramsay, 1994.

SCHIAPARELLI Elsa, *Shocking Life*, Paris, J.M. Dent, 1954.

—, *Schocking, Souvenirs d'Elsa Schiaparelli*, Paris, Denoël, 1954.

SIGNORET Simone, *La nostalgie n'est plus ce qu'elle était*, Paris, Seuil, 1976, réédition, 2010.

Quotidiens, journaux et périodiques

Documents français (les), Revue des hautes études politiques, sociales, économiques et financières, en particulier, le numéro de janvier 1944 sur l'industrie française et les industries de l'habillement.

Figaro (Le) (1939-1942).

Gerbe (La) (1940-1944).

Illustration (L') (1940-1944).

Je suis partout (1940-1944).

Jour-Écho de Paris (Le) (1939-1942).

Marianne (1939-1940).

Matin (Le) (1940-1944).

Nouveaux Temps (Les) (1940-1944).

Œuvre (L') (1939-1944).

Paris-Soir (1940-1944).

Semaine (La).
Signal (1940-1944).
Toute la vie (1941-1944).
Une semaine à Paris (1939-1941).

Journaux féminins et magazines de mode

L'Art et la Mode (1940-1944), bibliothèque des Arts décoratifs, JP 13.
La Femme chic (1940-1944), JO 50 644, BNF Tolbiac.
Marie-Claire (1939-1944), 4° JO 268, *ibid.*
La Mode chic (1940-1944), JO 64796, *ibid.*
La Mode du jour (1940-1942), JO 68 231, *ibid.*
Modes et Travaux (1939-1944), UFAC, Paris.
L'Officiel de la couture et de la mode de Paris (1940-1944), musée Galliera.
Le Petit Écho de la mode (1939-1944), JO 40047, BNF Tolbiac.
Pour Elle (1940-1942), 4° JO 1442, *ibid.*
Silhouettes, (1942-1947), musée Galliera.
Votre beauté (1939-1944), *ibid.*

Journaux professionnels

La Coiffure de Paris, JO 65891, BNF Tolbiac.
Coiffures de Paris, JO 64229, *ibid.*
Fourrures et Pelleteries 1943-1944, JO 68402, *ibid.*
Ganterie, Revue technique de la ganterie française, JO 671321, *ibid.*
L'Hermine, l'Officiel de la fourrure et de la pelleterie, 4° JO 3460, *ibid.*
Journal de la chaussure française, JO 65877, *ibid.*
L'Officiel de la fourrure, (1946), musée Galliera.
Pasquier, *Élégante quand même, comment tailler et exécuter un tailleur, un manteau, une jupe-culotte, transformations pratiques*, Paris, Éd. de Montsouris, 1942, 8° Z 29104 (6).
Pigier, *Cours de coupe*, Paris, 1942, 4° V 14280, BNF Tolbiac.

La Revue de la fourrure, revue mensuelle, organe officiel de la fédération de fourreurs et pelletiers de province, 4° JO 580, *ibid.*

Revue de vêtement. Organe des industries des vêtements et des commerces fournisseurs de ces industries. Mensuel, n° 1, juin 1942, FOL JO 3027, *ibid.*

Textiles. Bulletin du Comité général d'organisation de l'industrie textile, juillet 1941, 4° V 14 080, *ibid.*

INDEX

REMERCIEMENTS

Au terme de cette nouvelle édition, je voudrais remercier Christine Levisse-Touzé, conservateur général et directrice du musée général Leclerc et libération de Paris, musée Jean Moulin pour ses conseils éclairés et sa relecture attentive des corrections. Mes remerciements vont aussi au Centre historique de la Résistance et de la Déportation de Lyon, à sa directrice Isabelle Doré-Rivé qui a mis à ma disposition toute la collection d'objets rassemblés à l'occasion de l'exposition « *Pour vous Mesdames, la Mode en temps de guerre* » (2013-2014) à laquelle j'ai pris une part active. Cette quête ainsi que les nombreux échanges que nous avons eus lors de la préparation de cette rétrospective de la mode des années noires m'ont été très utiles. Je suis également reconnaissante envers les membres du conseil scientifique : Evelyne Haguenauer, Nadine Gelas, professeur des universités, Nicole Janin, maître de conférences en cinéma et mode, Université de la mode, Lyon 2, Martine Villelongue, directrice de l'Université de la mode, Marie-Laure Gutton, chargée du département Accessoires du Palais Galliera pour leur aide.

Je remercie aussi les chercheurs du groupe d'étude sur la mode que dirigent Sophie Kurkdjian et Thierry Maillet, également mon amie Lou Taylor, professeur à l'Université de Brighton et son équipe. Tous ont participé à la journée d'études, organisée en 2009 à l'Institut d'histoire du Temps Présent sur la mode anglaise et française durant la période 1939-1945, qui m'a permis d'approfondir mes connaissances. Que Farid Chenoune, historien de la mode et ami de longue date trouve ici l'expression de ma gratitude pour ses apports.

J'adresse également mes plus vifs remerciements à Françoise Gicquel, Commissaire divisionnaire, Adjointe au Chef du Service de la Mémoire et des Affaires culturelles, Responsable du département patrimonial, à la tête des Archives de la Préfecture de Police, pour son aide efficace et inestimable. Également à Violaine Challéat-Fonck, conservateur du patrimoine, Direction des fonds, Département de la justice et de l'intérieur qui a répondu avec patience à mes demandes de précisions, à Patricia Gillet, conservateur du patrimoine, à la section contemporaine pour ses précieuses informations. Je suis aussi très reconnaissante à Carole Damour, archiviste de la maison Tassinari pour m'avoir donné accès aux archives de la période 1939-1945.

Je suis reconnaissante envers mes amis américains, Sarah Farmer, Sarah Fishman, Miranda Pollard, Paula Shwartz, Kenneth Mouré, Steve Zadtny qui m'ont toujours soutenue amicalement. Tous mes remerciements vont également à Dominique Missika, qui m'avait assistée lors de la première édition de ce livre, pour m'avoir conseillée et encouragée ; à Élise Urbain-Ruano qui m'a autorisée à reproduire ses dessins ; à Gérald Chevalier et Fanny Cazaux qui ont facilité mes propres recherches en mettant à ma disposition leurs travaux (masters ou DUERM). Que Sophie Kurdjian, Docteur en

Histoire qui m'a secondée avec intelligence dans la recherche documentaire trouve ici l'expression de ma reconnaissance.

Toute ma gratitude va également à Chantal Touzé qui a facilité la mise en page de toutes mes corrections et à Catherine Rigollot pour son assistance technique.

Je n'oublie pas mon éditeur Christophe Guias pour la confiance témoignée ni Gaëlle Fontaine et Anne-Laure Vouillemin qui ont suivi ce livre avec compétence.

Enfin pour leur soutien inestimable, Bruno, Emmanuel et Véronique, Antoine et Marine, sans oublier Marie, Grégoire, Maxence et Sacha. Chacun à sa manière m'a aidée.

TABLE

Composition et mise en pages : Facompo, Lisieux

Achevé d'imprimer en juillet 2014
par CPI (Barcelona)

Dépôt légal : août 2014

Imprimé en Espagne